MEURTRE AU POTAGER DU ROY

Michèle Barrière fait partie de l'association *De Honesta Voluptate,* fondée sur les travaux de Jean-Louis Flandrin. Historienne, journaliste culinaire, elle est l'auteur pour Arte de la série *Histoire en cuisine.* Elle est connue du grand public pour ses polars historiques qui retracent l'histoire et l'évolution de la cuisine et des manières de table.

Paru au Livre de Poche :

L'Assassin de la Nationale 7 *(inédit)*

De Sang et d'or

Innocent breuvage

Meurtre au café de l'Arbre Sec

Meurtre au Ritz *(inédit)*

Meurtres à la pomme d'or

Meurtres trois étoiles *(inédit)*

Mort à bord *(inédit)*

Natures mortes au Vatican

Le Prisonnier de l'Alcázar

Le Sang de l'hermine

Souper mortel aux étuves

Les Soupers assassins du Régent

MICHÈLE BARRIÈRE

Meurtres au Potager du Roy

Roman noir et gastronomique
à Versailles au XVIIe siècle

LE LIVRE DE POCHE

L'auteur a bénéficié, pour la rédaction de cet ouvrage, du soutien du Centre national du livre.

AVERTISSEMENT

Cette histoire purement imaginaire fait apparaître des personnages qui ont bel et bien existé dans l'Europe de la fin du XVIIe siècle : Jean-Baptiste de La Quintinie, Nicolas de Bonnefons, la Princesse Palatine, Louis Audiger, le sieur Rolland, Samuel Peppys, Joseph Pitton de Tournefort, Guy-Crescent Fagon, Denis Papin, John Evelyn, John Ray, Nicolas de Blégny.

N.B. : Les formulations désuètes qu'emploient parfois ces personnages sont extraites de leurs écrits.

ISBN : 978-2-253-12876-2 – 1re publication LGF

À Alice
Aux jardiniers du Potager du Roi
À la rue Cauchois

1

« Si seulement cette enfant cessait de pleurer », se lamentait Benjamin fourrageant dans son épaisse tignasse blonde. Depuis la naissance d'Alixe, il y avait tout juste trois mois, ses nuits étaient un cauchemar. À peine le bébé était-il couché dans son berceau que s'élevaient des hurlements stridents. Ninon avait beau affirmer que cela passerait, que la petite, comme tous les nourrissons, souffrait de coliques, il se sentait prêt à fuir au bout du monde. Ce matin, il avait bondi hors du lit, s'était habillé à la hâte et sans dire un mot s'était précipité dans l'escalier menant à la Cour d'Honneur. Il était bien trop tôt. L'aube pointait à peine. La brume s'élevant du lac des Suisses donnait au Potager une allure spectrale. Le sable des allées crissait sous ses pas. Longeant la terrasse du Levant, il remarqua dans le carré des fraisiers une ratissoire oubliée par un jardinier négligent. Il alla la ramasser et, levant les yeux vers la solide bâtisse à sa droite, il perçut la lueur des chandelles éclairant le bureau de La Quintinie. Ce diable d'homme devait déjà être à sa table de travail, rédigeant quelque mémoire sur la taille des arbres fruitiers. Lui, au moins, n'avait pas à souffrir de bébé braillard ! Aux premiers rayons du soleil, il descendrait au Potager qui fournissait en fruits et légumes la table du roi Louis.

L'air était anormalement chaud en ce mois de mai 1683. Si cela continuait ainsi, les récoltes seraient précoces. Quoique ce fût un sujet de peu d'importance en ce lieu où, grâce aux ingénieuses inventions de La Quintinie, on produisait des fraises en mars, des asperges en décembre et des pois en avril.

Dès qu'il était en présence de fleurs et d'arbres, Benjamin redevenait serein. Sa mère avait coutume de dire qu'un brin d'herbe suffisait à le rendre heureux. Il contemplait les têtes d'artichauts se dressant fièrement dans le Grand Carré aux légumes. Le roi les adorait et les jardiniers avaient ordre d'en prendre le plus grand soin. « Si seulement les bébés pouvaient s'élever comme des artichauts : une cruchée d'eau tous les deux jours ! » soupira Benjamin. Il aimait le calme, le silence et pouvait passer des heures à tailler des poiriers Bon-Chrétien, comme le lui avait enseigné La Quintinie, afin qu'ils donnent des fruits plus savoureux. Toute son enfance, son père n'avait cessé de lui reprocher d'être dans la lune, de bayer aux corneilles, se désespérant de son manque d'intérêt pour les études. C'est vrai que les mathématiques et la grammaire l'avaient laissé de marbre. Par contre, il connaissait toutes les plantes, petites et grandes poussant au bord du lac Léman. Au grand dam de son père, sa passion pour la botanique avait été encouragée par sa mère. Elle avait de qui tenir : elle était la petite-fille d'Olivier de Serres, un grand agronome du siècle précédent, conseiller du bon roi Henri le quatrième. La grande complicité qui unissait Benjamin et sa mère avait volé en éclats quand il avait annoncé son mariage avec Ninon. Judith n'avait pas supporté que sa bru soit catholique et que Benjamin ait dû abjurer sa religion, le roi de France ayant interdit deux ans auparavant le mariage entre catholiques et protestants. Dans des lettres enflammées, elle s'était répandue en lamentations sur sa trahison. Elle était allée jusqu'à lui signifier de ne pas remettre les pieds à Genève où pourtant elle se languissait de son fils préféré. Benjamin en souffrait profondément.

Chassant ces pensées qui le ramenaient à son triste état de fils maudit et de père exaspéré, il partit à grandes enjambées vers le bassin central, jetant un œil sur les carrés où venaient d'être plantés les choux-fleurs et les choux de Milan. Le travail n'allait pas manquer en ce mois qui précède l'explosion de l'été. Il nota qu'il fallait au plus tôt recueillir les graines de cerfeuil sinon les oiseaux les mangeraient. Ils auraient également à replanter des cardes à poirée pour en avoir de belles à l'automne. Leur place était toute désignée dans l'entre-deux des artichauts. On ne sèmerait plus que de la laitue de Gênes, les autres montant trop rapidement passé la mi-mai. Quant aux câpres capucines, chicorées, céleris, ils n'attendaient que la main du jardinier pour être semés.

Cet éternel recommencement de la nature l'émouvait toujours autant et il rendait grâce à Dieu d'avoir créé une telle magnificence. Le jour était maintenant pleinement levé, les jardiniers n'allaient plus tarder. Il devait rejoindre la voûte où La Quintinie répartirait les tâches de la journée. En tant que deuxième garçon jardinier, il aurait à s'assurer que chacun s'acquitte proprement de son travail. Chargé, en outre, d'exécuter les commandes des cuisines du roi, il lui faudrait rassembler fruits et légumes et organiser leur livraison. En contournant le grand bassin qui serait bientôt pris d'assaut par les jardiniers et leurs cruches, il remarqua les premières giroflées musquées en fleurs ainsi que les martagons jaunes et les œillets d'Espagne.

Il le dirait à Ninon. Sa jeune épouse était reconnue comme une des meilleures bouquetières de la Cour. Fille d'un jardinier du roi, Marin Trumel, toute sa vie s'était déroulée entre les bosquets et les plates-bandes de Versailles. Elle n'avait pas son pareil pour marier les roses de Gueldre, les fraxinelles et les valérianes. La Palatine, épouse du frère du roi, ne jurait que par Ninon et ses bouquets champêtres qui, disait-elle, lui rappelaient les prairies de son Wurtemberg natal[1]. Ninon était fraîche et jolie comme les roses qu'elle cueillait avec tant de soin. À son arrivée au Potager du Roi, Benjamin avait été subjugué par cette jeune personne vive et enjouée. À vingt-quatre ans, il ne connaissait pas grand-chose aux filles, ayant toujours préféré la solitude des rives du lac à la compagnie de ses semblables. Ninon, elle aussi, tomba sous le charme de ce grand garçon timide, un peu lunaire, au drôle d'accent traînant. Il n'était pas fort en gueule comme la plupart des jardiniers de Versailles et ne fréquentait pas les tavernes. Malgré les mises en garde de sa mère contre cet étranger, de surcroît genevois

1. Le Palatinat était un État du Saint Empire romain germanique. Il fait partie aujourd'hui du Bade-Wurtemberg et de la Rhénanie-Palatinat.

donc calviniste, les choses ne traînèrent pas. Ninon cherchait la compagnie de Benjamin qui ne la refusait pas, loin de là.

Un soir de juin, les deux tourtereaux se retrouvèrent seuls à cueillir des groseilles dans un des jardins jouxtant la terrasse du Midi. Ninon choisit la plus belle grappe dans son panier d'osier tressé, la fit danser devant les yeux puis la bouche de Benjamin qui croqua délicatement les petits grains translucides. Leurs mains s'unirent, leurs lèvres se cherchèrent. Tout esbaubis de tant de douceur et de plaisir, ils se réfugièrent dans un grenier des communs et, sans plus attendre, se donnèrent l'un à l'autre. Benjamin, n'ayant connu que quelques brèves étreintes avec des prostituées, trouva l'aventure merveilleuse. Ninon, quant à elle, savait qu'elle unirait son destin à ce garçon. Les événements se précipitèrent. Leur union porta ses fruits et bien vite, Ninon s'aperçut qu'elle était enceinte. Pour Benjamin, ce fut comme si le monde s'écroulait. Il n'avait nulle intention de rester jardinier au Potager du Roi. Ce ne devait être qu'une étape sur un chemin qui aurait dû le mener beaucoup plus loin. Et voilà qu'il était pris au piège du mariage et de la paternité. Il ravala ses larmes de désespoir de voir ses rêves réduits à néant et son sens du devoir lui fit demander la main de Ninon. Le mariage se fit en toute hâte. Bien entendu, aucun membre de la famille de Benjamin ne fit le déplacement depuis Genève. Les proches de Ninon faisaient grise mine et il n'y eut guère de réjouissances autour de ces épousailles.

Benjamin aperçut La Quintinie longer la côtière Nord, en compagnie de trois jardiniers. Il pressa le pas pour les rejoindre. En passant devant la Melonnière, il n'en crut pas ses yeux. Le jardin, situé en contrebas afin de bénéficier de toutes les ardeurs du soleil, offrait un spectacle de désolation. Les cloches couvrant les melons pour accélérer leur maturité étaient brisées, des éclats de verre parsemaient les plates-bandes. Pis encore, les melons avaient été sauvagement écrasés, leur chair orangée éclaboussait les grandes feuilles vertes, comme des traînées de sang pâle.

Benjamin partit en courant, faisant de grands signes avec les bras. La Quintinie interrompit son discours sur la nécessité d'ébourgeonner les poiriers et vint à sa rencontre.

– Les melons, les melons, on les a tous détruits, s'écria Benjamin. C'est épouvantable ! Venez vite !

Le maître jardinier se précipita à sa suite, les sourcils froncés. Arrivé au bord de la Melonnière, la scène le fit chanceler.

– C'est un carnage, lança-t-il d'une voix blanche. Pas un n'a réchappé à la fureur des vandales. Mais qui a bien pu s'acharner ainsi ?

Les jardiniers, arrivés au pas de course, découvraient le triste spectacle et se regroupaient autour de La Quintinie. Benjamin rompit le silence :

– L'Office de la Bouche du Roi nous a commandé des melons pour un potage devant être servi au Grand Souper[1]. Qu'allons-nous faire ?

– Je n'en sais fichtrement rien, mon garçon, répondit La Quintinie, se frottant nerveusement le menton.

1. Dîner = déjeuner ; souper = dîner.

Tournant le dos à la Melonnière, il scruta les allées du Potager, frappa de sa canne le sol à plusieurs reprises et reprit d'un ton indigné :

– C'est impossible. J'aurais dû entendre quelque chose. La maison n'est qu'à soixante toises[1] de la Melonnière. J'ai fait un dernier tour dans le jardin à près de minuit. Tout était calme et normal. Benjamin, j'ai vu de la lumière à vos fenêtres. Vous ne dormiez pas ? Rien ne vous a alerté ?

– Avec l'enfant qui hurle chaque nuit que Dieu fait, nous veillons plus qu'à notre tour, mais je n'ai rien entendu.

La Quintinie interrogea les autres jardiniers qui habitaient, comme Benjamin, les communs. Aucun d'entre eux n'avait remarqué d'allées et venues suspectes. Le maître jardinier, au mépris de son manteau de drap noir aux vastes plis, s'assit sur l'herbe. Il avait l'air d'un gros coléoptère retourné sur le dos. Les jardiniers faisaient cercle autour de lui, redoutant l'inévitable explosion de colère. Qui ne se fit pas attendre.

– C'est incompréhensible ! Qui peut en vouloir à nos melons ? Tous les soins que nous leur apportons réduits à néant ! L'un des fruits les plus difficiles à produire ! Plus de trente ans d'expérience ! Un vrai sacerdoce mené pour le plus grand plaisir du roi qui les désigne comme les meilleurs fruits du monde. C'est insensé ! Comment allons-nous annoncer que la saison des melons est finie avant même que d'avoir commencé ?

– Peut-être en reste-t-il quelques-uns, hasarda Benjamin.

1. Une toise = environ 1,20 m.

– Ne dis pas de bêtises, tu as bien vu que tous les pieds ont été arrachés. C'est une catastrophe sans précédent. Ma réputation est ruinée.

Un murmure s'éleva du groupe de jardiniers. Tous étaient atterrés. Nul n'ignorait l'amour que portait le roi Louis à ce fruit et les exigences dont il poursuivait La Quintinie pour l'avoir au plus tôt sur sa table. C'était, avec les asperges, un des grands motifs de fierté du jardinier. Par mille artifices, il arrivait à en offrir au souverain dès le mois de mars, même si leur saveur ne pouvait rivaliser avec ceux qui poussaient sous le chaud soleil d'été.

Reprenant son sang-froid, La Quintinie se releva, épousseta son manteau. Il s'adressa à la vingtaine de jardiniers qui commentaient l'événement à voix basse.

– Commencez vos travaux. Ouvrez l'œil et prévenez-moi si vous voyez quelque chose de bizarre. Et surtout, gardez le silence sur ce drame. Je ne veux pas voir rappliquer une horde de curieux.

La Quintinie fit signe à Benjamin et à Thomas, le premier garçon jardinier, de le suivre dans son cabinet de travail, situé au premier étage de la grande maison neuve bâtie par ordre du roi pour son jardinier. Ce dernier s'assit lourdement sur sa chaise à haut dossier, repoussa d'une main rageuse les factures, mémoires et livres qui encombraient son bureau. Une bergeronnette vint se poser sur le rebord de la fenêtre grande ouverte et lança un trille guilleret. La Quintinie se releva, alla fermer la croisée comme si toute note de gaieté était à bannir en cette funeste matinée.

– Il faut tirer cette affaire au clair et au plus tôt, grommela-t-il.

– Ne pourrait-il s'agir de l'œuvre d'un fou ? hasarda Thomas.

– Un fou n'aurait pas agi aussi méthodiquement. Non, il y a bel et bien une volonté de nuire dans ces agissements. Pourquoi ? Et à qui ?

– À vous, Monsieur de La Quintinie, affirma Thomas.

– Je ne me connais pas d'ennemis assez stupides pour s'en prendre à une melonnière.

– À moins qu'il ne s'agisse d'une de ces mauvaises plaisanteries dont sont coutumiers les jardiniers du château. Vous savez bien qu'Henry Dupuis chargé de l'Orangerie vous en veut terriblement depuis que le roi vous en a, en fait, attribué la responsabilité.

La Quintinie poussa un soupir, saisit la carafe d'eau et remplit trois gobelets.

– Notre différend a été réglé. Ce fut une blessure d'amour-propre pour Henry, mais je ne peux pas croire qu'il irait jusqu'à ces extrémités. D'autant qu'il a convenu que l'usage du feu dans les serres faisait courir aux orangers et aux citronniers des inconvénients très pernicieux. Je sais que la suppression des poêles à bois a provoqué de grands soulèvements parmi certains orangistes. J'ai été vu comme un perturbateur mais à force d'expliquer qu'un grand feu desséchait les arbres et bouchait les canaux de sève, j'ai eu gain de cause. La nouvelle orangerie que construit Monsieur Hardouin-Mansart avec ses grandes fenêtres et sa bonne exposition sera un nid douillet pour nos orangers et, dorénavant, tout le monde s'en réjouit.

Thomas fit une moue dubitative.

– Vous ne pouvez pas ignorer la guerre larvée entre les jardiniers du château et ceux du Potager. Ils nous prennent pour des paysans tout juste bons à tirer des racines du sol alors qu'eux se pavanent dans leurs massifs de fleurs. Ils se croient sortis de la cuisse de Jupiter parce que le roi leur adresse un salut lors de ses promenades.

– Je sais tout cela, Thomas. Le roi Louis nous honore aussi de sa confiance et ne manque pas de nous visiter quand il le peut. Nous avons la lourde tâche de flatter les papilles royales et nous y réussissons, tu peux me croire.

Benjamin toussota et prit la parole :

– À ce propos, comment vais-je annoncer au maître d'hôtel qu'il va devoir renoncer au potage au melon de ce soir ? On est samedi et le roi soupe au Grand Couvert. Dois-je aussi lui dire qu'il ne pourra plus compter sur notre production ?

– J'y viens, Benjamin, j'y viens. Tu vas te rendre immédiatement à la Bouche du Roi et faire part de cette terrible nouvelle. Qui est le maître d'hôtel en fonction actuellement ?

– Un certain Caumont, mauvais comme une teigne, imbu de ses fonctions, qui ne connaît rien à rien aux fruits et légumes et me fait toujours des demandes saugrenues.

La Quintinie leva les yeux au ciel.

– Je l'ai rencontré. C'est un fat doublé d'un imbécile. Tu vas, sans nul doute, essuyer une grosse colère de sa part. Propose-lui un potage aux pois. Ils sont à la perfection.

– Je doute que cela lui convienne…

– Moi aussi, mon garçon ! Je regrette de te charger de cette pénible mission. Je dois, pour ma part, vérifier avec Thomas s'il nous reste des semences de melon. En les plantant dès maintenant, nous pouvons espérer une récolte en août. Je souhaite également réinterroger tous les jardiniers. Peut-être certains ont-ils remarqué des agissements suspects ces derniers temps. Allez, Benjamin. Prends ton courage à deux mains et reviens-nous vite.

Benjamin prit congé. La tâche allait être rude. Il prisait peu de devoir, chaque jour, répondre aux demandes de l'Office de la Bouche du Roi. Il détestait l'ambiance surexcitée des cuisines, la morgue des officiers servants, le protocole et les fastes insensés qui entouraient les repas du souverain. Élevé dans l'austérité genevoise, il ne comprenait pas qu'on puisse tant gaspiller pour la seule gloire d'un homme, fût-il roi de France. Quand La Quintinie lui avait attribué ce travail, il n'avait pas osé protester, mais il aurait bien aimé y échapper.

Du temps où Versailles n'était qu'un relais de chasse qu'affectionnait Louis XIII, la Cour se contentait de l'ancien potager. Situé entre la Grande Rue et l'église Saint-Julien[1], il était composé de six carrés qui s'avérèrent insuffisants quand le roi allongea et multiplia ses séjours à Versailles. Louis aimait les jardins plus que tout. La création d'un nouveau potager fit partie des travaux grandioses lancés en 1678, heureuse année qui vit le quarantième anniversaire du roi et la paix de Nimègue mettant fin à la guerre de Hollande. La Quintinie, directeur depuis huit ans

1. À l'emplacement de l'actuelle bibliothèque de Versailles.

des jardins fruitiers et potagers des maisons royales, avait jeté son dévolu sur un terrain bien exposé, à mi-pente, du côté des étangs de Clagny. Le roi et son architecte, Hardouin-Mansart, en décidèrent autrement. Le potager fut implanté dans le pire des endroits : des marécages dont le nom d'Étang Puant ne laissait rien augurer de bon. En effet, les travaux réservèrent de bien mauvaises surprises. Aujourd'hui, les légumes arrivaient à profusion, les arbres fruitiers commençaient, eux aussi, à offrir de magnifiques récoltes destinées à la table du roi.

Autant Benjamin aimait travailler avec le grand jardinier qu'était La Quintinie, autant il se sentait étranger à ce royaume de faux-semblants. Depuis qu'il était en âge de marcher, ses pas le conduisaient sur des sentiers bordés de fleurs. Son lac, le lac Léman qu'il aimait tant, l'avait fait s'ouvrir à d'autres horizons. En regardant les lourds bateaux qui sillonnaient les eaux transparentes, il s'était pris à rêver de la mer. Non pas qu'il veuille devenir marin, pas du tout, mais la mer menait à d'autres terres, inexplorées, qui l'attendaient pour découvrir, observer, nommer des plantes jusqu'alors inconnues. Il ne s'en était jamais ouvert à ses parents malgré la bienveillance de sa mère. Il savait que jamais ils n'accéderaient à son désir d'aventure. Encore heureux qu'ils aient accepté de l'envoyer à Montpellier aux bons soins de Pierre Magnol, un des plus grands botanistes de l'époque. Il y avait été parfaitement heureux, le nez à ras de terre, la plume alerte, à noter ses observations. Et puis, Montpellier, c'était un peu chez lui. Non seulement sa mère y était née et son père y avait fait ses études, mais son arrière-grand-père, François Savoisy, le patriarche de la lignée familiale y avait vécu d'incroyables aventures[1]. Son père n'aimait pas trop en parler, mais son grand-père Samuel avait abreuvé Benjamin d'histoires sur ce personnage qui avait échappé à tous les dangers. Il s'était installé à la fin du siècle dernier à Genève où il avait connu le grand amour en la personne d'Esther. Benjamin n'avait pas sa chance. À vingt-cinq ans, sa vie était un champ de ruines.

Soupirant, il se dirigea vers la grande cour bordée par les logements des garçons jardiniers. Il devait changer ses vêtements de travail de serge grossière contre une tenue plus conforme au décorum de l'Office de la Bouche du Roi. Il monta pesamment les deux étages menant à son appartement. Ninon lui ouvrit la porte avec un grand sourire. Elle murmura :

– Elle dort. Ne fais pas de bruit.

Sur la pointe des pieds, Benjamin passa devant le berceau où sa fille reposait paisiblement. À peine avait-il déposé sur le lit son chapeau de feutre qu'un cri perçant se fit entendre. Il serra les poings, ignora Ninon qui se précipitait vers sa fille, jeta pêle-mêle ses habits au pied du lit, revêtit une chemise blanche, des bas blancs et des chausses ocrées, des souliers et s'enfuit en courant.

---

1. Cf. *Meurtres à la pomme d'or* et *Natures mortes au Vatican*, Agnès Viénot Éditions, 2006 et 2007, Le Livre de Poche n° 31140 et n° 31499.

2

La rue des Récollets était bouchée par un charroi renversé. Au milieu de la chaussée, gisait un homme, inanimé, les jambes broyées par un bloc de pierre. Le voiturier hurlait, demandant de l'aide pour dégager le blessé. Encore un qui allait payer de sa vie le désir de magnificence du roi Louis. Chaque jardinier du Potager avait dans sa famille ou dans ses connaissances une victime de la folie bâtisseuse du souverain. Benjamin avait entendu des récits de charrettes pleines de morts quittant les chantiers nuitamment et dans le plus grand secret pour ne pas effrayer les travailleurs. Il avait vu de ses yeux un charpentier qui travaillait à la nouvelle Orangerie tomber d'une poutre, entraînant dans sa chute un apprenti de douze ans. Les deux étaient morts, la tête éclatée et les membres disloqués. La veuve avait reçu quarante livres, la mère dix, alors que la perte d'un cheval en rapportait trente. La veille, le 16 mai, ne disait-on pas que vingt-cinq hommes avaient été blessés sur le chantier de la machine de Marly, cette tueuse aux roues dentées qui buvait l'eau de la Seine, lui faisait escalader le coteau de Louveciennes pour la recracher dans les bassins et fontaines du parc de Versailles. Et c'était sans compter les fièvres dues aux grands remuements de terre et aux marais putrides qui faisaient mourir comme des mouches soldats et ouvriers travaillant aux aménagements du parc et du château.

Benjamin se fraya un chemin dans la foule qui assistait, impuissante, à l'agonie du pauvre homme. Lancé à trop grande vitesse, l'attelage avait dû mal négocier le virage de la rue de la Chancellerie. C'était monnaie courante dans cette ville qui n'était qu'un immense chantier, poussiéreux en été, boueux en hiver. Il fallait sans cesse être sur ses gardes pour ne pas tomber dans une fosse nouvellement creusée ou se faire heurter par des manouvriers portant un chargement de poutres. En un an, Benjamin avait vu des édifices somptueux sortir de terre, des églises et des maisons rasées pour leur faire place. Comme ce bâtiment de deux étages mansardés en cours de finition que Benjamin s'apprêtait à traverser. Appelé le Grand Commun, il abritait les cuisines communes, les services auxiliaires et bon nombre de logements que l'installation définitive du roi, l'année précédente, avait rendu nécessaires.

Un jour, à la recherche d'un des maîtres d'hôtel, il avait erré pendant plus de deux heures, frappant à la porte des innombrables appartements où résidaient les officiers de la Maison du Roi. Il s'était retrouvé chez le tailleur du dauphin, puis chez une dame d'atours de la reine qui avait eu la gentillesse de l'accompagner au deuxième étage où résidait Du Carroy, l'homme qu'il cherchait. Elle lui avait expliqué qu'il y avait plus de mille pièces. Logeaient là au moins mille cinq cents personnes : les titulaires d'offices servant toute l'année ainsi que ceux dont le service était limité à un quartier, soit trois mois, et devaient quitter leur province pour

Versailles. La dame se plaignait de la promiscuité, des disputes incessantes qui tournaient parfois à la bagarre, les officiers[1] n'hésitant pas à tirer l'épée dans les couloirs. Il avait eu le plus grand mal à se dépêtrer de cette femme qui semblait le trouver à son goût et lui proposait une tasse de chocolat, ce nouveau breuvage à la mode.

Malgré l'heure matinale, une grande agitation régnait dans la cour du Grand Commun, des marchands se pressaient, certainement pour assister à une adjudication de marché, des galopins venaient puiser à la grande fontaine centrale, unique lieu d'approvisionnement en eau du bâtiment. D'autres entassaient des fagots devant l'entrée des cuisines. Benjamin ressortit par la rue de la Surintendance, emprunta la rampe pavée qui menait à l'aile des Princes où se trouvait la Cuisine-Bouche du Roi. Il aperçut Caumont en compagnie du contrôleur ordinaire, occupés à vérifier les pains apportés par les garçons boulangers dans de grands sacs de cuir frappé aux armes royales. Déplaisant au possible, plein de morgue, le maître d'hôtel prenait toujours un air profondément ennuyé comme si les propos de ses interlocuteurs ne pouvaient être qu'insignifiants. Comme les autres officiers de sa charge, il était vêtu d'une culotte étroite, d'un long justaucorps boutonné avec des manchettes en dentelle de Venise et portait des souliers à talons rouges du meilleur effet.

Benjamin attendit que le contrôle des pains soit fini, prit une grande inspiration avant d'aborder Caumont. Ce dernier le toisa et, la bouche en cul-de-poule, lui lança :

---

1. Officier = titulaire d'office.

– Monsieur Savoisy, vous êtes en avance. Nous n'attendons vos fournitures qu'à onze heures. Je vous prie de bien vouloir repasser. Je dois me rendre au bureau du maître de la Chambre aux Deniers pour établir les comptes du jour.

– Il me faut vous entretenir sur-le-champ. Nous avons subi une lourde perte. Nous ne pourrons vous livrer aucun des melons demandés.

Caumont, qui s'éloignait déjà, s'arrêta tout net, faillit s'empêtrer dans son épée tant sa volte-face fut brusque et aboya :

– Vous galéjez ! Le roi soupe ce soir au Grand Couvert. Il a émis le souhait de se régaler d'un potage au melon. C'est un ordre, comprenez-vous ? Voulez-vous vous rendre coupable d'un acte de lèse-majesté ?

– Croyez bien, Monsieur, que nous sommes au plus mal de ne pouvoir honorer nos engagements mais tous nos melons ont été détruits cette nuit.

– Que me chantez-vous là ? Il n'y a eu, que je sache, ni orage, ni grand vent, ni pluie de grêle. Repartez immédiatement et revenez tout à l'heure avec votre chargement de melons.

Les yeux du maître d'hôtel lançaient des éclairs, sa main droite se crispait sur son épée.

– Je vous assure, Monsieur, il ne reste aucun melon au Potager, reprit Benjamin qui commençait à trouver plaisant de voir l'embarras du maître d'hôtel.

– Mais, vous ne pouvez pas me faire ça, hurla Caumont, rouge comme une écrevisse. Comment vais-je l'annoncer au premier maître d'hôtel ? Il va me tuer et jeter mes restes aux chiens. Je vous dis que le roi veut manger des melons.

Benjamin se délectait de plus en plus de la situation. D'un ton doucereux, il proposa :

– Si vous voulez, nous avons de très beaux pois verts tout juste à maturité. Il nous reste, bien sûr, de magnifiques asperges dont le roi est, dit-on, très friand. Quant aux artichauts…

– Que croyez-vous donc ? l'interrompit le maître d'hôtel. Le roi mange des asperges presque toute l'année. Son royal gosier s'en est lassé. Il demandera à ce qu'on lui apporte ma tête si je m'avise de lui en servir. Quant aux pois verts, nous en avons déjà prévu.

Caumont fouillait frénétiquement dans la grande poche située sous le rabat de son justaucorps. Il en sortit une épaisse liasse de papiers.

– Attendez que je vérifie… Pour le souper, nous avons potage de petits oisons au naturel, tourte de béatilles, cochon de lait au père Douillet, estouffade de poulets marinés garnis de ris de veau, potage de concombres farcis, tourte de pistaches, salade d'anchois, épaule de mouton à la galimafrée et, regardez là…

Il mit sous le nez de Benjamin une page où était écrit en gros caractères :

« Petites fèves au lard et à la moelle

Champignons frits en beignets

Potage de pois verts

Culs d'artichauts à la compote »

– Vous voyez, nous avons vos pois verts et vos artichauts. Croyez-moi, il nous faut des melons, sinon je suis mort.

Caumont avait perdu toute superbe. Il alla jusqu'à poser le front sur l'épaule de Benjamin, lui murmurant :

– Pour l'amour du ciel, faites quelque chose. Mon avenir est entre vos mains. Je vous en supplie, trouvez-moi des melons.

– Hélas, il m'est impossible de vous venir en aide. Demandez aux verduriers[1] qui approvisionnent la Cuisine-commun…

– Pouah ! grimaça Caumont. Vous n'y pensez pas. Il s'agit de la table du roi, pas de celle d'officiers subalternes.

– Où avais-je la tête ? Et je doute que les maraîchers de Versailles aient des melons à maturité. Nous sommes les seuls à en produire grâce aux techniques de Monsieur de La Quintinie.

– Je me moque de La Quintinie et de ses prouesses. Trouvez-moi des melons, c'est tout ce que je demande. Je vais essayer de convaincre le premier maître d'hôtel de faire parvenir au roi toutes nos excuses pour le souper de ce soir, mais demain, il me les faut absolument. Quelle malchance de servir au quartier d'avril ! En octobre je n'aurais pas eu à subir ce désastre. Qu'est-ce que vous avez à me regarder de cet œil torve ?

– Monsieur de Caumont, répondit Benjamin d'une voix douce. J'ai dû mal me faire comprendre. Nous n'aurons de melons ni demain ni la semaine prochaine. Au mieux, pouvons-nous en espérer fin août…

Benjamin vit Caumont se ratatiner comme une balle en vessie de porc. Il l'aida à se redresser et le conduisit par le coude jusqu'aux bureaux de la Maison Bouche du Roi. Le pauvre homme, anéanti, marmonnait d'une voix caverneuse :

1. Pourvoyeurs de légumes verts, oignons, herbes, verjus.

– … melons… mi-août… le roi… je suis perdu…

Benjamin repartit vers le Potager en sifflotant. Le roi ne mourrait pas de ne pas avoir de melons à son souper. Comment Caumont pouvait-il se mettre dans un état pareil pour de si petites choses ? Ce monde n'était décidément pas le sien.

À Montpellier, il avait découvert les herbiers collectés par des botanistes ayant fait le voyage vers l'Amérique et s'était émerveillé avec un de ses camarades de l'époque, Joseph Pitton de Tournefort, passionné de botanique, de l'incroyable diversité qu'offrait la nature. Où étaient les grands horizons, les terres inconnues dont il avait tant rêvé ? Comment supporter les afféteries des gens de cour, leur goût des futilités alors que l'univers offrait les plus grandes aventures ? Il s'imagina, l'espace d'un instant, penché sur une fleur dont personne n'avait encore respiré les suaves fragrances. Il se voyait la rapporter triomphalement d'un de ces pays mystérieux de l'Insulinde ou des Mascareignes. On l'appellerait la *Benjamina* en son honneur et il ne tarderait pas à repartir vers d'autres explorations et d'autres succès. Comment pouvait-on préférer à de si nobles activités la préparation d'un potage, d'un ragoût fussent-ils servis à la table du plus puissant monarque d'Europe ?

Quand il avait appris que plusieurs centaines de personnes étaient affectées au service de la Bouche du Roi, il n'avait pas voulu le croire. Manger était-il l'occupation la plus importante à Versailles ? Non, lui avait répondu ingénument Ninon, préparer la guerre passe avant tout.

Un jour, tout au début de leur idylle, quand tout allait bien, elle avait tenté de lui expliquer les complexités et les hiérarchies qui régissaient, à Versailles, l'acte somme toute le plus simple du monde : préparer un repas.

Ninon, qui fournissait en bouquets princes et princesses, marquis et marquises, lui avait raconté que se nourrir était un problème permanent pour les courtisans. Très peu d'appartements du château comportant une cuisine, ils étaient obligés de faire venir des plats d'un traiteur en ville ou de mendier une invitation aux tables d'honneur.

– Mais je pensais que la Maison Bouche pourvoyait à tout ? avait demandé Benjamin.

– Ça dépend de qui tu es. Si tu es le roi, pas de souci, tu as à ta disposition la Cuisine Bouche située dans l'aile des Princes avec écuyers, maîtres queux, hâteurs, potagers, pâtissiers pour te servir. Mais aussi des maîtres d'hôtel ordinaires, des maîtres d'hôtel de quartier, des gentilshommes servants, des huissiers, des avertisseurs, des porte-table, des serdeaux, des garde-vaisselle, des…

– Mais que font tous ces gens ?

– Les écuyers sont les chefs. Ils contrôlent la qualité des plats et la quantité d'ingrédients. Les maîtres queux ont la charge des viandes et de la volaille. Les hâteurs sont ceux qui mettent les viandes à rôtir ou les poissons si l'on est en maigre[1]. Les potagers, comme leur nom l'indique, s'occupent des potages qu'ils soient de viandes ou de poissons et des bouillons pour faire les sauces. Les pâtissiers font les pâtés mais aussi les biscuits. Voilà pour la cuisine proprement dite.

---

1. Maigre : jours où il était interdit de manger de la viande (le vendredi, pendant le carême et d'autres fêtes religieuses).

– Ça devrait suffire…

– Ne crois pas cela ! Tu as aussi le service du Gobelet du Roi, divisé en Paneterie-Bouche et Échansonnerie-Bouche. L'officier de la Paneterie apporte le pain au réveil du roi et celui de l'Échansonnerie une boisson. Ils veillent à ce que toute la journée, le roi dispose d'en-cas et de rafraîchissements. La Paneterie dresse la table, selon qu'il s'agit du Grand ou du Petit Couvert, mais je ne vais pas te farcir la tête avec ça.

– Tu m'en vois fort heureux, avait répondu Benjamin essayant d'attirer Ninon à lui.

– Je te raconterai un autre jour comment se passent les repas du roi. Comme tu vas devoir circuler dans ce monde-là, il faut que tu saches que ce qu'on appelle le Petit Commun a ses cuisines et ses salles à manger au Grand Commun.

– Mais c'est complètement stupide !

– Le Petit Commun a pour fonction de servir les deux tables d'honneur de la Cour : celle du Grand Maître, destinée aux princes du sang, aux grands officiers de la Maison militaire et de la Maison du Roi. La table du Chambellan reçoit les hôtes de marque et les ambassadeurs qui la fréquentent chaque mardi.

Benjamin avait renversé Ninon sur la paille odorante et lui avait déclaré dans un souffle :

– Dépêche-toi de finir ta leçon, je crois que je ne saurais plus attendre.

– J'en arrive au Grand Commun qu'on appelle aussi Cuisine-commun et qui a pour charge de nourrir ceux qui ne sont pas admis à la desserte du roi ou aux tables d'honneur. Il y a quatre tables : la seconde table du

Grand Maître, la table des Maîtres d'hôtel, celle des Aumôniers et celle des valets de chambre.

– Ouf ! C'est fini.

– Non, non, il y en a une petite dernière, celle des gentilshommes servants qu'on appelle serdeau. Il y fait un froid glacial en hiver, elle est sinistre, mais les plats viennent de la table du roi, donc on y sert les mets les plus raffinés.

– Maintenant, laisse-moi te croquer.

– Tu ne veux pas que je parle de la Maison Bouche de la Reine ?

– Tu es ma reine et de bouche, je ne veux que la tienne.

De retour au Potager, il vit avec surprise un attroupement d'une cinquantaine de personnes au bord de la Melonnière. Les secrets étaient les choses les moins bien gardées à Versailles.

En s'approchant, il entendit un grand escogriffe s'exclamer :

– Le Grand Jardinier a des ratés à ce qu'on voit. Il est peut-être le roi de l'orange, mais les melons ne lui réussissent pas.

Benjamin connaissait bien Olivier Fleurant, un cousin de Ninon. Il faisait partie des jardiniers de l'Orangerie n'ayant pas digéré les leçons données par La Quintinie. Thomas essayait de l'éloigner. En vain. L'occasion de se gausser était trop belle ! Il y avait aussi Charles Collinot, le prétendant de toujours de Ninon qui n'avait jamais pardonné à Benjamin de lui avoir volé celle qu'il considérait comme sienne. Il s'occupait du jardin de Trianon où le roi Louis avait filé le parfait amour avec la Montespan. Charles était un bon jardinier, malheureusement doté d'un caractère violent. Apercevant Benjamin, il l'apostropha :

– Tiens voilà le Réformé ! Et si c'était lui la cause de cette catastrophe ? Il n'y a pas plus sournois que ces suppôts du diable. Peut-être a-t-il mené le sabbat pour nuire à notre bon roi. Méfions-nous.

Benjamin le regarda froidement. Ce n'était pas la première fois qu'on s'en prenait à la religion qui avait été la sienne. Professer la foi de Calvin devenait de plus en plus suspect en France. À Montpellier, Benjamin n'avait pas eu à souffrir de ce genre d'attaques, la ville étant dominée par ses coreligionnaires mais, depuis son arrivée à Versailles, il devait parfois se retenir pour ne pas se bagarrer, lui pourtant d'un naturel pacifique. La légende familiale racontait la conversion au protestantisme de l'aïeul, François Savoisy, pour les beaux yeux d'Esther. Par la suite, il ne semblait pas avoir fait preuve de beaucoup de zèle religieux. Pour sa part, Benjamin était fidèle aux enseignements qui lui avaient été prodigués. Sa conversion au catholicisme n'était que de façade. S'il allait, contraint et forcé, à la messe dominicale, il ne priait que du bout des lèvres. C'était, dorénavant, dans le spectacle de la nature qu'il trouvait les occasions de se réjouir de la présence de Dieu.

Charles ricana, fit un geste obscène en direction de Benjamin et continua à commenter le saccage des melons.

Un bruit de volière ne tarda pas à se faire entendre. Un groupe de courtisans s'avançait dans l'allée centrale, caquetant et riant. Eux aussi venaient au spectacle. Les distractions, à Versailles, ne manquaient pas, mais on aimait par-dessus tout les événements insolites. Les langues acérées pouvaient s'en donner à cœur joie et faire de bons mots aux dépens d'une pauvre victime. Vêtues de robes légères aux corsages ornés de rubans de couleurs vives, les femmes agitaient plaisamment leurs ombrelles. Benjamin et Thomas assistèrent, impuissants, au piétinement de leurs semis de chicorée, l'une d'elles ayant décidé d'imprimer ses pas dans cette terre semblant encore vierge. D'autres la suivirent en minaudant. Elles ne tardèrent pas à rebrousser chemin, très en colère d'avoir gâché le fragile satin de leurs chaussures. Un jeune fat, pour les dérider, n'hésita pas à massacrer avec sa canne incrustée de pierreries une rangée de pois ramés. Les femmes rirent follement et l'une d'elles voulut s'y essayer.

Sans l'intervention de La Quintinie, le Potager aurait été rapidement transformé en jeu de quilles. Il leur expliqua que les plantes avaient besoin de calme et de considération. Certaines femmes firent la moue. Pour se concilier leurs bonnes grâces, La Quintinie envoya deux jardiniers cueillir les premières fraises, d'autres quérir quelques rafraîchissements. Cette collation impromptue fut accueillie par des cris de contentement. La Quintinie les salua bien bas et s'apprêtait à rejoindre son bureau quand arriva, au pas de charge, une grosse femme. Elle le héla d'une voix tonitruante au fort accent allemand. Habillée à la va-comme-je-te-pousse, elle portait un costume de chasse : un justaucorps à décor de brandebourg ouvrant sur une veste de brocart et, sur la tête, un monumental chapeau à trois cornes.

– Monsieur de La Quintinie, il me faut vous parler de toute urgence.

Élisabeth-Charlotte, fille de l'Électeur Palatin du Rhin, épouse de Monsieur, frère du roi, se frayait sans ménagement un chemin parmi les gens attroupés. À trente ans, celle que tout le monde appelait la Palatine avait gardé son teint clair et n'était pas si vilaine qu'on voulait bien le dire avec sa blondeur et ses yeux bleus. Certes, ses traits étaient irréguliers, mais sa grande taille, son port dégagé, son regard intelligent et vif en imposaient. Elle avait gardé de son enfance de sauvageonne dans le Wurtemberg l'amour du grand air et des forêts profondes. Elle chevauchait aux chasses du roi qui appréciait sa franchise et son regard aiguisé sur ses semblables. Cette liberté de ton lui valait de nombreux ennemis à la Cour, notamment parmi les favoris de son époux qui n'avait guère de goût pour les femmes. Femme délaissée, étrangère trop souvent montrée du doigt, elle en avait pris son parti et n'hésitait pas à passer outre les contraintes de la Cour. Elle aimait venir au Potager, s'entretenir en toute simplicité avec les jardiniers. La Quintinie la recevait bien volontiers à condition qu'elle ne vienne pas accompagnée de sa horde de chiens qui mettaient à mal les précieuses plates-bandes.

Elle prit La Quintinie par le coude et l'entraîna vivement à l'écart.

– Le roi est furieux. Il a appris que ses melons avaient été détruits. Il vous tient pour personnellement responsable du Potager et il ne supportera pas que ses biens soient ainsi mis à mal.

La Quintinie la regardait avec un air de profonde tristesse.

– Madame, je ne le sais que trop.

– Attendez, ce n'est pas fini. Vous savez combien Louis est fier de vos prouesses. Une ambassade de Hollande est attendue après-demain. Il comptait leur faire les honneurs du parc et du Potager. Votre Melonnière aurait été le clou du spectacle. Le roi enrage de ne pas pouvoir se livrer à son petit jeu préféré. Je tenais à vous en avertir.

– Je ne suis, hélas, plus en mesure de lui offrir ce spectacle comme vous le nommez.

– Il le faut, sinon, malgré toute l'amitié que vous porte le roi, j'ai peur que votre étoile ne se fasse moins brillante au firmament des jardiniers.

La Quintinie frappait nerveusement le sol du bout de sa canne. Voyant Benjamin qui l'observait, il lui fit signe de venir. Le jeune homme s'inclina devant la Palatine qui s'empressa de lui déclarer :

– Comment va la petite? Et notre chère Ninon? Demandez-lui de venir me voir dans mes appartements. J'ai quelques commandes à lui passer. Ou plutôt, dites-lui d'apporter une ou deux brassées de ces giroflées musquées que je vois là-bas, ainsi que des jacinthes à panache et des narcisses doubles.

Benjamin promit d'en faire part à son épouse. La Palatine rassembla les pans de sa vaste robe, enfonça d'un geste brusque le chapeau qui lui donnait l'air d'un grand oiseau de mer et prit congé en assurant La Quintinie de toute sa sympathie. Le maître jardinier la salua profondément. Se tournant vers Benjamin, il lui confia à voix basse :

– Tu vas partir immédiatement à Paris. Tu rafleras tous les melons que tu trouveras.

– Mais c’est bien trop tôt ! Ils ne seront pas plus gros que des billes, protesta-t-il.

– Détrompe-toi. Mes techniques de forçage sont connues et imitées, ce qui est la chose la plus naturelle du monde. J’ai entendu parler de jardiniers du faubourg Saint-Antoine qui vendaient des melons sur le marché des Enfants-Rouges la semaine dernière.

– Mais, qu’allons-nous en faire ?

– Tu verras bien. Hâte-toi. Avec un peu de chance, tu pourras être de retour dans la nuit. Au pire, sois là demain, à la première heure. Je vais te donner une somme conséquente pour les achats et pour la location d’une charrette. Ne lésine pas sur les prix. Il y va de mon avenir en ces lieux.

Interloqué, Benjamin ne pipa mot et suivit La Quintinie. Cette affaire prenait une bien étrange tournure.

Pour la deuxième fois de la matinée, il remonta chez lui après que La Quintinie lui eut confié une bourse bien garnie. Il trouva Ninon faisant des risettes à sa fille qui reposait calme et souriante dans son berceau. Le tableau était charmant. Benjamin expliqua brièvement à sa jeune épouse que, devant se rendre à Paris, il ne rentrerait peut-être pas avant le lendemain. Ninon esquissa un geste de tendresse qu’il fit mine de ne pas voir. Pour la troisième fois de la journée, il s’enfuit dans la crainte que sa fille n’émette un des hurlements dont elle avait le secret.

3

Il y avait un monde fou sur la route entre Versailles et Paris. À croire que tout ce qui roulait s'était donné rendez-vous le long des quatre lieues[1] qui séparaient le château de la capitale. Carrosses aux armes de grands seigneurs tirés par quatre ou six chevaux, fiacres rapetassés conduits par de mauvaises rosses, cavaliers empanachés, mousquetaires pressés, carrioles de marchands se croisaient à une vitesse folle, soulevant des gerbes de poussière. Cavalier médiocre, Benjamin n'était guère à l'aise sur le grand cheval bai que lui avait affecté le garçon d'écurie du Potager. Par bonheur, l'animal, d'un naturel placide, allait son chemin sans réagir quand une voiture le frôlait de près.

Une fois arrivé à Paris, après plus de deux heures de chevauchée, il dut plusieurs fois demander son chemin. À la porte Saint-Antoine, il laissa avec soulagement sa monture dans un relais de poste, préférant poursuivre ses recherches à pied. Devant lui se dressait la lourde silhouette de la Bastille, cette forteresse aux huit tours crénelées, entourée de larges douves. Benjamin le savait, ce lieu sinistre était une prison où étaient enfer-

1. Une lieue = 3,898 km.

més les ennemis du roi, traîtres et espions, mais aussi débauchés et fils de famille récalcitrants.

Ne sachant trop où se diriger, il prit la première rue qui s'ouvrait devant lui, bordée de maisons récentes séparées par des cours où s'affairaient des artisans menuisiers et ébénistes. Il s'adressa à un jeune homme au visage couvert de sciure, portant des planches d'un bois sombre que Benjamin reconnut comme de l'ébène. Le garçon ne répondit pas à son appel. Comme tous les Parisiens, il était pressé et peu enclin à renseigner le passant. Benjamin marcha quelques centaines de toises, passa devant un bâtiment flambant neuf. Un fracas de verre brisé se fit entendre, suivi de hurlements et d'un chapelet d'injures. Un petit homme replet, écumant de rage, se tenait devant deux miroirs brisés.

– C'est pas Dieu possible, bande de jean-foutre, des glaces qui devaient partir pour la nouvelle Galerie du Roi à Versailles ! Vous savez combien ça coûte ?

Les deux manœuvres haussèrent les épaules, ce qui eut le don d'aviver le courroux du petit homme.

– Trente mille livres pour les trois cent cinquante-sept miroirs que nécessite cette foutue galerie. C'est bien la peine que Monsieur Colbert ait fait venir, à prix d'or, des Italiens de Murano pour qu'ils livrent leurs secrets si vous vous ingéniez à les casser au fur et à mesure qu'ils sont fabriqués.

Benjamin se remit en route, ne voulant pas assister à la fin de l'algarade qui, sans nul doute, allait se terminer par le renvoi des deux ouvriers. Ninon, toujours à l'affût des nouvelles de la Cour, lui avait parlé du chantier de la Galerie des Glaces, décidé comme celui du Potager, en 1678. Tout le monde se plaignait, pour accéder aux appartements du roi, de devoir avaler de la poussière de marbre, de recevoir des gouttes de peinture tombant du plafond où les ouvriers de Monsieur Le Brun peignaient des fresques, de se tordre les chevilles à cause des parquets mal joints, de déchirer ses vêtements aux échafaudages.

Il faisait chaud, Benjamin mourait de soif et de faim, n'ayant rien avalé de la journée. Pas de potager en vue. Cette chasse au melon commençait à l'agacer. La Quintinie aurait dû envoyer quelqu'un qui connaissait Paris mieux que lui. Il avisa un groupe d'enfants, assis en rang d'oignons sur un banc de pierre. Peut-être ces âmes tendres accepteraient-elles de le renseigner.

– Hé ! les petits, je cherche des jardins potagers.

Ils le regardèrent d'un air morne sans qu'aucun d'entre eux s'avisât de répondre. Benjamin soupira et s'apprêtait à reprendre son chemin quand le plus âgé de la troupe, un petit bonhomme d'une douzaine d'années, malingre et la peau grêlée, déclara :

– Bon courage, il y en a partout des jardins potagers dans le coin.

– Et vous en connaissez où poussent des melons ?

– À votre place, je n'irais pas. Ce n'est pas le moment. C'était une petite fille d'environ huit ans, les yeux ronds comme des billes, qui avait émis cette mise en garde.

– Et pourquoi je te prie ?

– Il y a eu un drame, dit-elle d'un ton de conspirateur.

– Vous pourriez m'y conduire ? insista Benjamin.

– On ne peut pas, répondit laconiquement le garçon.

Benjamin soupira de nouveau. Petits ou grands, les Parisiens n'étaient vraiment pas accommodants.

– On pourrait peut-être si vous nous donnez un sou, reprit la fillette.

– D'accord pour un sou, répondit Benjamin avec un nouveau soupir.

Les deux enfants se levèrent et dirent aux trois autres de ne pas bouger, qu'ils n'en auraient pas pour longtemps.

– Vous comprenez, on n'a pas le droit de se promener dans le quartier. On est des enfants trouvés, dit la petite du même ton mystérieux. Je m'appelle Madeleine et lui, c'est Vincent.

Madeleine offrit un grand sourire édenté à Benjamin qui lui emboîta le pas.

– Vous êtes frère et sœur ?

– Ben non, on vous a dit qu'on est des enfants trouvés. On nous trouve quand on est bébé et ensuite on vient ici, à l'hospice. Moi, on m'a trouvée devant l'église Saint-Merri et Vincent dans le village des Batignolles. Vous voyez bien qu'on ne peut pas être frère et sœur.

Elle regarda Benjamin comme si c'était un parfait demeuré, réfléchit quelques secondes et déclara :

– Mais c'est vrai, Vincent c'est un peu mon frère. Sauf qu'il va bientôt avoir douze ans et on ne se verra plus. Il partira travailler dans une manufacture. Moi, je sais que ma maman va venir me chercher.

– Tu ne devrais pas croire à ça, lui dit Vincent, sortant de son silence.

Madeleine fronça le nez et, prenant Benjamin à témoin, déclara :

– Moi, accroché à mes langes, il y avait un petit ruban bleu et un mot qui disait : « Mon Dieu, aie pitié de cette pauvre enfant. Je prie Dieu qu'elle échoie dans les mains de quelques bonnes personnes et Dieu les récompensera. Elle s'appelle Madeleine, elle est née la veille de la Saint-Michel du mois de septembre. » Ça veut bien dire que j'ai une maman ! Toi, tu n'avais même pas de nom. On t'a appelé Vincent du nom de notre bienfaiteur, le père Vincent de Paul.

Benjamin eut une pensée fugace pour sa fille. S'il n'était guère un père aimant, au moins la petite avait-elle l'amour inconditionnel de sa mère. Les deux enfants s'étaient engagés dans une rue à droite, continuant à se disputer sans plus se préoccuper de Benjamin.

– Vous êtes sûrs qu'il y a des melons par là ?

– Attendez un peu ! On vient de prendre la rue de Charonne. On tournera dans la rue Basfroi et on arrivera à Pincourt[1], là où il y a les melons. Et pourquoi vous vous intéressez aux melons ? lança la jeune péronnelle.

– C'est une histoire un peu compliquée. Je suis jardinier du roi...

La petite émit un sifflement admiratif.

– Tu entends, Vincent, Monsieur est jardinier du roi. Demande-lui si tu pourrais travailler avec lui.

Le jeune garçon faisait de grands gestes de dénégation. Madeleine insista :

– Il est très timide, voyez-vous. Et très malheureux d'aller fabriquer des cordages pour les bateaux du roi. Il n'aime que les jardins et les fleurs. Il va de temps en temps donner un coup de main aux jardiniers. C'est comme ça qu'on sait où il y a des melons.

Benjamin ne prêtait plus attention au babillage de l'enfant. Les maisons s'étaient espacées ; des potagers

1. Pincourt ou Popincourt.

s'étendaient à perte de vue. Les jardins n'étaient pas clos de murs, seulement séparés par des levées de terre ou des haies de paille tressée faisant office de coupe-vent. Habitué aux carrés du Potager du Roi entourés d'arbres fruitiers, Benjamin s'étonna de n'en voir aucun, mais constata d'emblée que les salades, les herbes, les artichauts, les asperges avaient bel aspect. Pourtant, une chose lui sembla bizarre : il n'y avait personne dans les parcelles, alors que l'heure était propice aux arrosements. Les nombreux puits qu'il voyait auraient dû être pris d'assaut. Un étrange silence régnait, à peine troublé par le chant des oiseaux. Madeleine et Vincent s'étaient engagés dans un sentier serpentant entre les jardins et l'avaient distancé. Peut-être se jouaient-ils de lui. Peut-être se contentaient-ils de le promener dans ce dédale de jardins ? Aussi Benjamin fut-il soulagé quand il croisa un groupe de jardiniers, portant de lourdes bêches. Leur air revêche ne le découragea pas, il demanda s'il était encore loin des champs de melons.

L'un des hommes fit la grimace et déclara :

– Passez votre chemin, il n'y a rien à voir. Le mal est fait. Cet âne bâté de Chevignot a apporté le malheur dans le quartier. Un légume, ça arrive quand ça doit arriver, pas avant. C'est œuvre du diable. Il faut en payer le prix. Les pauvres Chanteperdrix sont les premiers à en faire les frais.

Les autres hochèrent gravement la tête et continuèrent leur chemin. Interloqué, Benjamin rejoignit les enfants en courant et leur demanda ce qui se passait.

– Vous verrez bien ! lui répondit Madeleine. Il paraît que c'est pas joli.

Cinq minutes plus tard, ils arrivèrent à la jonction d'un chemin poussiéreux. Une petite foule était installée en bordure d'une parcelle. Tout le monde s'agitait, parlait fort. Benjamin s'adressa à une grosse paysanne qui, sur la pointe des pieds, essayait d'apercevoir ce qui se passait dans le champ.

– Qu'est-il arrivé ?

– Vous n'êtes pas au courant ? Toute la famille Chanteperdrix a été assassinée : le père, la mère et les deux petits, un de six ans et une autre encore dans ses langes.

– Ça c'est passé quand ?

– Cette nuit. Les pauvres avaient tellement peur de se faire voler que la famille entière passait la nuit dans le champ pour veiller au grain. Les agents du guet attendent l'arrivée du commissaire du Châtelet. Encore un qui n'est pas pressé ! C'est une honte de laisser des morts toute une journée dans un champ.

– C'est horrible. Les meurtriers ont été arrêtés ?

– Pardi non ! Il n'y a que les corps gisant parmi les melons éclatés.

– Les melons ! l'interrompit Benjamin. Ils cultivaient des melons ?

– C'est Chevignot qui leur avait mis cette idée dans la tête, leur assurant qu'ils feraient fortune. Faut dire qu'ils tiraient le diable par la queue, les Chanteperdrix, et qu'un peu de beurre dans les épinards ne leur aurait pas fait de mal. Fallait voir les petits, juste la peau sur les os…

– Qui est ce Chevignot ? Je peux lui parler ?

– Ah, mon brave Monsieur, vous ne le trouverez pas ici. Les gens lui auraient fait la peau.

– Dites-m'en plus sur les melons, insista Benjamin.

La femme, les poings sur les hanches, gronda :

– Vous pourriez avoir un peu de compassion pour ces pauvres créatures rappelées à Dieu de si horrible manière. On s'en moque des melons ! C'est Chevignot qui voulait transformer tout Pincourt en champ de melons. Il disait que c'était la fortune assurée. C'est vrai qu'ils étaient bien beaux ses melons, mais nous, on n'a pas voulu entrer dans sa combine. Ici, les salades, les poireaux, l'oseille, les oignons, on s'en contente. Les cultures pour les richards on n'en veut pas.

Elle tourna le dos à Benjamin, signifiant que le débat était clos. Il se faufila dans la foule et arriva au bord du jardin. Madeleine et Vincent en profitèrent pour se glisser dans son sillage. La scène était la même qu'au Potager du Roi : tous les melons avaient été piétinés, les tiges et les feuilles arrachées. Sauf que cette fois, le sang avait coulé, se mêlant à la terre. Benjamin aperçut quatre corps. Il eut un coup au cœur en voyant le cadavre de la petite fille, étroitement emmaillotée dans des langes tachés de sang.

La foule s'échauffait. Certains parlaient d'aller chercher les corps, de les ramener dans leur pauvre masure. Ces bons chrétiens méritaient une veillée funèbre digne de ce nom. Les laisser dans ce champ était impie. Des bruits de chevaux se firent entendre. Le commissaire examinateur du Châtelet apparut, sauta à terre et demanda aux agents du guet de disperser immédiatement les badauds. Il y eut des cris, une bousculade. Benjamin s'éloigna en toute hâte, tirant les deux petits par la main. Il leur donna à chacun un sou et leur enjoignit de rentrer très vite au faubourg Saint-Antoine.

Madeleine ne semblait nullement affectée par le spectacle qu'ils venaient de découvrir. Elle le gratifia de son sourire édenté.

– Vous voulez qu'on vous montre autre chose ? Vincent sait où il y a des giroflées...

Benjamin fit un signe de dénégation. Pris d'un élan de pitié pour les deux gamins, il leur redonna un sou. Encouragé par une telle générosité, Vincent balbutia :

– Si, un jour, vous avez besoin d'un apprenti jardinier, venez me chercher. J'aime tellement les fleurs !

Effrayé de son audace, il tourna les talons et partit en courant, suivi de Madeleine lui criant de l'attendre.

Benjamin s'engagea dans le sentier de droite. Pauvres enfants ! Leur avenir ne s'annonçait pas sous les meilleurs auspices. Et cette autre petite fille, baignant dans son sang, victime innocente de cette tuerie inexplicable. Qui étaient donc les fous qui détruisaient les melonnières et n'hésitaient pas à tuer de pauvres jardiniers sans le sou ? L'hypothèse d'une mauvaise plaisanterie des jardiniers du château pour se moquer de La Quintinie s'écroulait d'elle-même. Benjamin n'avait plus qu'une envie : rentrer aussitôt à Versailles pour faire part de ce drame. Et, pour la première fois, il ressentit le besoin de serrer sa fille dans ses bras, de lui jurer qu'il la protégerait de tous les dangers. Mais La Quintinie avait été catégorique : il lui fallait absolument des melons. Benjamin ne saurait désobéir à ses ordres même si la raison lui en semblait obscure.

Il passa deux bonnes heures entre les rues de la Raquette[1] et la rue du Chemin-Vert à suivre les sen-

1. Raquette ou Roquette.

tiers sillonnant les jardins. Les potagers étaient admirablement bien tenus. On voyait que d'habiles jardiniers cultivaient ces jardins. La moindre place était utilisée, mais il ne vit pas trace de melons, du moins à maturité. Il poussa jusqu'au bourg de Charonne et s'arrêta à l'*Auberge du Grand Monarque* pour se désaltérer. On lui servit un petit vin des coteaux du Mesnil-Montant, aigre et acide à souhait. Réprimant une grimace, il demanda à l'aubergiste s'il connaissait aux environs des producteurs de melons. L'homme le regarda avec surprise et s'exclama :

– Qu'est-ce que vous avez tous avec les melons ? Pas plus tard qu'hier, une femme avec un drôle d'accent m'a posé la même question. Eh ! dites donc, vous aussi, vous ne me semblez pas d'ici. Vous seriez pas étranger ? J'ai appris qu'à Pincourt, il y avait eu des gens assassinés dans une melonnière. Allez, mon brave, finissez votre verre et passez votre chemin.

Le ton était menaçant. Benjamin, sans finir l'affreuse piquette, lança une pièce sur la table et reprit son chemin.

L'espoir de rapporter des melons à Versailles s'amenuisait. La Quintinie allait être furieux, mais il faudrait bien qu'il en prenne son parti.

Le jour baissait. Benjamin alla reprendre son cheval à la porte Saint-Antoine. Il avait prévu d'aller passer la nuit chez Louis Audiger, le parrain de Ninon qui tenait boutique de limonadier près du Palais-Royal. Il aimait bien ce bonhomme excentrique qui ne vivait que pour les liqueurs, sirops et neiges artificielles dont il faisait commerce.

Benjamin n'en menait pas large dans les embarras de Paris à cette heure où tous les habitants semblaient pris d'une envie frénétique de se rendre d'un lieu à l'autre. À pied, à cheval, en charrette, en chaise à porteur, en carrosse… Ou dans ces drôles de caisses à deux roues, tirées par un homme et poussées par une femme ou un enfant, qu'on appelait *vinaigrettes*. Comment pouvait-on habiter cette ville qui n'était que hurlements, fumées, cacophonies, bousculades, pestilences ?

Benjamin n'était venu que deux fois à Paris. La première fois, pour aller chercher des plants de tulipes à la pépinière du Roule au faubourg Saint-Honoré[1]. Immense, close de murs, elle avait pour objet de fournir les jardins du roi en arbres et fleurs. Avec stupéfaction, Benjamin avait vu des arpents et des arpents de pins, cyprès, ifs, giroflées, crocus, asphodèles. Le directeur, Monsieur Ballon, lui raconta qu'il avait envoyé plusieurs millions de tulipes et autres bulbes au château de Marly, où le roi aimait se rendre pour échapper aux tracas de la Cour. C'était le seul lieu, disait-on, où il se sentait vraiment heureux. Quant à Trianon, il fallait, tous les quinze jours, renouveler les fleurs des parterres, ce qui représentait au moins quatre-vingt-douze mille pots. Habitué aux demandes inopinées du roi qui aimait sincèrement ses jardins, le directeur se tenait prêt. En quinze jours, il pouvait planter et garnir tout nouveau jardin décidé par le souverain. Benjamin avait visité avec le plus grand intérêt les serres destinées à accueillir les plants délicats. Il y avait vu des orangers

1. Entre les Champs-Élysées, la rue du Faubourg-Saint-Honoré, la rue de Berri et la rue La Boétie.

tout juste arrivés de Gênes par mer, entreposés là pour se refaire une santé avant d'être présentés à la Cour. Monsieur Ballon voyageait beaucoup pour se procurer les meilleurs plants destinés à Versailles. Il revenait de Flandre où il était allé prendre livraison de dix mille ypreaux[1].

Peut-être avait-il besoin d'un assistant connaissant bien arbres et fleurs ? se dit Benjamin. Il pourrait ainsi voyager en France et en Europe en attendant son hypothétique embarquement pour les îles lointaines. Il patienta, le temps pour Monsieur Ballon de payer les trois mille mines[2] de glands qu'on lui apportait de Compiègne, et lui posa la question. L'homme se gratta la tête, répondit qu'aucune charge n'était disponible à part celle qui consistait à s'occuper des cygnes installés par le roi sur la Seine. C'était une tâche un peu ingrate. Il fallait souvent courir jusqu'à Rouen car ces animaux avaient la fâcheuse habitude de s'enfuir, les nourrir dans leur cantonnement d'hiver : une île près du Cours-la-Reine[3] et parfois les sauver quand ils étaient pris dans les glaces du fleuve. Benjamin déclina l'offre, trop éloignée, à son goût, des arbres et des fleurs. Monsieur Ballon l'assura que lui-même se passerait bien de ce travail et avait plus d'une fois regretté que ces volatiles ne soient plus servis à table comme cela se faisait dans des temps pas si anciens.

Benjamin était revenu à Paris avec Ninon, enceinte. Ils étaient allés rendre visite à Monsieur Le Nôtre, le

---

1. Sorte d'orme à grandes feuilles de la région d'Ypres.
2. 1 mine = 76,72 l.
3. Aujourd'hui Cours-Albert Ier.

grand jardinier. Ninon faisait partie de sa parentèle : sa grand-mère était la cousine germaine d'André Le Nôtre. À son arrivée au Potager du Roi, Benjamin avait été surpris de voir les liens de parenté complexes qui unissaient les familles de jardiniers, finissant par créer de véritables dynasties où tout le monde était cousin. Il avait le plus grand mal à s'y retrouver et avait commis maint impair ce qui expliquait, en partie, l'accueil glacial qu'on lui réservait parfois.

Le Nôtre était alors un vieil homme de près de soixante-dix ans, toujours vert, à l'œil vif et la démarche alerte. Il habitait une petite maison située dans le jardin des Tuileries dont il avait pris soin toute sa vie, entourée de jolis parterres bordés de lauriers-roses, d'orangers taillés en boule, de grenadiers.

Benjamin, pétrifié à l'idée d'être en présence du plus grand jardinier du siècle, ouvrit à peine la bouche malgré son envie de lui poser mille questions. Il réussit tout juste à bredouiller, sur l'insistance de Ninon, que sa mère était une petite-fille d'Olivier de Serres. Ce qui mit Le Nôtre en joie. Il déclara : « Votre aïeul n'a-t-il pas dit que les jardiniers étaient les orfèvres de la terre ? Bon sang ne saurait mentir. Revenez me voir quand vous voulez, jeune homme. Ma porte vous sera toujours ouverte. » Rouge comme un coquelicot, Benjamin le remercia, se promit de répondre à cette invitation. Le temps avait passé, Alixe était née et il ne l'avait jamais fait.

4

La boutique d'Audiger, rue Neuve-des-Petits-Champs, avait belle allure : des boiseries sombres, des dizaines de bouteilles, flacons et fioles, bocaux remplis de liquides ambrés, un long comptoir de bois brillant. On était loin des entassements poussiéreux dont les épiciers étaient coutumiers. L'homme, âgé d'une cinquantaine d'années, aussi rond qu'une bille et pas plus haut que trois pommes, accueillit Benjamin avec sa bonhomie habituelle :

– Mais qui voilà ! Notre jardinier délaisse ses chères plantes pour s'aventurer dans la grande ville… Dis-moi, comment vont ma filleule et ce bébé que je n'ai pas encore eu le bonheur de voir ?

Benjamin l'assura que tout se passait bien, Ninon se portait à merveille et la petite profitait. Il lui demanda s'il pouvait bénéficier de son hospitalité pour la nuit. Audiger lui jeta un regard en coin :

– Tu es sûr que tu me dis tout ?

– Mais oui ! Disons que les nuits sont difficiles avec le bébé qui ne cesse de pleurer.

Audiger le prit par le bras et lui déclara en riant :

– Je comprends ! Tu viens à Paris pour passer une nuit tranquille. Dis-toi que tu risques d'être réveillé vingt fois par des chiens hurlant à la lune, des ivrognes ne retrouvant pas leur chemin et la très joyeuse société qui se réunit chez Monsieur le frère du roi, en son palais voisin. Demain, tu seras réveillé avant l'aube par les charrettes se rendant aux Halles, les hurlements des voituriers, les collisions et les chargements qui se renversent.

– Depuis que les rues sont pavées, le bruit est devenu infernal. Sans compter les cris des marchands ambulants, l'interrompit un homme aussi grand et sec qu'Audiger était petit et rondouillard. Notre ami Marana[1] ne dit-il pas qu'aucun sourd ne saurait souhaiter recouvrer l'ouïe pour entendre un tintamarre si diabolique !

– Laisse-moi te présenter le sieur Rolland, meilleur cuisinier de tous les temps, annonça Audiger, et mon ami depuis plus de vingt ans.

L'échalas, se fendant d'une révérence plongeante, ajouta :

– Pour vous servir, Messeigneurs. Que désirez-vous ? Un potage à la Reine, une tourte de pigeons en culotte, des anguilles à la matelote, des raisins de Damas en pâte, dites, vos désirs sont des ordres.

– Inutile de te donner cette peine, mon cher Rolland. Benjamin nous vient de Genève et réprouve grandement nos excès de table. C'est une sorte d'ascète qui ne se nourrit que de racines : panais, raves, carottes…

Le cuisinier prit un air offusqué et se récria :

– Comment cela ! Vous n'appréciez pas l'art culinaire ? On ne s'ennuie pourtant jamais à table. C'est

---

1. Gian-Paolo Marana, auteur de *Lettres d'un Sicilien à un de ses amis*.

de tous les temps celui qui passe et coule le plus doucement.

Benjamin s'exclama :

– N'en croyez rien. J'aime les plaisirs de la table, mais de façon modérée comme on me l'a enseigné.

Se tournant vers Audiger qui versait dans de grands verres à pied un breuvage aux effluves de violette, il ajouta :

– Savez-vous qu'un de mes aïeuls fut, au siècle dernier, le secrétaire d'un très grand cuisinier italien : Bartolomeo Scappi. Il l'aida à rédiger un magnifique livre de recettes qui, dit-on, sont les meilleures du monde.

– Pfft, des galimafrées de l'ancien temps, s'emporta Rolland, qui ont gâté le palais de nos ancêtres. Je connais cette antique et dégoûtante manière d'apprêter les choses et de les servir, dont la disconvenance et la rusticité ne produisent que dépenses inutiles, profusions excessives, sans ordre, et superfluités incommodes sans profit et sans honneur. Croyez bien que dans l'ouvrage que j'ai eu l'honneur de commettre, *L'Art de bien traiter*[1], on ne trouve rien de tel.

– Je ne suis pas assez connaisseur, s'empressa de dire Benjamin. Mon arrière-grand-père, François Savoisy, était, je crois, un honnête homme et de grande curiosité. Dans la famille, nous continuons à manger sa tourte aux blettes ou son agneau farci à la sauce verte qui…

– Ne vous disputez pas, goûtez-moi plutôt ça, l'interrompit Audiger en présentant deux verres à ses invités. C'est une eau de violette dont vous me direz des nouvelles. À moins que vous ne préfériez de l'eau de can-

1. Paru en 1674.

nelle pour vous ouvrir l'appétit ? Rolland a préparé un potage aux asperges qui va sûrement te plaire, Benjamin, ainsi que des maquereaux rôtis et une crème de pistaches. Rien que des choses simples !

Il poussa Benjamin et Rolland vers l'escalier menant à son appartement. Ils traversèrent une petite pièce où était installé un gros alambic en cuivre. Entre-temps, les deux apprentis avaient fermé la boutique, accroché les lourds volets de bois à l'extérieur et pris congé du maître limonadier. Audiger n'était pas marié. Il disait que sa vie aventureuse ne lui en avait pas laissé le loisir. Très attaché à Ninon, il la considérait comme sa propre fille, d'autant que la jeune femme, depuis la mort de son père, cinq ans auparavant, se confiait volontiers à lui. Elle lui fournissait bon nombre des fleurs nécessaires à la préparation de ses liqueurs et eaux florales.

Benjamin admit sans difficulté que le potage de Rolland était très réussi. Pour ne pas relancer le débat sur les cuisines anciennes, il ne parla pas de la tourte aux asperges de Bartolomeo Scappi, toujours d'usage dans la famille Savoisy et qu'il trouvait délicieuse[1]. Il laissa le cuisinier discourir, rappelant que les asperges devaient croquer sous la dent et avoir tout leur vert sinon ce n'était que de la filasse. Il fallait, d'après lui, bien les essorer et les mettre entre deux serviettes avec du sel menu pour leur donner du goût.

Interrogé sur le Potager du Roi, Benjamin raconta brièvement les événements survenus à Versailles ainsi

1. Cf. recette dans *Natures mortes au Vatican*, Agnès Viénot Éditions, 2007.

que le drame de Pincourt. Audiger se perdit en conjectures, se demandant avec Benjamin quel vent de folie soufflait sur les melons. Rolland, qui n'avait pas participé à l'échange, frappa soudain du poing sur la table et déclara qu'il faudrait entièrement exterminer ce fruit qui cache sous le miel de sa chair sucrée un agréable poison et des amertumes insupportables. Il vitupéra la nouvelle mode d'en servir des pyramides et des montagnes comme s'il en fallait user jusqu'à en être suffoqué et comme si chacun devait en manger une douzaine.

Audiger protesta et, en riant, lui dit qu'il exagérait. Rolland tempêta de plus belle :

– On s'en crève le soir, à midi, le matin et à toute heure. On boit en proportion avec cette pensée mortelle et peu raisonnable que le vin pur digère ce fruit et en empêche la corruption. Abus populaire, erreur insupportable !

Benjamin n'avait jamais entendu une diatribe aussi violente sur un simple fruit. Décidément, le melon avait de bien farouches ennemis ! Rolland n'en avait pas fini. D'une voix vibrante de colère, il déclara :

– C'est un poison qui étouffe les esprits et réduit les plus vigoureux tempéraments dans un état à n'en plus attendre que la mort. C'est ce qui est arrivé au pape Paul II qui étouffa d'en avoir trop mangé. Et à Albert d'Autriche qui tomba dans un flux de sang et à deux autres empereurs : Frédéric III et Henri VII. Le pire de tout, c'est qu'il est aujourd'hui l'objet d'empressements universels. On emploie, pour l'élever et le rendre parfait, des soins et des veilles que l'on refuserait même aux créatures les plus raisonnables.

– Sainte Migorge ! Voilà un réquisitoire sans appel ! Tu exagères mais c'est vrai que les fruits et légumes primeurs mettent les gens dans des états qu'on a peine à imaginer, dit Audiger. Sais-tu, Benjamin, que c'est moi qui ai fait découvrir au roi et à la Cour les petits pois hors de leur saison habituelle ?

– Oui, bien sûr, Ninon m'en a parlé. Vous savez comme elle est fière de vous, mais je n'ai jamais entendu l'histoire de votre bouche, lui répondit-il, aussi désireux que son hôte de mettre fin à la querelle des melons.

Rolland qui avait entendu le récit mille fois, se servit un verre de l'excellent vin de Beaune et s'enfonça dans sa chaise, apparemment apaisé. Audiger se racla la gorge.

– Je fus en poste à Rome près de quatorze mois et je m'en revins en France au commencement du mois de janvier 1660. En approchant de Gênes, je vis dans les champs de fort beaux pois en cosse. La curiosité me porta à en marchander et à en faire cueillir. Les paysans m'en apportèrent deux paniers avec quantité de boutons de roses dont tout le tour de leur champ était garni. Cela fait, je repris la poste et j'arrivai à Paris le seizième du mois de janvier. Le jeudi suivant, qui était le dix-huit, j'eus l'honneur de présenter les pois au roi en son palais du Louvre. Sa Majesté, ayant eu la bonté de m'en témoigner satisfaction, m'ordonna de les porter au sieur Beaudouin, contrôleur de la Bouche, et d'en faire un petit plat pour la reine mère, un pour la reine, un pour Monsieur le Cardinal et qu'on lui garde le reste.

– C'est alors, continua Rolland, sortant de sa réserve, qu'une véritable frénésie s'empara de la Cour. Cette verdure n'était pas nouvelle mais on n'avait pas coutume de la manger au mois de janvier. Tout le monde en voulait : princes, princesses, marquis et marquises. Il fallait les voir écosser les pois et se les enfourner dans le gosier comme s'il s'agissait d'un présent des dieux.

– Toujours est-il, reprit Audiger, craignant que son ami ne se déchaîne sur les petits pois, que cette aventure m'a permis de m'établir. Sa Majesté ordonna à Monsieur Bontemps, son valet de chambre, de me donner un présent en argent, mais je le remerciai et lui dis que je voulais demander à Sa Majesté le privilège et la permission de faire, vendre et débiter toutes sortes de liqueurs à la mode d'Italie, tant à la Cour qu'en toute autre ville du royaume.

– Sauf que ça ne s'est pas passé aussi facilement, lui rappela Rolland.

– C'est exact, il m'a fallu plusieurs années pour arriver à mes fins. J'ai servi chez Madame la comtesse de Soissons en qualité de faiseur de liqueurs. J'eus ainsi l'occasion, à plusieurs reprises, d'en régaler Sa Majesté, Monsieur le frère du roi et plusieurs autres seigneurs et dames de la Cour. La reine de Pologne m'ayant fait une offre à près de huit cents francs d'appointement, je m'en ouvris à la comtesse qui ne voulut pas se séparer de moi et je restai trois ans dans cet emploi. Hélas, ayant trop bien servi mes maîtres, je donnai de la jalousie aux autres officiers qui n'eurent de cesse de me chasser de l'hôtel. Je me retirai avec beaucoup de chagrin. Je me mis dans le régiment de Rouvray et fis quelques campagnes. Je fus ensuite au service de Monsieur Colbert où je restai deux ans. Madame Colbert, qui était fort changeante, se lassa du château de Sceaux et de moi, par la même occasion. Je ne restai pas longtemps sans emploi : je suivis Monsieur de Saint-Aignan, aujourd'hui duc de Beauvilliers, en Hollande. Ensuite, je m'installai ici, dans cette boutique de limonadier où je fournis la Maison du Roi ainsi que tous les grands seigneurs.

Mariette, la servante qui veillait au bien-être d'Audiger, venait d'apporter un plat de maquereaux joliment grillés. Rolland remarqua le regard appréciateur de Benjamin et s'empressa de souligner :

– Le mois de mai est la saison naturelle du maquereau. Je le fais griller à petit feu et je l'accompagne d'une sauce rousse, la meilleure de toutes ! Pour ce, je fais fondre du beurre, quand il est bien roux, je jette du persil haché, du sel menu, des citrons par tranches, du verjus, un peu de vinaigre et de la chapelure fine.

– C'est la première fois que je mange ce poisson, se réjouit Benjamin. À Genève, nous avons à profusion les poissons du lac, mais de la mer ne nous arrivent que des harengs bien souvent puants.

– Ah le poisson ! Un sujet bien délicat ! Seule la plus extrême fraîcheur lui convient, reprit Rolland. Savez-vous, mon jeune ami, que le poisson a causé la perte d'un des plus grands maîtres d'hôtel de notre temps, François Vatel ?

Devant la mine interrogative de Benjamin, le cuisinier crut bon d'ajouter :

– Le pauvre Vatel a connu une fin tragique. Il s'est transpercé le corps à trois reprises avec sa propre épée parce qu'il croyait qu'il manquerait de poissons pour satisfaire le roi invité par le prince de Condé à Chantilly[1]. Comme il expirait, la marée arriva. Soles, turbots, barbues, raies, merlans, esturgeons, limandes, huîtres furent déversés en quantité sur les tables de la cuisine. Trop tard, Vatel était mort !

Benjamin comprit, au ton emphatique de Rolland, qu'il devait être un lunatique aimant par-dessus tout les situations théâtrales. Peut-être le devait-il à sa fonction de cuisinier mettant en scène les repas des grands seigneurs ? Plus mesuré, Audiger reprit :

– Il n'y avait pas plus consciencieux que cet homme. Il ne dormait plus depuis plusieurs jours. Pensez donc, il devait assurer l'hébergement de deux mille personnes et pas des moindres, le roi et les plus grands princes du royaume. Et les nourrir pendant deux jours : quatre repas principaux, les déjeuners[2], les collations, sans compter les divertissements avec les ballets, le feu d'artifice…

Le suicide, vingt ans auparavant, de ce maître d'hôtel si glorieux fût-il, n'intéressait que modérément Benjamin. Les deux hommes avaient l'air sincèrement émus, aussi prit-il, lui aussi, un air attristé.

Ce moment de recueillement ne dura pas. Se servant un nouveau verre de vin de Beaune, Rolland s'exclama :

– On s'est fait de sacrées fêtes, tout de même ! Tu te souviens de celle chez le sieur Rossignol qui régalait le roi et la Cour en sa maison de Juvisy. J'étais à l'époque au service de la princesse de Carignan.

– Tu penses si je m'en souviens. C'est là où on s'est rencontrés. Une bien jolie journée où l'on fit por-

1. Le 23 avril 1671.
2. Petits déjeuners.

ter des collations par toutes les allées où passaient les invités.

– Et dans les bosquets ! La princesse n'était pas la dernière à se donner du bon temps, je te prie de le croire. C'est là où je lui ai dit : « Sitôt que votre four sera chaud, la pâte sera levée. » Chaude elle l'était, et moi, diablement levé !

– Rien de tel que ces tables chargées de friandises et disséminées sous les ombrages pour se livrer aux plus grandes coquineries ! poursuivit Audiger, la mine gourmande. Avec les girandoles[1] et les flambeaux dessinant sur les corps des chemins voluptueux...

Benjamin piochait dans les restes de son maquereau, au demeurant excellent, inquiet du tour que prenait la conversation. Il n'avait aucune envie de voir dévoilés les secrets d'alcôve d'Audiger et de Rolland. Ces sujets le gênaient. Il ne comprenait pas la propension des Français à en faire étalage. Il reprit des œufs au jus d'oseille et des rissoles de mousserons. On était vendredi, par conséquent le repas ne comportait ni viande ni graisse animale. À son arrivée en France, Benjamin en avait été très étonné, les protestants ayant aboli les très nombreux jours de jeûne qui rythmaient la vie des catholiques. L'ingéniosité des cuisiniers français dans la préparation des repas des jours maigres le laissait pantois. Ils avaient inventé des centaines de manières d'accommoder les poissons et les œufs.

Audiger soupira.

– C'était le bon temps ! La plus belle des fêtes fut certainement celle que donna Fouquet à Vaux le 17 août

1. Chandelier à plusieurs branches.

1661. Le feu d'artifice préparé par ce grand sorcier de Torelli fut sublime : les fusées formaient des fleurs de lys, des noms et des chiffres. Sur le grand canal, une baleine voguait parmi des serpentins de feu. Au moment du départ des invités, le ciel s'est embrasé de mille fusées se transformant en voûte de feu. Et Molière donna la première représentation de sa pièce *Les Fâcheux*, sur une musique de Lulli dans un théâtre dressé par Monsieur Le Brun.

Rolland soupira à son tour.

– Hélas, ce fut aussi la dernière fête. Fouquet a payé cher son envie de surpasser le roi en magnificence. Arrêté le 5 septembre 1661 par le mousquetaire d'Artagnan, il est mort, il y a trois ans à la forteresse de Pigrterol. On dit qu'il a été empoisonné. Toujours est-il que le roi Louis a raflé tout ce qui faisait la beauté de Vaux, des orangers qu'il a fait transférer à Versailles aux artistes qui travaillaient pour Fouquet. Le peintre Le Brun, l'architecte Le Vau, le jardinier Le Nôtre et Molière, bien sûr. Seul Jean de la Fontaine est resté rebelle et n'est jamais passé au service du roi. Vatel s'est réfugié à Londres où il fut bien accueilli par Monsieur de Saint-Evremond. Il revint quelques années plus tard pour se mettre au service du prince de Condé. Malgré sa fin pitoyable, il eut la chance de disposer de moyens illimités pour organiser des fêtes somptueuses. J'aimerais pouvoir en dire autant !

– Tu n'as pas à te plaindre, le morigéna Audiger. Tes ambigus sont appréciés et demandés par tous les habitués de la Cour.

Benjamin qui commençait à s'ennuyer ferme à l'évocation des splendeurs passées des deux amis, demanda :

– Qu'est-ce qu'un ambigu ? Je ne suis guère au fait des subtilités de votre métier.

Ravi de se voir mis à contribution, Rolland enchaîna :

– La plus plaisante manière d'offrir délicatesse et profusion ! C'est à la fois un souper et une collation. Plutôt que de servir les mets en plusieurs services successifs, ils sont disposés ensemble sur la table mais selon un arrangement très précis. Le dessin en est beau, mais fort difficile à exécuter.

Mariette venait d'apporter quelques entremets, dont une crème de pistaches si bonne que Benjamin s'en servit deux fois. Sachant qu'il allait faire plaisir au cuisinier, il lui demanda comment il l'avait préparée.

Rolland se rengorgea :

– Rien de plus simple. Il faut piler menu les pistaches, les faire cuire dans une pinte de lait avec un peu de farine, y ajouter des jaunes d'œufs délayés dans de l'eau de rose, des écorces de citron confit, un peu de beurre frais et de sucre, porter à ébullition en remuant et laisser reposer[1].

S'adressant à Benjamin, Audiger déclara :

– Retiens cette recette pour Ninon. Tu sais à quel point elle aime les pistaches.

– Hélas, nous n'avons guère les moyens de nous acheter des ingrédients aussi onéreux. Les temps sont durs.

Rolland reprit la parole avec empressement :

– C'est bien ce que je dis : ce n'est plus ce que c'était. Pour tout arranger, le roi, sous l'influence de la Maintenon, a tourné le dos aux fêtes de sa jeunesse et

1. Recette page 378.

ne parle plus que de dévotion. Finis les plaisirs de l'Isle Enchantée[1] !

– Tu vois tout en noir, lui rétorqua Audiger. Les affaires n'ont jamais aussi bien marché. J'ai dû embaucher deux nouveaux compagnons pour fabriquer mes rossoli, populo, ratafia et eaux de neige. Ma clientèle ne cesse de croître.

– Évidemment, bougonna Rolland, tu es dans le quartier le plus huppé de Paris.

– C'est vrai que les fêtes de Monsieur, le frère du roi, attirent beaucoup de monde au Palais-Royal. J'ai comme client Jean-Baptiste Lulli qui habite à deux pas[2]. Ses six enfants lui réclament sans cesse mes crèmes glacées. Il y a aussi le peintre Mignard rue de Richelieu[3]. Mon vieil ami, Gédéon Tallemant des Réaux vient aussi de s'y installer[4]. Il passe régulièrement me raconter les derniers potins de Paris et de Versailles. Nous avons également La Fontaine qui loge rue Saint-Honoré dans la maison que Madame de la Sablière loue pour lui[5].

– Au fait, ce vieux fou de conseiller Foucault[6] continue-t-il à sortir dans la rue en robe de chambre et bonnet de nuit ?

– Plus que jamais !

Audiger rajouta à l'intention de Benjamin :

1. Fête somptueuse donnée à Versailles en mai 1664.
2. Au 45 et 47 de l'actuelle rue des Petis-Champs, anciennement rue Neuve-des-Petits-Champs.
3. Au 23 rue de Richelieu.
4. Au 66 rue de Richelieu.
5. Aux environs du 308 rue Saint-Honoré.
6. Il habitait au 21 rue de Richelieu.

– C'est une figure du quartier ! À tel point que Molière, quand il créa le rôle d'Argan du *Malade imaginaire*, les lui avait empruntés et les avait revêtus pour la première représentation. Il faut dire qu'ils étaient voisins[1].

Benjamin piquait du nez dans son assiette, rompu par une journée fertile en événements. Il attendait avec impatience que les verres une fois vides, le signal du coucher soit donné. Cela sembla le cas quand Rolland, dans un grand bâillement, annonça :

– Audiger, je vais avoir besoin de toi, de tes liqueurs et de tes eaux glacées. J'ai quelques soupers à préparer à Versailles pour le chevalier de Lorraine, le favori de Monsieur et chez Seignelay, le fils de Colbert. Peut-être y aura-t-il également quelques fêtes dans la famille Louvois.

– Tu vois ! triompha Audiger. Tout va bien pour toi !

– Oui, oui, maugréa le cuisinier, mais je manque de personnel. Si tu connais quelqu'un qui sache dresser des pyramides de fruits, envoie-le-moi.

Benjamin dressa l'oreille et, d'une voix hésitante, déclara :

– Je connais bien les fruits et leur fragilité. Peut-être pourrais-je faire l'affaire ?

Audiger regarda Benjamin avec attention :

– Ton travail au Potager ne te suffit-il pas ? Si Ninon et toi avez besoin d'argent, tu sais que je peux vous aider. Tu ne vas pas passer tes nuits hors de chez toi, laissant ta femme et ton enfant.

1. Molière habita et mourut au 40 rue de Richelieu.

Benjamin ne pouvait avouer que c'était justement ce qu'il voulait : passer le moins de temps chez lui. Il chercha à toute vitesse une justification plus convaincante.

– À vous entendre parler, je me dis que nos métiers sont complémentaires. Je fais pousser des fruits et des légumes, vous les préparez de mille manières. Je pourrais certainement, en travaillant avec vous, apprendre à encore les mieux traiter.

– Ce n'est pas bête, répondit Audiger, mais réfléchis bien, c'est un métier très dur et Rolland est un vrai tyran quand il est en cuisine.

– Il faut juste aller vite et ne commettre aucune erreur. Topez-là, jeune homme, je vous prends à l'essai. Vous passerez des arbres à la table !

Benjamin saisit la main que Rolland lui tendait, se demandant dans quelle aventure il s'embarquait.

– À propos, lui demanda Audiger, comment vas-tu faire pour trouver les melons demandés par La Quintinie ? Tu pourrais, peut-être, essayer du côté de la plaine de Vaugirard.

– Mais, ils cultivent surtout des légumes, là-bas.

– Oui, bien sûr, notamment le célèbre navet de Vaugirard, mais, l'année dernière, j'ai acheté une cargaison de melons à un certain Decouflé. Il y a un mois, ce jardinier est venu me proposer sa récolte, ses melons étant en voie de mûrissement. J'ai décliné l'offre. Peut-être pourra-t-il te dépanner.

Benjamin acquiesça. Il partirait dès l'aube pour Vaugirard en espérant que les melons soient au rendez-vous.

5

Benjamin passa une nuit épouvantable. À croire que tous les fêtards de Paris s'étaient donné rendez-vous sous ses fenêtres. Comme l'avait prévu Audiger, dès quatre heures du matin, les charrettes des maraîchers du village des Porcherons[1] le réveillèrent. Son cheval, qu'il alla reprendre dans un relais de poste de la rue Gaillon, avait l'air aussi épuisé que lui.

Par chance, il trouva des melons d'une maturité honorable chez le sieur Decouflé, dont le jardin se trouvait à côté des carrières de pierres de souchet[2]. Il fit affaire rapidement, sans discuter le prix exorbitant demandé par le jardinier. Il fut convenu qu'une charrette partirait l'après-midi pour Versailles. Avant de prendre congé, Benjamin crut bon de donner quelques conseils de prudence, suggérant de faire garder le champ de melons. Decouflé haussa les épaules et répondit qu'il avait l'habitude des vols. Les chenapans ne se risquaient plus guère chez lui depuis qu'à la moindre alerte, il faisait usage de son escopette. Benjamin ne dit rien sur Pincourt, persuadé qu'avant la fin de la matinée, la

1. Actuellement quartier Saint-Lazare.
2. Pierre de qualité moyenne servant aux fondations.

nouvelle serait connue dans tout Paris et les villages avoisinants. Il reprit la route, satisfait d'avoir rempli sa mission mais très inquiet de la tournure que prenaient les événements.

Le Potager du Roi était en pleine effervescence. Les débris de verres et de melons avaient été enlevés, la terre retournée. Dans un carré voisin, trois jardiniers plantaient les dernières graines retrouvées par Thomas. La Quintinie surveillait l'opération. Il se précipita vers Benjamin. Ce dernier le rassura sur l'arrivée de melons le soir même. Le jardinier en chef poussa un soupir de soulagement et entraîna le jeune homme sur la terrasse.

– Alors, comment sont-ils ? Petits et malingres, j'imagine.

– Point du tout, vigoureux, colorés, dignes de votre potager. Vous aviez raison, votre exemple est suivi, vos techniques parfaitement mises en œuvre par les maraîchers. Mais pouvez-vous me dire ce que vous comptez faire de ces melons ? Si l'Office de la Bouche en voulait à tout prix, ils n'avaient qu'à se débrouiller !

– Tu n'y es pas du tout. Le roi veut faire les honneurs de son jardin à une ambassade venant de Hollande. Je ne peux lui infliger l'affront d'une melonnière vide. Nous allons installer les melons à la place des anciens et le tour sera joué.

Benjamin regardait La Quintinie d'un air circonspect.

– Mais les feuilles ! Des melons tout nus vont paraître étranges…

– Ne t'inquiète pas ! J'ai fait garder le feuillage de nos défunts melons et nous pourrons ainsi faire illusion. Ces maudits jardiniers du château qui croyaient nous nuire en seront pour leurs frais.

Les yeux de La Quintinie lançaient des éclairs.

– Monsieur, je crois, que les jardiniers du château n'y sont pour rien.

– Ne sois pas si naïf, Benjamin ! Ce crime porte leur signature.

– Monsieur, il y a eu un crime bien plus grave.

Benjamin raconta le drame de Pincourt. La Quintinie resta silencieux plusieurs minutes, le regard perdu sur les frondaisons du parc.

– Ce que tu me dis là est proprement effrayant. Où m'as-tu dit que cela s'est passé ?

– Le village s'appelle Pincourt. Du faubourg Saint-Antoine, j'ai emprunté la rue Basfroi…

– Basfroi ? l'interrompit La Quintinie d'une voix étonnée. Mais c'est là qu'Henry Dupuis, de l'Orangerie, possède une maison et des pépinières. Au coin de la rue de la Roquette, une grande bâtisse à deux corps de logis. Tu ne l'as pas vue ?

– Vous savez, je n'ai guère fait attention aux maisons, je cherchais des melons.

– C'est juste en face du couvent des Hospitalières Saint-Joseph où elles emmènent leurs malades respirer l'air pur. Tu es forcément passé devant. Il y a là une coïncidence troublante. Je ne crois pas une seule seconde qu'Henry puisse être lié à cette sordide affaire. En revanche, Geneviève, sa femme, me déteste. Elle n'a jamais accepté que mes méthodes d'élevage des orangers soient préférées à celles de son mari. Et elle habite là-bas, conclut-il, l'air rêveur.

Benjamin n'osa lui dire qu'il se laissait aller à un des penchants les plus courants de Versailles : se voir des ennemis partout, prêts aux pires bassesses pour prendre votre place dans les faveurs du roi et bénéficier de ses largesses. Bien souvent, hélas, ces craintes étaient justifiées, mais Benjamin ne pouvait se résoudre à vivre dans un monde où rivalité, duperie, calomnie étaient les maîtres mots.

La Quintinie poursuivit :

– Il va falloir redoubler de vigilance. Nous ne pourrons dorénavant nous ouvrir de cette affaire qu'auprès d'amis sûrs. J'ai envoyé un messager à Nicolas de Bonnefons. Je sais que je peux compter sur lui. À Saint-Leu, il dispose d'une melonnière de grande importance. Il pourra peut-être nous fournir des graines, d'autant qu'il en fait le commerce. Je ne crois guère au succès d'une plantation si tardive, mais il faut tout tenter.

Benjamin connaissait de nom ce Bonnefons. À plus de soixante-dix ans, cet ancien premier valet de chambre du roi n'était plus assujetti à son service. Dans son domaine des environs de Montmorency, il se consacrait à la culture d'arbres fruitiers et à la vente de plants et de semences. En 1651, il avait écrit un livre que Benjamin connaissait presque par cœur. *Le Jardinier François* passait en revue tous les travaux du jardin, donnait des conseils très judicieux : le choix du terrain où créer un jardin fruitier ou potager, les meilleures variétés à planter, les soins à donner et comment semer, greffer, fumer, récolter… Dix ans plus tard, il avait publié un autre ouvrage *Les Délices de la campagne*[1] qui montrait, avec ses centaines de recettes, à quel point les fruits et les légumes étaient devenus à la mode. Benjamin en avait moins l'usage, mais il

1. Paru en 1662.

reconnaissait volontiers qu'il s'agissait là d'une œuvre novatrice et fort utile pour les dames de qualité souhaitant tirer le meilleur parti de leur jardin.

– Ah ! j'allais oublier avec toutes ces catastrophes : le sieur de Caumont nous a fait parvenir un message désespéré demandant de cueillir tout ce que nous pourrons pour agrémenter la table du roi. Il va tenter de lui faire oublier le manque de melons.

– Je m'en charge, répondit Benjamin à qui il tardait de retrouver la terre et ses senteurs fraîches après la puanteur parisienne.

– Je t'en remercie. Je vais réfléchir à tout cela dans mon bureau.

La Quintinie partit à grandes enjambées, les pans de son justaucorps noir lui battant les flancs. Benjamin rassembla quelques jardiniers, leur demanda d'aller chercher de grands paniers. Tout l'après-midi, ils cueillirent les premières alphanges qu'on nomme aussi laitues romaines, des chicons blancs, des pois verts, de magnifiques artichauts, des fèves, des concombres et plein d'herbettes : cerfeuil, ciboules, persil tant commun que frisé, menthe, pimprenelle, roquette. Ils récoltèrent de belles asperges, vertes à souhait. Tant pis si le royal gosier en était dégoûté, Caumont n'aurait qu'à les travestir en pois, selon une recette qui remportait un grand succès. Ils disposèrent les premières fraises dans de jolis petits paniers d'osier tressé. Le tout fut promptement rassemblé et porté dans de grandes hottes à la Cuisine-Bouche du Roi.

Il était déjà tard quand Benjamin regagna son appartement. Ninon l'accueillit avec son sourire habituel même si, les yeux cernés et le teint pâle, elle semblait très lasse. Elle tenait Alixe dans ses bras, de larges taches de lait maculaient son corsage. Elle se hâta de jeter sur ses épaules un châle d'indienne couleur feuilles mortes. S'empressant autour de Benjamin, elle lui demanda des nouvelles de son voyage à Paris. « Bien, bien », lui répondit-il d'une voix morne. Il passa dans leur petite chambre mansardée, s'assit sur le lit. L'émotion qui l'avait étreint la veille, en pensant à sa fille, s'était envolée dès qu'il était arrivé à Versailles. Il savait qu'il agissait comme un sauvage et s'en voulait terriblement. Faire face à sa vie telle qu'elle était lui demandait des efforts qu'il se sentait incapable de fournir. Ninon ne tarda pas à apparaître sur le seuil de la porte.

– Benjamin, je ne te reconnais plus. Tu fais comme si je n'existais pas. Que t'ai-je fait ?

– Je suis désolé, Ninon. Je n'y arrive pas avec la petite. Laisse-moi le temps de m'y habituer.

Ninon, au bord des larmes, vint s'asseoir à côté de lui. Son odeur aigrelette de mélange de lait et de sueur émut étrangement Benjamin.

– Je sens bien que tu ne penses qu'à partir. Je redoute le jour où tu ne rentreras pas du tout, nous laissant seules, Alixe et moi.

– Ne dis pas de bêtises ! Jamais je ne ferai une chose pareille, protesta Benjamin.

– J'ai toujours su que tu t'envolerais pour d'autres horizons. C'était trop beau. J'ai cru que tu serais heureux ici. Le bébé est arrivé trop vite !

Son regard rempli d'amour et de tristesse glaça le cœur de Benjamin. Il avait honte de la peine qu'il lui infligeait. Comment lui dire qu'à ce moment précis, il aurait donné tout l'or du monde pour être sur un navire cinglant vers des horizons inconnus. Il se leva brutalement, lança à Ninon un regard mêlant colère et désespoir. Une fois de plus, il s'enfuit de chez lui.

Partir ! Comme s'il le pouvait, maintenant qu'il était chargé de famille. D'autres le faisaient, abandonnant femme et enfants pour courir l'aventure. Il ne s'en sentait ni le droit ni le courage. Sa mère ne le lui pardonnerait jamais, elle qui l'avait déjà presque renié. Entre le déshonneur et le sentiment d'une vie gâchée, il n'avait pas le choix. Il lui fallait accepter, la rage au cœur, son destin de jardinier bêchant, sarclant, arrosant, tous les jours que Dieu fait.

Il prit la direction de la taverne à l'enseigne du *Pélican*. Dans la nuit profonde, il buta à plusieurs reprises sur des tas de pierres taillées et des madriers abandonnés sur le sol. Les éclats de voix le guidaient vers le bouge. Il y avait foule. Versailles accueillait des milliers de travailleurs œuvrant à la construction du château et des jardins. Près de trente mille, disait-on. Vingt ans que cela durait et cela ne risquait pas de finir, le roi décidant, chaque jour, de nouveaux aménagements.

Il évita une table de carriers, se glissa derrière l'escalier pour ne pas être repéré par Charles Collinot qui beuglait en compagnie d'autres jardiniers du château. Peine perdue. L'amoureux éconduit de Ninon bondit sur ses pieds et vint se planter devant lui.

– Que vient faire la vermine parpaillote ? À ta place, je ne traînerais pas trop par ici. Nous n'aimons pas les traîtres à Dieu et au roi.

Benjamin commençait à sentir la moutarde lui monter au nez.

– Arrête tes simagrées, Collinot. Je suis, maintenant, catholique comme toi et je n'ai nullement l'intention de trahir qui que ce soit.

– Balivernes ! Une conversion qui t'a été imposée pour pouvoir convoler en justes noces avec Ninon ! Je suis sûr que, dans ton cœur, tu restes un hérétique. Il n'y a pas plus fourbe qu'un réformé ! ricana Collinot. Un conseil : pars très loin avant qu'il ne t'arrive des bricoles. Tu as entendu parler des dragonnades ?

Hélas, Benjamin ne connaissait que trop ces persécutions qui avaient commencé en 1681, l'année de son arrivée en France. Pour extirper l'hérésie protestante, le gouverneur du Poitou avait décidé, avec l'accord tacite de Louvois, ministre des Armées, d'installer la soldatesque dans chaque foyer huguenot de la région. En cas de conversion, les dragons disparaissaient comme par enchantement pour réapparaître chez le voisin. Pillages, maisons brûlées, viols, meurtres firent merveille. Pour le plus grand bonheur du roi, les résultats furent spectaculaires. En quelques mois, grâce aux « missions bottées », on compta plus de trente-huit mille nouveaux catholiques. Les troupes de dragons furent alors envoyées à Bayonne puis dans les provinces du Midi, Dauphiné, Vivarais, Languedoc, Provence, poursuivre leur œuvre de sang et de violence. Le miracle, comme s'en réjouissait Louvois, se produisit : des villages entiers se convertissaient à la seule annonce de l'arrivée des dragons.

– On pourrait, nous autres jardiniers du parc, nettoyer le Potager de ses mauvaises graines et de ses méchantes pousses, continua Collinot.

Ceux qui faisaient cercle autour de lui approuvèrent bruyamment ces propos. Ladolle, fleuriste à Trianon, rajouta :

– Fais attention à ne pas te retrouver la tête au bout d'une fourche !

– Ou les couilles accrochées à un figuier, s'esclaffa un autre.

L'affaire tournait mal. Ces enragés étaient capables de lui faire subir un mauvais sort.

– Ça suffit, les gars, dit Collinot. Il sait à quoi s'en tenir, on l'a à l'œil.

Prenant Benjamin par le col, il lui souffla son haleine chargée de vinasse en plein visage et lui murmura à l'oreille :

– Ninon n'a pas l'air très heureux ces temps-ci. Si tu lui fais le moindre mal, je te tords le cou, sache-le.

Benjamin se dégagea de son étreinte et quitta l'auberge. Partir ! Partir loin de ces brutes avinées, de cette ville empuantie de vices, de ce pays sous la coupe d'un roi ne pensant qu'à sa gloire. Allait-il y être obligé ?

Il n'eut pas le courage d'affronter Ninon et passa la nuit dans la réserve de paille du Potager.

Une fois de plus, il fut au travail avant l'aube. La Quintinie s'activait déjà, tout seul, dans la Melonnière. Malgré les arrosages, les tiges et les feuilles récupérées avaient triste mine. Les melons, arrivés la veille au soir de Vaugirard, étaient empilés en bordure du Carré.

– Viens m'aider. Je suis au travail depuis quatre heures du matin. Ce subterfuge ne pourra, évidemment, rester secret, mais je tiens à ce que le minimum de personnes soit au courant. Essayons de disposer les melons de la manière la plus naturelle possible.

Benjamin trouvait l'artifice ridicule. Voir La Quintinie se prêter à cette mascarade l'emplissait de honte. Sans un mot, il s'exécuta.

Avant l'arrivée des jardiniers, les melons étaient en place. Certains, découvrant la Melonnière repeuplée, tombèrent à genoux, se signèrent et crièrent au miracle. D'autres, plus perspicaces, comprirent la supercherie. La Quintinie fit jurer à tous de garder le secret. Il ne se faisait guère d'illusion sur la capacité des jardiniers à se taire, mais il savait qu'ils se feraient une joie de colporter la version d'une intervention divine, ne serait-ce que pour faire la nique à leurs collègues du château. Si Dieu était du côté du Potager, le roi l'était aussi !

Il n'y avait plus qu'à attendre le souverain. À son habitude, il viendrait à pied, descendant l'Escalier des Cent Marches qui longeait l'Orangerie. Dix heures venaient de sonner quand la grande grille dorée à l'or fin, donnant sur l'étang des Suisses, s'ouvrit pour laisser passer le cortège royal. Le roi conversait avec des hommes si grands et si blonds qu'on ne pouvait douter de leur origine batave[1]. Une petite centaine de courtisans suivaient comme autant de perruches bavardes et bariolées.

La Quintinie, qui avait réuni ses jardiniers autour de lui, leur lança :

– Veillez à ce que ce petit monde ne s'égare pas dans les carrés et ne piétine pas nos cultures. Mais restez discrets, vous savez qu'à aucun moment le roi ne doit vous voir.

---

1. Batave = hollandais.

Les jardiniers s'égaillèrent dans les allées. Par bonheur, les courtisans étaient bien trop occupés à essayer de se faire remarquer par le roi pour s'intéresser aux plates-bandes.

La Quintinie vint à la rencontre du roi et lui fit sa plus belle révérence. Le souverain le toisa, ne manifestant pas sa bonhomie habituelle envers le maître jardinier. Le visage fermé, il se contenta d'un petit salut sec. En silence, La Quintinie mena l'assemblée vers la Melonnière. L'un des Hollandais déclara avec un sourire en coin :

– Voilà de biens beaux melons ! On nous avait pourtant dit que votre récolte avait subi de sérieux dégâts.

La Quintinie blêmit. Redressant la tête, il répondit d'une voix forte :

– Ce lieu créé grâce à l'immense bienveillance de notre souverain, recèle des ressources insoupçonnées. Nous nous devons, pour la gloire de Sa Majesté, d'être en mesure, à tout moment, de montrer ce que la nature nous offre si généreusement.

– Vous êtes un bien habile jardinier, Monsieur de La Quintinie, continua le Hollandais. On chante vos louanges dans l'Europe entière. Notre nation qui s'intéresse, elle aussi, aux productions des jardins, ne bénéficie pas, hélas, de la douceur de votre climat. Nous ne pouvons fournir fruits et légumes avant la pleine saison. Mais, qui sait, un jour peut-être arriverons-nous à égaler vos performances. Voire à les dépasser, conclut-il avec un petit rire.

– Les jardiniers de Hollande sont excellents, je peux en témoigner. J'entretiens depuis plus de vingt ans un commerce particulier avec la plupart des curieux de notre siècle, tant à Paris, dans nos provinces de France que dans des pays éloignés et des royaumes voisins. Je me suis efforcé d'avoir partout des amis illustres en jardinage pour profiter de leurs lumières et de leurs richesses, dans le temps que de mon côté, je tâchais de ne pas leur être inutile.

– Peut-être nos jardiniers ont-ils l'avantage sur vous d'avoir comme terrain d'expérimentation nos lointaines colonies d'Asie, rétorqua perfidement l'ambassadeur.

Cette phrase, mettant l'accent sur le retard de la France dans la conquête du monde, n'allait pas faire plaisir au roi. Prenant un air modeste, La Quintinie répondit :

– Je ne suis pas encore parvenu à connaître tout ce qu'il y a de bons fruits en Europe, encore moins dans le reste de l'Univers, mais ceux que nous produisons ici font les délices des connaisseurs.

À l'écart, Benjamin assistait à cet échange aigre-doux, priant pour que tous ces grands personnages ne restent pas trop longtemps à contempler la Melonnière. Un œil averti aurait immédiatement décelé la mise en scène. Par bonheur, tous ces gens étaient incapables de distinguer la sarriette de la sauge. Une jeune femme attira son attention. Elle scrutait les melons d'un air profondément étonné. Avait-elle compris la supercherie ? De plus, elle était belle à couper le souffle. Grande, aux formes pleines, sa peau avait la douceur du lait et ses yeux l'éclat du myosotis. Elle portait une robe aux manches fendues, un devantier en soie brodé de fleurs sur fond crème. Un bonnet à la Fontanges avec un échafaudage de dentelles et de plissés encadrait son visage délicat.

Benjamin tenta de se rapprocher d'elle, mais deux grosses femmes aux amples robes lui faisaient barrage. Elles auraient, sans nul doute, vu d'un très mauvais œil un jardinier, fût-il bel homme, les bousculer.

Le roi, qui ne s'était guère déridé, demanda à La Quintinie de donner quelques explications sur le Potager.

– Ce jardin s'étend sur vingt-cinq arpents[1]. Le Grand Carré central est composé de seize carrés de légumes entourés d'arbres en buisson. La plus belle figure et la plus commode pour la culture est celle que fait un beau carré, parfait et bien dimensionné. Il n'y a pas de plaisir plus grand que de voir de véritables carrés de fraises, d'artichauts, d'asperges et de grandes planches de cerfeuil, de persil, d'oseille, tout cela bien uni, bien tiré !

Un murmure appréciateur se fit entendre parmi les auditeurs. La Quintinie, faisant un geste circulaire, continua :

– Entourant le Grand Carré, vingt-neuf petits jardins clos de murs, comme autant de chambres douillettes, sont plantés de légumes ou bien d'arbres fruitiers en forme libre ou en espaliers. Au Levant, nous avons ainsi la Prunelaie entourée de deux jardins accueillant des asperges et des espaliers de pêches. Au Couchant, de part et d'autre de l'allée bordée de poiriers Rousselet Robine, un jardin est réservé aux fraises, un autre aux cerises. Peut-être avez-vous remarqué le jardin où j'ai installé des palissades en biais qui offrent aux pêchers le meilleur ensoleillement et permettent d'avancer la récolte de ce fruit si apprécié.

1. 9 ha.

La Quintinie sentit que l'attention très volatile des courtisans commençait à faiblir. Pour éviter que la compagnie, lassée, ne s'abatte comme une volée d'étourneaux sur les cultures, il les emmena au bord de la Figuerie, installée, comme la Melonnière, en contrebas de la terrasse. Les sept cents figuiers en caisse suscitèrent les exclamations admiratives des Hollandais. Le maître jardinier leur expliqua qu'ils avaient été sortis début avril. La première récolte, celle des figues-fleurs, aurait lieu en juillet et la deuxième en septembre-octobre. À ce moment-là, près de quatre mille figues partiraient quotidiennement pour le château, soigneusement enveloppées dans des feuilles de vigne. Il ajouta :

– Pour juger de l'estime qu'on leur porte, il n'y a qu'à voir le mouvement des épaules et des sourcils de ceux qui en mangent et la quantité qu'on en peut manger sans aucun péril pour la santé.

Le roi, toujours aussi sombre, fit signe que la visite était terminée. Il enjoignit à tous de se rendre au parterre de Latone pour continuer à faire les honneurs du parc. Benjamin remarqua que la belle jeune femme se tenait aux côtés de l'ambassadeur de Hollande et lui parlait avec vivacité. Était-elle hollandaise ? Une chose était sûre : elle exprimait une grâce et une féminité sans pareille.

La froufroutante compagnie une fois éloignée, La Quintinie se laissa tomber sur un des bancs de pierre, enleva sa perruque d'un geste las et se massa le crâne.

– Nous nous en sommes bien sortis. Tous, le roi compris, n'y ont vu que du feu. Nous allons pouvoir souffler un peu.

Benjamin en était moins sûr, mais il n'osa rien dire.

– Qu'allons-nous faire de tous ces melons ? demanda-t-il.

– Laissons-les en place aujourd'hui, au cas où nos visiteurs reviendraient faire un tour. Dès demain matin, tu les feras porter à ton ami Caumont avec nos compliments. Après toutes ces émotions, je vais me retirer chez moi. J'ai demandé à Thomas d'inspecter nos réserves de graines pour essayer de trouver encore quelques semences de melons. Je te charge d'organiser le travail des jardiniers. J'ai noté que le roi regardait avec sévérité les herbes folles entourant le deuxième carré. Je ne voudrais pas voir le jardin tomber en désordre.

– Ne faudrait-il pas également ébourgeonner les poiriers ? J'ai remarqué bon nombre de faux jets.

– Tu as raison. Il ne faut pas hésiter à arracher de bons jets pour fortifier ceux qui donneront forme à l'arbre. Il faudra aussi lier la vigne aux échalas et palisser les pieds en espalier. Là aussi, sacrifie les jets faibles, inutiles et infructueux. Quant aux abricots, n'en laisse jamais deux l'un auprès de l'autre pour donner le moyen de grossir à ceux qui restent.

Voilà le travail qui plaisait à Benjamin. Tailler, donner une forme aux arbres, les rendre puissants et productifs. Au moins, dans son malheur, avait-il la chance de bénéficier des leçons du meilleur jardinier du monde.

6

Pour une fois, la petite avait dormi comme un ange. Elle gazouillait dans son berceau quand Ninon vint la prendre pour lui donner le sein. Benjamin regardait du coin de l'œil sa femme et sa fille dans la lumière ambrée du petit matin. Il se souvint des premiers mois de leur mariage, des réveils amoureux, Ninon s'offrant à lui, tendre et douce. Un désir puissant s'empara de lui. Il s'enfonça dans les oreillers de plumes, attendant le retour de la jeune femme. Il la prendrait dans ses bras, l'attirerait contre lui… Il y avait si longtemps qu'ils n'avaient pas fait l'amour. Peut-être finirait-il par trouver le bonheur dans la simplicité familiale. Peut-être la chaleur d'un foyer aimant parviendrait-elle à exorciser son désir d'aventure. À ce moment, l'enfant commença à pleurer. Il tenta de l'ignorer, se concentrant sur l'évocation des plaisirs passés. Les pleurs s'amplifièrent. Au corps de Ninon se substitua celui de la belle Hollandaise aperçue la veille. Alixe se mit à hurler avec sa vigueur habituelle. Ninon la promenait d'un bout à l'autre de la pièce, lui chuchotant des petits mots tendres pour la calmer. Benjamin se couvrit la tête avec les oreillers et se réfugia dans les voluptueuses images que lui évoquait l'inconnue aux cheveux blonds. Il l'imaginait dotée de seins généreux, de cuisses à la blancheur de lait, d'une délicate toison pâle. Son désir s'enflamma et il se laissa aller à la coupable recherche d'un plaisir solitaire. De violents coups à la porte l'interrompirent. Il n'entendit pas ce qui se disait à cause des pleurs du bébé. Ninon apparut en s'écriant :

– Un malheur est arrivé. Thomas est mort. La Quintinie t'attend dans la voûte.

Il fut aussitôt hors du lit et quelques minutes plus tard, aux côtés du maître jardinier, blême, habillé à la diable. Sans mot dire, il conduisit Benjamin au fond de la voûte, grande galerie souterraine où étaient conservées, dans des boîtes en fer, soigneusement rangées sur des étagères, les semences nécessaires au Potager. Toutes étaient vides, les graines répandues sur le sol. Des taches sombres maculaient la terre battue.

– Thomas ? demanda Benjamin d'une voix blanche.

– Suis-moi.

Ils empruntèrent la rampe qui menait à la Melonnière. Au moment des récoltes, ce passage permettait de charrier les melons pour les entreposer au frais.

Le corps de Thomas gisait au milieu des melons, la gorge tranchée. Les traces de sang témoignaient qu'il avait dû être agressé dans la voûte, puis traîné et abandonné dehors. Benjamin réprima un haut-le-cœur en voyant la blessure béante.

– Pauvre garçon, il travaillait avec moi depuis plus de vingt ans. Quand il est arrivé au Potager, il était si petit qu'il avait peine à soulever un arrosoir, déclara La Quintinie avec une infinie tristesse.

Ôtant son large chapeau de feutre, le jardinier se recueillit devant la dépouille de Thomas.

– Benjamin, aide-moi à transporter son corps.

– Je crois, Monsieur, qu'il serait préférable de le laisser là en attendant l'arrivée de la police du roi. L'avez-vous prévenue ?

– J'ai demandé à Bertin, qui est venu chez toi, de courir ensuite rue de la Pompe et de ramener des gardes de la Prévôté de l'Hôtel du Roi.

Benjamin croyait revivre le drame de Pincourt, si ce n'est que, cette fois, il connaissait la victime. Depuis plus d'un an, il travaillait aux côtés de Thomas. Il appréciait cet homme taciturne qui n'avait pas son pareil pour donner forme aux arbres fruitiers. On ne lui connaissait aucun ennemi. Bon chrétien, bon travailleur, bon père de famille. Qui avait eu la folle idée de l'assassiner ? Les melons, une fois de plus, étaient liés à un acte criminel. À Versailles, les vols, les rapines, les rixes étaient quotidiens, jusque dans les appartements du roi. N'avait-on pas récemment découpé et dérobé un morceau de la broderie du lit royal[1] ? Mais tuer pour des melons ! C'était d'une telle extravagance que l'esprit humain se refusait d'y croire.

La Quintinie chargea Benjamin d'aller prévenir Dorine, l'épouse de Thomas, couturière chez un tailleur de la rue Bel-Air. La pauvre femme s'écroula à l'annonce de la mort de son mari. Qu'allait-elle devenir avec trois enfants en bas âge et un autre qui s'annonçait ? Déjà qu'elle n'arrivait pas à joindre les deux bouts à cause de la cherté du pain. Au moins, avec Thomas au Potager, elle avait les verdures gratuites. Allait-elle pouvoir

1. En fait, cet incident s'est déroulé en 1691.

rester dans le logement attribué au jardinier ? Benjamin en doutait, mais il n'osa pas le lui dire. La soutenant, il la ramena au Potager où, une fois encore, se pressait une foule de curieux. Tous les jardiniers s'étaient massés au bord de la Melonnière en compagnie des inévitables courtisans. L'odeur du sang n'attire pas que les mouches, se dit Benjamin.

Les gardes de la Prévôté, reconnaissables à leur casaque de couleur incarnat, bleue et blanche, étaient à pied d'œuvre, tournant autour du corps de Thomas. Ils posaient des questions à La Quintinie qui essuyait avec un grand mouchoir blanc les gouttes de sueur perlant sur son front.

Un petit carrosse en mauvais état, brinquebalant, tiré par deux chevaux s'arrêta à quelques toises de la foule. En descendit un homme âgé, ridé comme une pomme d'api, le teint fleuri. Ses cheveux blancs pendaient en longs filaments sur ses épaules. Il avançait le dos courbé mais le pas vif.

Se frayant un passage parmi l'assistance, il se pencha au-dessus de la Melonnière. Agitant les bras pour attirer l'attention de La Quintinie, il lui cria :

– Jean-Baptiste, j'ai des choses de première importance à vous communiquer.

Le jardinier lui répondit par un geste brusque signifiant que ce n'était pas le moment. Le vieil homme tapa du pied et continua de plus belle :

– Jean-Baptiste, venez ! Il faut absolument que je vous parle.

Benjamin s'approcha du vieil homme et lui dit courtoisement :

– Monsieur de La Quintinie est fort occupé avec les gens de la Prévôté. Il ne peut vous répondre pour le moment. Puis-je vous venir en aide ?

Le vieil homme toisa Benjamin, fronça les sourcils et déclara :

– Je ne vous connais pas, jeune homme. Êtes-vous nouveau au Potager ?

– J'y travaille depuis un peu plus d'un an. Je me nomme Benjamin Savoisy et j'ai été recommandé à Monsieur de La Quintinie par Pierre Magnol de Montpellier.

– Ah ! Ah ! Excellente référence ! Nous allons pouvoir parler sérieusement de botanique. Ne trouvez-vous pas qu'il n'y a rien de plus plaisant qu'un jardin qui satisfait chacun de nos sens ? L'odorat y trouve son contentement dans la quantité des fleurs et des fruits. La vue se réjouit de la diversité des couleurs qui s'y rencontrent, si vives que les plus excellents peintres demeurent courts en imitant leurs beautés.

– C'est bien vrai, mais vous m'excuserez…

Le vieil homme, ne tenant pas compte de l'interruption, continua :

– Pour le goût, il suffit de dire que les friands[1] et délicats après s'être gorgés de plusieurs sortes de bons mets, n'estiment pas avoir fait bonne chère s'ils ne finissent leur festin par les fruits qui sans être assaisonnés que de la Nature, se trouvent néanmoins si excellents qu'il faut avouer que les fruits seuls emportent le prix en la satisfaction du goût.

– Certes, j'en suis bien d'accord, mais…

1. Fins gourmets.

– L'ouïe qui en semble exclue, me fait dire pourtant qu'il n'y a point de contentement qui égale celui d'entendre louer la beauté de votre jardin, particulièrement la grosseur et la diversité de vos fruits.

Imperturbable, le vieil homme continuait, sans s'apercevoir que Benjamin s'était éloigné.

– Le toucher y trouve aussi son plaisir en les maniant et les pelant. Certains ont la peau si délicate qu'il faut une main légère et subtile pour la lever avec plus de propreté. Mais où allez-vous ? Il me faut parler avec Jean-Baptiste, je suis Nicolas de Bonnefons.

Entendant ce nom, Benjamin revint sur ses pas, content de faire la connaissance de l'illustre auteur même si le moment n'était guère propice à l'échange de savoirs.

Les gardes venaient de donner l'ordre d'enlever le corps de Thomas. Deux jardiniers l'étendirent sur une toile de chanvre, emportèrent leur macabre fardeau, suivis par leurs collègues et Dorine en larmes soutenue par des femmes dont Ninon. Les étrangers au Potager, curieux et courtisans, s'écartèrent en silence, mais reprirent leur caquetage dès que le cortège eut dépassé le grand bassin.

La Quintinie remonta pesamment la volée de marches qui menait de la Melonnière à la terrasse. Dès qu'il le vit, Bonnefons se précipita sur lui :

– Jean-Baptiste, il faut que je vous parle de cette étrange lettre que j'ai reçue.

– Nicolas, je suis bienheureux de vous voir. Mon message vous demandait si vous disposiez de graines de melons.

– Je ne vous parle pas de votre courrier d'hier mais d'une lettre du mois dernier…

– Mon bon Nicolas, je ne vois pas de quoi vous voulez parler. Veuillez m'excuser, j'ai des tâches urgentes à accomplir.

Surpris du ton irrité de La Quintinie, Bonnefons maugréa et se mura dans un silence désapprobateur.

– Je vous verrai dès que j'aurai donné quelques ordres, ajouta La Quintinie d'une voix radoucie.

Le vieil homme partit d'un bon pas dans l'une des allées du Potager.

– Benjamin, commença La Quintinie, l'heure est grave. Le roi est furieux. Il a ordonné que le Potager soit gardé par des Gardes Suisses. Il menace de m'en retirer la direction si la lumière sur cette malheureuse histoire n'est pas faite dans les meilleurs délais. Je ne sais que faire. Je ne comprends rien à cette épidémie de morts étranges, à Pincourt ou ici. Je compte sur toi qui sais garder la tête froide et qui n'es pas en but à la jalousie des jardiniers du château, pour m'aider à réfléchir.

Benjamin se garda de lui dire que ses relations avec lesdits jardiniers manquaient nettement de chaleur et de confiance.

Leur attention fut attirée par les clameurs s'élevant d'un nouvel attroupement au bord de la Melonnière. Caumont, le maître d'hôtel, parlait avec véhémence et recueillait, semblait-il, l'approbation de ses auditeurs.

– Qu'est-ce que c'est encore ? s'écria La Quintinie, entraînant Benjamin vers la terrasse.

– Ah vous voilà ! rugit Caumont. Je suis venu en personne vous dire qu'il est hors de question que vous remettiez ces maudits melons à l'Office de la Bouche. Nous n'en voulons plus. Vous ne croyez tout de même pas que je vais servir au roi des fruits couverts de sang !

– Soyez rassuré, lui répondit La Quintinie. Aucun de ces melons ne vous sera livré.

Un des courtisans s'écria :

– Et qu'allez-vous en faire ? Qui nous dit que vous n'allez pas les donner au Grand Commun ? Ces fruits sont maudits. Nous ne les voulons pas dans notre assiette.

La Quintinie fit des signes d'apaisement et lança d'une voix forte :

– Ne craignez rien, nous les ferons distribuer aux pauvres qui s'en contenteront, je vous l'assure.

Une autre voix se fit entendre :

– Et s'ils étaient empoisonnés ? Si c'était un moyen d'attenter à la vie du roi ? N'y aurait-il pas des adeptes de la Brinvilliers parmi vous ?

– C'est stupide. Nous ne sommes que des jardiniers et nous œuvrons pour le bon plaisir du roi.

La voix reprit en ricanant :

– C'est ce que disait aussi la Montespan…

Un sourd murmure parcourut la foule. Accablé, La Quintinie baissa les bras et s'adressa tout bas à Benjamin :

– Ils sont tous plus bêtes que des oies. Personne n'a pu prouver que la Montespan ait eu partie liée avec la Voisin.

Benjamin ne connaissait pas grand-chose à cette histoire qu'on nommait l'Affaire des Poisons. Il était arrivé à Versailles juste au moment où la Chambre ardente, chargée de juger ces crimes, avait été supprimée. Ninon, en bonne Versaillaise friande du moindre scandale, lui avait raconté que l'affaire défrayait la chronique depuis dix ans. Au tout début, on avait découvert que la marquise de Brinvilliers avait empoisonné son père, ses deux frères et sa sœur pour s'approprier l'héritage familial. Trois ans plus tard, la belle marquise fut exécutée. L'affaire n'en resta pourtant pas là. On s'aperçut qu'un véritable trafic de poisons avait été organisé par une certaine Monvoisin, dite la Voisin, pour des dames du meilleur monde désireuses d'envoyer *ad patres* leurs chers époux. Les plus grands personnages furent soupçonnés : Madame de Vivonne, Madame de la Mothe, Mademoiselle des Œillets, la comtesse de Soissons, la vicomtesse de Polignac et bien d'autres encore. Le redoutable La Reynie, tout nouveau lieutenant de police de Paris, avait enquêté avec la diligence dont il était coutumier. Il avait découvert des horreurs : des meurtres d'enfants lors de messes noires dites par des prêtres débauchés, des profanations d'hosties et des fabrications de fausse monnaie. La Voisin, elle aussi, fut exécutée, mais aussitôt après, sa fille mit en cause la Montespan. À ce moment de son récit, Ninon s'était mise à rire, avait embrassé Benjamin à bouche que veux-tu et lui avait dit : « La pauvre Montespan voulait des poudres magiques pour garder l'amour du roi qui à l'époque lui préférait la délicieuse Mademoiselle de Fontanges. Plaise au ciel que je n'aie jamais à user de tels charmes pour aviver ton désir, mon ardent Benjamin ! » Après qu'ils eurent fait l'amour avec fougue, Benjamin avait voulu en savoir plus. Ninon lui dit que la Chambre ardente avait prononcé trente-six condamnations à mort et autant aux galères. La Montespan, pas plus que les grands personnages, ne fut inquiétée. Après tout, elle était la mère des bâtards du roi Louis ! Elle continuait à vivre à Versailles, dans un petit appartement devant lequel passait le roi quand il allait rendre hommage à Madame de Maintenon, sa grande favorite. « De quoi se ronger les poings ! » avait conclu Ninon.

Les courtisans semblaient décidés à rester camper au Potager. La journée était belle, le soleil modérément chaud : certains s'assirent dans l'herbe, peu soucieux de gâcher leurs vêtements de soie. Les femmes demandèrent à ce qu'on leur apporte des sièges. L'occasion était trop belle pour se remémorer les scandaleux épisodes de l'affaire, accumuler supputations et hypothèses, colporter de nouvelles rumeurs toutes plus cruelles les unes que les autres.

Découragé, La Quintinie confia à Benjamin le soin de transporter les melons dans la voûte. Le soir, il ferait ouvrir la petite porte en soupirail qui donnait sur la rue pour les distribuer aux pauvres qui attendaient chaque jour les surplus du Potager.

Bonnefons revenait vers eux à pas pressés, tenant à la main un bouquet de giroflées.

– Nicolas, je suis enfin à vous. Vous aviez des choses importantes à me confier, lui dit La Quintinie.

– J'arrive à un moment bien dramatique. Mais figurez-vous que, la semaine dernière, ma melonnière a été vandalisée.

– Par saint Georges, s'exclama La Quintinie, le phénomène ne concerne donc pas que Paris et Versailles !...

– C'est pourquoi j'ai accouru dès que j'ai reçu votre message. Malheureusement, je ne pourrai pas vous aider, toutes mes semences ont été utilisées.

– Vous me voyez navré de la dévastation de vos cultures. Je crois que l'année est finie pour les melons. Même si nous en avions, personne ne voudra plus en manger. Parlez-moi de cette lettre que je vous aurais envoyée.

– Une lettre ? Je vous ai parlé d'une lettre ? Quelle lettre ? Celle d'hier ? Vous venez de m'expliquer que ce n'est plus la peine…

Interloqué, La Quintinie s'exclama d'un ton où perçait une pointe d'agacement :

– La lettre que vous auriez reçue il y a un mois et qui vous semblait étrange.

– Je ne vois pas de quoi vous voulez parler. Quoique cela m'évoque vaguement quelque chose…

Bonnefons se tapotait le crâne avec l'index.

– Faites un effort, le supplia La Quintinie. Tout ce qui touche aux melons est important.

– Non, décidément, je ne m'en souviens pas. Depuis quelque temps, je perds la mémoire. Les événements récents s'effacent comme l'eau sur le sable. Enfer et damnation, quelle vieille bête je fais !

La Quintinie, qui le dominait de deux têtes, se pencha vers lui :

– Ne vous mettez pas martel en tête. Vous retrouverez ce que vous aviez à me dire. Venez avec moi prendre un peu de repos. Bien entendu, je vous offre l'hospitalité. Benjamin nous rejoindra pour le souper. Je sais qu'il meurt d'envie de faire votre connaissance. Je le soupçonne de préférer vos leçons aux miennes.

Benjamin rougit. La Quintinie avait raison : il trouvait le livre de Bonnefons, *Le Jardinier François*, plus clair, moins redondant que les écrits du maître jardinier. Ce dernier avait tendance à se répéter, ce qui nuisait au plaisir de la lecture.

Le soir venu, il retrouva les deux hommes s'entretenant dans le cabinet de travail de La Quintinie. Ninon était restée auprès de Dorine à veiller le pauvre Thomas. Un valet vint les prévenir que le souper les attendait. La maison disposait d'une commodité jusqu'alors inconnue : la salle à manger. Autrefois, on dressait une table sur des tréteaux dans une des pièces où l'on décidait de souper. La nouvelle pièce était de dimension réduite, les murs tendus d'indienne et décorés de tableaux représentant des fruits et des légumes. Ces sujets étaient à la mode et La Quintinie possédait des toiles de Louise Moillon qui excellait en la matière. Benjamin n'avait jamais eu l'occasion de les voir. Dans l'une des scènes, les pêches, fraises, pommes, prunes et raisins étaient si appétissants qu'on avait envie de tendre la main pour s'en saisir. Comme le faisait un des personnages, une élégante bourgeoise, en robe noire et guimpe de dentelle. Elle soulevait délicatement les feuilles de vigne protégeant une corbeille d'abricots mûrs à souhait. Dans un coin, un petit chat veillait sur une citrouille rutilante, des artichauts et un chou d'un vert presque noir. Benjamin se détourna du tableau quand il vit les deux melons peints avec tant de fidélité qu'on pouvait les croire tout juste cueillis[1].

Madame de La Quintinie, pimpante quinquagénaire, les avertit que vu les circonstances, le repas serait très simple. Elle avait fait préparer un potage d'herbettes,

1. Louise Moillon, *La Marchande de fruits et légumes*, musée du Louvre, Paris.

une tourte de godiveau[1], des artichauts en fricassée, des asperges à la crème, et différentes aumelettes[2].

La Quintinie prononça le *benedicite* et ils se recueillirent un long moment en souvenir de Thomas.

– Savez-vous que les pauvres ont refusé de prendre les melons ? annonça Benjamin.

– Qu'est-ce que tu me chantes là ?

– Les bruits sur l'empoisonnement des melons ont fait leur chemin dans les rues de Versailles. On dit même que les melons apporteraient la peste.

– Toujours cette vieille histoire colportée par des médecins ignares qui déversent leur fiel sur ce pauvre melon, s'emporta Bonnefons. Jacques Pons, médecin lyonnais, dont le livre de 1583 vient d'être réédité, décrit tous les malheurs qui peuvent arriver aux mangeurs de melons : distensions ou enflures d'estomac, vomissements, bouleversements de cœur. Il n'hésite pas à dire que « se cachent sous le miel de sa chair sucrée un agréable poison et des amertumes insupportables ».

– Tiens, c'est ce que m'a dit un cuisinier avec qui j'ai soupé à Paris, remarqua Benjamin.

– Ça ne peut-être que Rolland. Il a écrit dans son livre *L'Art de bien traiter* un paragraphe où il assassine les melons.

Tous les regards se tournèrent vers Bonnefons qui s'aperçut aussitôt de sa formulation malheureuse et essaya de se rattraper :

– Je veux dire : en voilà un qui doit se réjouir de la destruction des melonnières.

1. Recette page 368.
2. Orthographe en usage au XVIIe siècle.

Le pauvre homme s'enfonçait de plus en plus. Pour faire diversion, il lança d'une voix qui se voulait joyeuse :

– Laissez-moi vous dire quelques vers de mon vieil ami Marc-Antoine de Saint-Amant :

Quelle odeur sens-je en cette chambre ?
Quel doux parfum de musc et d'ambre
Me vient le cerveau réjouir
Et tout le cœur épanouir ?
Ha ! Bon Dieu ! j'en tombe en extase
Qu'est-ce donc ? Je l'ai découvert
Dans ce panier rempli de vert :
C'est un melon
Oh ! Quelle odeur ! Qu'il est pesant !
Et qu'il me charme en le baisant !
Page, un couteau que je l'entame !
C'en est fait, le voilà coupé
Qui vit jamais un si beau teint ?
D'un jaune sanguin il se peint
Il est massif jusqu'au centre
Il est sec, son écorce est mince
Bref, c'est un vrai manger de prince
Mais bien que je ne le sois pas
J'en ferai pourtant un repas.

La Quintinie et Benjamin se regardaient avec consternation et poussèrent un soupir de soulagement quand le vieil homme eut fini sa récitation. Rayonnant, Bonnefons s'écria :

– Vous voyez, vous voyez, j'ai réussi à m'en souvenir ! Comme quoi, j'ai encore de la mémoire.

– Je propose que nous en restions là sur le chapitre des melons, lança La Quintinie. Ils me font horreur. Dieu merci, avec l'été qui arrive, nous allons bientôt avoir des fraises, des framboises, des groseilles. Viendra ensuite le temps béni des abricots, pêches, pommes et poires.

Bonnefons, qui se resservait pour la troisième fois d'asperges à la crème, déclara :

– Quand je pense que dans les temps anciens, les fruits et surtout les légumes étaient tellement dépréciés qu'on les servait très peu à la table des gens de qualité ! Dieu merci, notre siècle de modernité a permis de corriger ces funestes erreurs. Avez-vous lu l'ouvrage de Nicolas Venette, un médecin éclairé, pour une fois ? Dans son *Traité de l'usage des fruits des arbres pour se conserver en santé ou pour guérir quand on est malade*, il déclare que nos fruits ont plus de vertus et d'attraits que toutes les drogues. Il va jusqu'à prétendre que si Galien[1] avait vécu de nos jours et qu'il avait goûté les pêches rendues si recommandables grâce à l'art et l'industrie de nos jardiniers, il n'aurait pas été aussi sévère envers les fruits. Je l'ai invité à me rendre visite à Saint-Leu. Je vous aviserai de sa présence. Nous aurons certainement plaisir à échanger sur ce sujet.

– J'en serais ravi. Je me réjouis que de plus en plus d'auteurs célèbrent les potagers.

– Il paraît, l'interrompit Bonnefons, que votre ami La Fontaine vous a portraituré dans une de ses fables ?

---

1. Médecin grec (131-201), un des fondateurs de la science médicale et pharmaceutique. Dans la diététique ancienne, les fruits et les légumes étaient souvent vus comme dangereux.

– « Un sage assez semblable au vieillard de Virgile,
Homme égalant les Rois, homme approchant des Dieux,
Et, comme ces derniers satisfait et tranquille.
Son bonheur consistait aux beautés d'un Jardin. » récita Madame de La Quintinie. Jean-Baptiste est bien trop modeste pour admettre qu'il est bien le protagoniste du *Philosophe Scythe.*

– Laissons cela, bougonna son mari. Revenons à nos potagers. Les Italiens, grâce leur en soit rendue, nous ont appris à apprécier les légumes. Artichauts, cardons, asperges sont aujourd'hui sur toutes les bonnes tables mais aussi les fèves, les carottes, le chervis, les scorsonères, les blettes, les concombres et les nouvelles courges arrivées d'Amérique.

– À ce propos, connaissez-vous le topinambour, américain, lui aussi ? Il a un petit goût d'artichaut pas désagréable du tout, ajouta Bonnefons.

– Je le connais mal. Tout comme cet étrange fruit, la tomate que certains, en Italie et en Provence, mangent en salade avec du sel, du poivre et de l'huile.

– Je n'y ai jamais goûté et je n'y tiens pas. On dit que la plante est toxique. Laissez donc ces gens s'empoisonner. Nous avons assez de bonnes verdures à mettre en salade.

Madame de La Quintinie, qui avait l'œil à tout, se pencha vers Benjamin s'inquiétant de son peu d'appétit. Elle l'incita à se servir d'aumelette aux fines herbes et à l'anchois, à moins qu'il ne préférât celle à l'écorce de citron confite. Son mari, tout au plaisir de sa discussion avec Bonnefons, semblait avoir oublié le drame du jour et déclara d'une voix enthousiaste :

– C'est bien vrai ! Rien que les laitues, nous en avons près de dix-sept sortes ! Prenez celles de printemps : la Crêpe blonde, la première et la meilleure de toutes, tendre et délicate, suivie de la Crêpe verte, la laitue Georges, la petite rouge, la Royale, la Bellegarde et la Perpignanne. Puis viennent la Capucine, la Courte, l'Aubervilliers et l'Autriche qui ne montent pas si aisément en graine que les précédentes.

– Ne trouvez-vous pas la laitue d'Aubervilliers un peu dure, parfois ?

– Je vous l'accorde. Elle n'est guère bonne pour les salades, il est préférable de la garder pour les potages. En été, nous avons la chance d'avoir la laitue de Gênes, tant la blonde, la rouge et la verte qui résiste aux fortes chaleurs.

– Et quel bonheur d'ajouter aux salades de menues herbes comme estragon, perce-pierre[1], cresson aliénois, corne-de-cerf, pimprenelle, trippe-madame[2]...

– Sans oublier la roquette, les fleurs de bourrache, les pousses de houblon, les vrilles de la vigne. Et le pourpier !

– J'en sème tous les mois pour en avoir toujours du tendre à mettre dans les salades, mais aussi dans les farces et les potages. Savez-vous, qu'outre du blanc et du vert, on trouve maintenant du pourpier doré qui nous vient des îles Saint-Christophe[3] ?

La fatigue de ces derniers jours se faisait sentir et malgré le plaisir qu'il avait à écouter les deux jardi-

1. Criste marine.
2. Petite joubarbe.
3. Aujourd'hui Saint-Kitts-et-Nevis, petit État des Antilles.

niers, Benjamin n'avait qu'une hâte : prendre congé. Madame de La Quintinie s'en aperçut et lui enjoignit de rentrer chez lui après avoir goûté à l'assortiment de confitures liquides et sèches[1].

Il quitta la table alors que La Quintinie commentait la nomination au Jardin des Plantes d'un jeune botaniste talentueux, Joseph Pitton de Tournefort dont les démonstrations de plantes remportaient un grand succès. À l'annonce de l'arrivée à Paris de son ancien camarade d'études, Benjamin faillit se rasseoir, mais son épuisement eut raison de sa curiosité. Néanmoins, la nouvelle était excellente.

1. Confiture sèche = fruits confits.

7

L'enquête sur le meurtre de Thomas suivait son cours sans révéler de piste intéressante ou d'information nouvelle. Malgré l'ordre du roi de faire vite, les gardes de la Prévôté ne portaient guère d'intérêt au mort du champ de melons comme ils l'appelaient. D'autant que d'autres crimes retenaient leur attention. Une jeune soubrette avait été trouvée morte derrière les grands rideaux du salon d'un prince, étranglée avec une embrasse. Bien mieux, un courtisan s'était noyé dans le Bassin du Midi, juste sous les fenêtres du roi. Accident, suicide, assassinat ? On disait que, depuis plus de dix ans, il demandait une faveur au roi et que ce dernier l'ignorait systématiquement. Les langues allaient bon train. Ce mort, paix à son âme, avait le grand avantage de détourner l'attention de la Cour du drame du Potager. Quelques chansons de mauvais goût circulaient, où il était question de La Quintinie et de sa tête, à moins que ce ne soient ses couilles, enflées comme un melon. C'était, bien entendu, l'œuvre des jardiniers du parc ne désarmant pas dans leurs efforts pour ridiculiser le maître du Potager.

Nicolas de Bonnefons resta quelques jours. Il fut un délicieux compagnon pour Benjamin, l'accompagnant dans les allées du Potager, commentant les plantes et leurs usages. Ainsi, il apprit au jeune homme que les carottes rouges étaient très récentes et qu'on les devait à l'inventivité d'ingénieux jardiniers. Autrefois, on n'avait que les blanches et les jaunes. La scorsonère était, elle aussi, une nouvelle venue. Bonnefons se vantait d'avoir été le premier à cultiver ce genre de salsifis à la peau noire dont il avait reçu les graines d'Espagne. Il faisait peu de cas du raifort, disant que c'était une nourriture grossière dont seuls les pauvres usaient. Pour la cuisine, il recommandait le thym, la sarriette, la marjolaine, la sauge, le romarin, le fenouil et l'anis, mais aussi le basilic, la mélisse, la camomille. Ils discutèrent des taupes, cette engeance occasionnant les plus grands dégâts dans les jardins. Bonnefons préconisait d'enfouir un pot à beurre ou une caissette en sureau à un demi-pied[1] de profondeur sur le chemin qu'elles avaient l'habitude de suivre. Il n'y avait, alors, plus qu'à les cueillir ! Benjamin préférait la vieille méthode qui consistait à les guetter, au petit matin et au crépuscule, quand elles travaillaient à leurs taupinières et les enlever adroitement avec la bêche. Chaque année, il fallait débourser des milliers de livres pour les éradiquer.

Benjamin avait confié au vieux bonhomme ses désirs d'explorations lointaines, sa soif de découvrir de nouvelles plantes. Bonnefons avait souri, mais n'avait pas hésité à l'encourager dans cette quête. Le jeune homme avait alors parlé avec fougue de Joseph Pitton de Tournefort.

---

1. 1 pied = 32,484 cm.

– Maintenant qu'il est à Paris, avait suggéré Bonnefons, pourquoi n'iriez-vous pas le voir ? Peut-être vous trouvera-t-il un emploi au Jardin des Plantes ? Je vous observe depuis quelques jours. Vous êtes un excellent jardinier, vous aimez les plantes, vous leur accordez soins et attentions, mais votre regard est triste. Vous n'êtes pas à votre place ici. Je sais que Jean-Baptiste compte beaucoup sur vous, mais un jour, vous partirez, vous accomplirez votre destin.

Benjamin resta silencieux. Bonnefons était la deuxième personne, après Ninon, à annoncer son départ. Était-ce vraiment sa destinée ? Aller voir Tournefort ne prêtait pas à conséquence. Quoi de plus normal que de s'enquérir d'un vieil ami ?

Il obtint sans problème la permission de s'absenter. La Quintinie, accablé par les derniers événements, n'avait pas le cœur à l'ouvrage. Le regard fixé sur les Gardes Suisses en faction dans le jardin, il lui déclara :

– Je ne peux pas te blâmer de chercher un autre travail. Le Potager du Roi n'est guère un lieu d'avenir pour toi. Ni pour moi, d'ailleurs, si la malédiction des melons se poursuit.

Benjamin lui affirma qu'il n'avait nullement l'intention de l'abandonner, surtout au milieu des épreuves actuelles.

Ninon ne posa pas de questions quand il lui annonça qu'il partait à Paris pour deux jours. La pauvrette était épuisée. La petite pleurait toujours autant. Avec l'arrivée de l'été, la demande en bouquets était telle qu'elle travaillait nuit et jour. De plus, elle essayait de passer du temps auprès de Dorine, tombée malade le lendemain de l'enterrement de Thomas. Les fièvres l'avaient prise, elle ne se levait plus et tous craignaient pour sa vie.

Maladroitement, Benjamin essaya de prendre la jeune femme dans ses bras, mais il la sentit se raidir et n'alla pas jusqu'au bout de son geste.

Il prit le chemin de Paris avec allégresse. En compagnie de Tournefort, il pourrait évoquer librement ce qui lui tenait à cœur. Passant par Vaugirard, c'est à peine s'il eut une pensée pour les melons. Pour rejoindre le faubourg Saint-Victor, on lui avait dit de tourner à droite après le moulin de la Pointe et de longer le nouveau cours du Montparnasse. Dans cette campagne inconnue, il se trompa d'embranchement et erra un bon bout de temps dans les champs de blé. Un paysan, aimable pour une fois, lui dit de continuer tout droit après le moulin des Cornets. Il arriverait en vue de ce drôle de bâtiment qu'on disait fait pour observer les étoiles[1]. Ensuite, il n'aurait qu'à redemander sa route. Des moulins, il y en avait en pagaille, mais par chance le dôme de l'Observatoire était facilement repérable. Ce fut, ensuite, presque un jeu d'enfant. Il suivit une petite rivière, la Bièvre, qui avait tout de l'égout à ciel ouvert. Juste avant le marché aux chevaux, il prit sur la gauche la rue du Faubourg-Saint-Victor et arriva au fameux Jardin royal des plantes médicinales. On y pénétrait par une grille donnant sur une grande allée de charmes. À gauche s'élevait une butte boisée et à droite un bâtiment moderne d'un seul étage aux hautes fenêtres devant lequel s'étendait un grand parterre divisé en quatre. De

1. L'Observatoire de Paris, inauguré en 1672.

nombreux jardiniers s'y affairaient. Benjamin ne tarda pas à repérer Tournefort en grande conversation avec un homme à l'allure difforme, penché sur un massif. Il resta en lisière, profondément ému de se trouver dans le saint des saints de la botanique. Il savait que ce jardin avait été créé grâce à l'opiniâtreté de Guy de La Brosse, il y a quarante ans de cela. Ce médecin du roi Louis XIII était persuadé que les hommes de science ne devaient pas rester assis dans leur cabinet, mais observer de près comment poussaient les plantes. Il avait obtenu du souverain l'achat de ce terrain proche de la Seine, loin des vapeurs, fumées et cloaques de la grande ville. Pierre Magnol, le maître de Benjamin à Montpellier, lui avait expliqué que l'argument décisif pour convaincre le roi avait été de stigmatiser le retard pris par Paris dans l'étude des plantes. En Italie, à Padoue, Pise et Bologne, les jardins botaniques existaient depuis le milieu du siècle précédent[1]. Celui de Leyde, en Hollande avait été créé en 1590, celui de Montpellier trois ans plus tard. Paris ne pouvait rester éternellement à la traîne !

Tournefort, suivi de son compagnon, faisait le tour du bassin central quand il aperçut Benjamin. Il se précipita à sa rencontre, lui donna une vigoureuse accolade et s'écria :

– Benjamin, quelle joie de te voir ! J'avais le projet de me rendre à Versailles, mais je n'ai pas une minute à moi depuis que je suis arrivé.

– Ça ne m'étonne pas ! Il paraît que tes premières démonstrations ont rassemblé une foule de personnes de très haut rang.

1. Padoue en 1545, Pise en 1546, Bologne en 1577.

– Pas seulement ! Les séances sont gratuites et ouvertes à tous, ce qui nous vaut une assistance très diverse. Seuls les enfants, les personnes suspectes et les gens de livrée[1] sont interdits. À chaque séance, je fais la démonstration de cent plantes et comme je compte en assurer trente, trois mille plantes auront été présentées d'ici à la fin de l'été. Les gens sont avides de nouveautés, que veux-tu !

– Je suis fou de jalousie à t'entendre. Si seulement j'habitais Paris !

Tournefort le prit par le bras et s'adressa à son compagnon, penché sur une plate-bande :

– Monsieur Fagon, je vais faire les honneurs du jardin à mon ami Benjamin Savoisy. Nous nous retrouvons dans une demi-heure pour le dîner ?

– Faites donc, mon jeune ami. Je dois aller jeter un coup d'œil aux serres, répondit l'homme qui, en se relevant, ne s'aperçut pas que sa perruque était tout de guingois et lui donnait l'air d'un épouvantail à moineaux.

Qui aurait pu croire que cet étrange personnage, petit, bossu, boiteux, le souffle court, d'une maigreur extrême, était l'Intendant du jardin ? Médecin reconnu pour l'audace de ses traitements et sa grande probité, on disait de lui que sa langue maternelle était la botanique.

Tournefort entraîna Benjamin le long des allées bordées d'arbrisseaux et alla se planter devant un parterre :

– Regarde : un jasmin des Açores, don du roi du Portugal et là, la petite consoude à fleur de bourrache. Sais-tu que ce jardin fait dix-huit arpents, soit trois fois plus que celui de Montpellier ? Fagon a l'intention de

1. Domestiques.

faire construire un amphithéâtre de six cents places le long de la rue du Jardin-du-Roi[1], car le public est de plus en plus nombreux pour les démonstrations botaniques, mais aussi pour les leçons de chimie et d'anatomie. Comme tu peux le voir, les plantes sont disposées avec symétrie, ce qui permet de reconnaître aisément leur genre et leur espèce. Nous en avons plus de six mille !

Tournefort, les yeux brillants, rayonnait de fierté. Benjamin, tout en se réjouissant pour son ami, se sentait de plus en plus misérable. Il n'osa pas s'ouvrir de ses difficultés et de son désir de quitter le Potager du Roi. Il acquiesçait en souriant aux enthousiasmes du botaniste, se maudissant de sa timidité.

– Avant d'aller dîner, je vais te montrer le Parterre du Midi où sont plantés orangers, citronniers, myrtes, acacias d'Égypte, palmes, cannes à sucre et toutes plantes demandant de la chaleur. En hiver, on les couvre d'une charpente pour les protéger des injures du froid.

Benjamin le suivait pas à pas quand une silhouette attira son attention. Une grande femme, élégamment vêtue d'une robe de velours vert émeraude richement brodé de fils et de galons d'or, se pressait vers les bâtiments d'habitation, à gauche de la Galerie. Il lui semblait reconnaître la Hollandaise qui lui avait fait si grand effet. La même grâce dans les mouvements, le même port altier. Tournefort, voyant que son ami ne l'écoutait plus, dit en riant :

– Je t'ennuie avec mes bavardages ! Et tu dois être mort de faim après ta chevauchée.

---

1. Sur l'emplacement de l'actuelle bibliothèque, rue Geoffroy-Saint-Hilaire.

La femme avait disparu. Benjamin avait-il rêvé? Était-il en si piteux état qu'il prenait ses désirs pour la réalité? Il n'en fut que plus ébahi quand, suivant Tournefort dans ses appartements du premier étage, il découvrit la mystérieuse créature devisant avec Fagon. Il blêmit, crut qu'il allait tourner de l'œil. Se reprenant, il esquissa un sourire et s'approcha de la jeune femme, espérant capter son attention. Elle l'ignora jusqu'à ce que Tournefort annonce :

– Benjamin, je te présente Elena van Beverwyck qui nous vient d'Amsterdam et s'intéresse aux plantes. Elena, voici Benjamin Savoisy qui fut mon condisciple à Montpellier.

La belle resta de marbre, daignant tout juste honorer Benjamin d'un léger signe de tête. Par contre, Fagon semblait enchanté :

– Ah ! Vous aussi avez été élève de Pierre Magnol, ce grand homme. Je n'ai pas eu cette chance, ayant fait mes études de médecine à Paris.

– C'était peut-être un choix judicieux quand on sait la haine des médecins parisiens à l'encontre des Montpelliérains, souligna Tournefort.

– Vous avez raison. J'ai souffert de moins d'attaques que mon grand-oncle, Guy de La Brosse, le créateur de ce jardin. Le pauvre a été poursuivi jusqu'à sa mort par la hargne de cet âne bâté de Guy Patin. J'ai tout de même eu mon lot d'ennuis en soutenant ma thèse sur la circulation sanguine, tout nouvellement démontrée par l'Anglais Harvey[1] et bien trop moderne pour Patin.

1. Le premier à avoir fait une description complète du système circulatoire en 1628.

Benjamin ne pouvait détacher ses yeux d'Elena qui semblait très désireuse de participer à la conversation. Elle roulait nerveusement une boucle de cheveux blonds entre ses délicieux doigts fuselés.

– Ce Guy Patin, n'est-ce pas lui que votre célèbre Molière a pris comme modèle pour le personnage de Diafoirus dans *Le Malade imaginaire* ? demanda-t-elle.

– On le dit ! affirma en souriant Fagon. C'est vrai qu'il ne jurait que par les saignées et les purges. Il a fait mourir plus d'un patient avec ses pratiques à l'ancienne mode. Il ne voulait rien savoir des herboristes ni des chimistes et vouait une haine éternelle à l'université de Montpellier. Il disait : « Il n'y a que trois cents ans que Montpellier est en France. Auparavant ce n'était que barbarie. » Il s'est attaqué à tous ceux qui professaient des nouveautés, comme François Vautier qui avait soigné la reine Marie[1] avec de l'antimoine ou Antoine Vallot qui sauva le roi Louis en lui administrant du quinquina[2].

Au grand déplaisir de Benjamin, Elena lançait des sourires éclatants à Tournefort qui, pendu aux lèvres de Fagon, ne lui accordait aucune attention.

– C'est mon grand-oncle qui reçut le plus de volées de bois vert. Protestant converti et formé à Montpellier, vous pensez ! La faculté de médecine de Paris voyait d'un très mauvais œil un jardin botanique où les cours seraient donnés en français et ouverts à tous. Le pauvre homme a tout subi, sabotages, calomnies, mais il n'a jamais baissé les bras, tant la création de

1. Marie de Médicis, mère de Louis XIII.
2. En 1658 quand Louis XIV tomba malade en Flandres.

ce jardin lui tenait à cœur. Il s'est épuisé à la tâche. Dieu merci, il eut le bonheur, de son vivant, de voir les foules se presser aux démonstrations et d'acclimater ses premières plantes exotiques. En 1640, quand il est mort, Guy Patin s'est encore montré odieux. En tant que doyen de la faculté de médecine, il adressa une abominable lettre aux sociétés savantes de France : « La Brosse est mort le samedi dernier jour d'août. Il avait un flux de ventre d'avoir trop mangé de melons et trop bu de vin. Comme on lui parla d'être saigné, il répondit que c'était le remède des pédants sanguinaires et qu'il aimait mieux mourir que d'être saigné. Le diable le saignera dans l'autre monde, comme mérite un fourbe, un athée, un imposteur, un homicide et bourreau public, tel qu'il était, qui même en mourant n'a eu plus de sentiment de Dieu qu'un pourceau duquel il imitait la vie. »

Fagon avait les larmes aux yeux en évoquant ces paroles cruelles, lui qui était né au Jardin des Plantes et y consacrait sa vie tout comme l'avait fait Guy de La Brosse. Benjamin avait tiqué en entendant que des melons avaient tué le pauvre homme, mais son attention était exclusivement tournée vers Elena. Des rafraîchissements avaient été servis et il se délectait du spectacle de la jeune femme dégustant un verre de vin des Dieux[1]. D'un geste délicat, elle essuya sur ses lèvres une gouttelette rosée. Il crut défaillir.

Tournefort les invita à passer à table. Fagon prit congé. On venait de l'aviser qu'un chargement de plantes envoyées de Madagascar était arrivé. Il voulait

1. Recette page 380.

en assurer lui-même la réception et le déballage. Il partit en claudiquant, l'œil brillant de curiosité pour ces belles inconnues qu'il s'empresserait d'acclimater.

Elena prit le bras de Tournefort qui se laissa faire au grand dam de Benjamin. Avec une grâce infinie, elle parcourut les quelques pas qui les séparaient de la table et s'assit en arrangeant les pans de sa robe en corolle. Elle ressemblait à la plus jolie des fleurs. Benjamin sentait le sang lui battre aux tempes. De sa voix mélodieuse, à peine teintée d'un léger accent, elle invita son hôte à lui parler de son enfance. Tournefort ne se fit pas prier.

– Je suis né dans une bonne famille d'Aix-en-Provence et, dès mon enfance, mon père me destina à la prêtrise. Chez les pères jésuites, j'ai appris les langues anciennes, mais sitôt que je pouvais, je m'échappais dans la campagne pour herboriser. Mon père vint à mourir et je dois avouer que cela me permit de donner libre cours à ma passion car je n'étais guère fait pour l'état ecclésiastique. Je commençai à étudier la médecine à l'université d'Aix, la plus mauvaise en la matière car on ne s'y intéresse guère qu'au droit. Il me fallait absolument aller étudier à Montpellier. Je pris mon temps. J'explorai la Provence, le Dauphiné, les côtes de la Méditerranée qui me menèrent jusqu'en Catalogne et enfin en Languedoc où j'arrivai en 1677.

– Quelles extraordinaires promenades, susurra la Hollandaise, le menton dans la main.

– Ne croyez pas cela ! La nature est rude et hostile. Les loups rôdent et les hommes de ces contrées reculées sont parfois tout aussi sauvages. Sans compter les bandits de grands chemins, les contrebandiers qui n'hésiteraient pas à vous trucider pour quelques pièces. J'en étais arrivé à cacher mon argent dans une miche de pain creusée.

La Hollandaise roulait des yeux effrayés. « Décidément elle en fait trop », se disait Benjamin. Tournefort ne semblait pas s'en apercevoir.

– Il m'est arrivé de nombreuses mésaventures d'autant que les gens ne comprenaient pas mon intérêt pour les plantes. Ils se moquaient de me voir accroupi le nez au ras de terre. Un jour, j'ai même reçu un coup de pied au derrière infligé par un individu qui voulait voir si j'étais un être humain ou une créature du diable.

La Hollandaise éclata d'un rire de gorge qu'elle fit durer. Tournefort paraissait sous le charme de cette cascade cristalline. Benjamin était au supplice de voir son ami tomber dans le piège d'une tentative de séduction aussi éhontée et affreusement jaloux qu'elle ne lui prête aucune attention.

– Vous dormiez dans des auberges ?

– Au début oui, mais je fus vite lassé de la nourriture exécrable et des voleries qu'on me fit. Je préférai la belle étoile, beaucoup plus sûre.

– Mais vous deviez avoir un lourd chargement pour dessiner toutes ces plantes ?

– Point du tout. Je ne suis pas très bon dessinateur, alors je préfère la technique de l'herbier.

– Expliquez-moi, murmura la belle comme si elle était au bord de l'extase.

– C'est très simple, je récolte des échantillons, je note le lieu et la date.

– C'est une technique inventée par Luca Ghini, un Italien, il y a plus d'un siècle et demi, intervint Benjamin dans un effort désespéré pour se mêler à la conversation.

La Hollandaise lui jeta un regard glacial qui le cloua sur son siège.

– Vous étiez tout seul ? Quel courage ! reprit-elle.

– La plupart du temps. Parfois mon ami Pierre Garidel, passionné de botanique, m'accompagnait. C'est un casanier et il a toujours refusé de dépasser les frontières de la Provence. J'ai fait aussi de bonnes rencontres, comme Charles Plumier[1], un moine avec qui j'ai parcouru les îles d'Or[2], un paradis pour les botanistes.

Benjamin enrageait de voir à quel point le charme de Tournefort agissait sur la Hollandaise. Cela avait toujours été ainsi. Qu'il s'adresse à un simple jardinier ou à l'auditoire le plus savant, il captivait toujours son public. Il décida de se jeter à l'eau et de reprendre l'avantage.

– Souviens-toi, Joseph, quand je t'ai accompagné dans les Pyrénées et que la cabane s'est écroulée sur nous.

Le botaniste éclata de rire.

– Nous avons bien failli mourir. Les Pyrénées sont un pays des plus sauvages mais recèlent des merveilles. Cela m'a permis d'augmenter ma collection de plantes séchées.

– Tu es trop modeste, souligna Benjamin. Personne n'avait fait cela auparavant. Ce qui t'a valu ta nomination au Jardin royal des Plantes.

---

1. Botaniste (1646-1704) ayant exploré les Antilles et l'Amérique du Sud. Il a décrit et nommé la vanille.
2. Îles d'Hyères.

– Je t'assure que j'ai été le premier surpris quand j'ai reçu la lettre de Monsieur Fagon m'invitant à le seconder.

Elena pianotait nerveusement sur la nappe.

– Vous n'allez pas vous contenter d'herboriser en France. Le monde est vaste et vous attend, reprit-elle.

– J'en rêve, à vrai dire. Je ne désespère pas de m'embarquer un jour, même si la France est bien timide dans ses explorations et ne possède guère de terres lointaines, à part les arpents glacés du Canada, lui répondit Tournefort.

C'était bien là le problème ! Alors que l'Espagne et le Portugal disposaient déjà d'immenses colonies et que les bateaux anglais et hollandais sillonnaient les mers, la France restait à l'écart des grands mouvements commerciaux. Richelieu, conscient de cette perte sèche, avait initié une véritable politique coloniale en autorisant la noblesse à se livrer au « commerce de mer » sans déroger[1].

C'est ainsi que la ville de Montréal avait été fondée, quatorze îles conquises dans les Caraïbes dont la Martinique, la Guadeloupe, Grenade et Tobago. S'y étaient installés cinq mille engagés de force que vinrent rejoindre des nègres venant de Sénégambie. De l'autre côté du monde, au terme de luttes sanglantes, la Compagnie de l'Orient s'empara de Madagascar et des

1. Certaines activités étaient interdites aux nobles sous peine de perdre leur statut (métiers manuels, commerce de détail, travaux agricoles de base, etc.).

Mascareignes[1]. C'était bien peu au regard des possessions des autres royaumes européens.

La Hollandaise eut alors un sourire digne d'un chat guettant une souris.

– Savez-vous que mon pays paie fort cher pour envoyer des savants aux confins du monde. Connaissez-vous Paul Hermann ?

– Je sais qu'il est le nouveau directeur du jardin botanique de Leyde, le plus célèbre du monde.

– Il a passé huit ans à Ceylan pour le compte de la Compagnie des Indes orientales.

Benjamin était sidéré. La belle Hollandaise, en plus de son charme dévastateur, s'intéressait véritablement aux plantes et aux explorations !

– N'a-t-il pas rapporté une plante extraordinaire, la *badura*[2] qu'on dit carnivore ? ne put-il s'empêcher de demander.

Pour une fois, Elena daigna répondre, mais son profil restait ostensiblement tourné vers Tournefort.

– Je ne saurais vous le dire n'étant pas experte en la matière. Grâce à lui, les collections de plantes ont considérablement augmenté. Il a malheureusement perdu tous ses herbiers quand le bateau le ramenant en Hollande a été arraisonné par les Anglais au large de Sainte-Hélène. Cette perte sera réparée un jour. Des centaines de navires appareillent chaque année pour les Indes orientales, la compagnie possède vingt établissements, de la mer de Chine au Japon en passant

1. Île de la Réunion, île Maurice et Rodrigues.

2. Népenthès, décrite pour la première fois par Étienne de Flacourt, à Madagascar, en 1658.

par l'océan Indien et la Perse. Plus de dix mille personnes y travaillent. L'armateur qui m'emploie serait très content que vous participiez à un de ces voyages. Vous auriez tous les moyens que vous souhaitez pour mener à bien vos recherches.

Benjamin n'en revenait pas. L'éblouissante créature était en train d'offrir à Tournefort un embarquement pour les Indes. Et ce dernier faisait la fine bouche ! Benjamin bouillait d'envie de lui dire « Accepte, mais accepte donc ! Et emmène-moi par pitié ! »

Tournefort ne l'entendait pas de cette oreille et répondit avec ce sourire qui faisait se pâmer les femmes :

– Votre offre est généreuse, mais je suis nommé depuis peu dans ce prestigieux jardin auquel je me dois d'apporter tous mes efforts. Je ne doute pas que le roi, un jour prochain, accédera à mes demandes d'explorations.

Belle joueuse, la Hollandaise fit un petit signe de la main pour signifier que tout cela n'avait guère d'importance et se saisit délicatement d'un morceau de poularde. Benjamin avait à peine touché aux plats et aurait bien été en peine de dire ce que l'on leur avait servi. Tournefort, pour mettre un terme à ce débat, se tourna vers son ami :

– On ne t'a guère entendu. Raconte-nous un peu ces terribles événements qui se sont déroulés à Versailles autour des melons.

Le verre qu'Elena portait à ses lèvres lui échappa et se brisa sur la nappe faisant une large tache carmin. Elle s'excusa, un domestique lui en apporta immédiatement un autre. Benjamin, à mille lieues du drame des melons, en fit un bref récit. Avec son sourire ensorcelant, elle lui demanda :

– Mais quel est votre rôle dans ce merveilleux jardin ?

Ce fut Tournefort qui répondit :

– Benjamin est le deuxième assistant de La Quintinie. Il est excellent jardinier et encore meilleur botaniste. C'est à lui que vous devriez proposer de partir pour les Indes, il ne pense qu'à ça, conclut-il avec un grand rire.

Benjamin n'en crut pas ses oreilles quand la Hollandaise lui dit :

– Mais voilà qui est passionnant. J'ai tout de suite vu que vous étiez un homme de grande valeur. Il faut absolument que vous m'entreteniez de vos souhaits. Mais dites-moi, la récolte de melons est définitivement compromise…

– Monsieur de La Quintinie a ordonné de planter les graines qu'il avait en réserve. Il nous a habitués aux miracles et peut-être allons-nous assister à un nouveau prodige. Nous verrons bien ! De toute manière plus personne ne veut manger de melon. Je voudrais savoir : le port de Batavia[1] est-il aussi extraordinaire qu'on le dit ?

– Immense. Savez-vous combien de graines ont été replantées ?

– Je ne saurais vous le dire. Et les plantes rapportées à Leyde…

1. Aujourd'hui Jakarta.

– En très bonne santé, l'interrompit-elle. Et dans quelle partie du jardin les nouvelles plantations ont été faites ?

– Euh, à Leyde ? hasarda Benjamin, ne sachant plus de quoi elle parlait.

– Non à Versailles, répliqua la Hollandaise d'un ton agacé.

Tournefort, devant l'air désemparé de Benjamin, ajouta :

– La Quintinie poursuit-il ses recherches sur les primeurs ? Je ne sais plus qui m'a parlé d'une espèce de melon extraordinaire. Serait-ce en lien avec ce qui s'est passé ?

La Hollandaise s'agita sur sa chaise.

– Oui, dites-nous en plus, insista-t-elle.

Flatté d'être, enfin, l'objet de son attention, Benjamin déclara d'un ton qui se voulait mystérieux :

– La Quintinie est perpétuellement à la recherche d'améliorations. Il fait de grandes choses.

– Même des miracles, si j'en crois la visite de l'ambassade de Hollande à laquelle j'ai eu l'honneur d'être invitée…

Benjamin prit un air faussement modeste :

– C'est vrai qu'il a plus d'un tour dans son sac ! Vous comprendrez que je ne peux pas trahir les secrets de mon maître.

Elena dont les yeux brillaient d'un éclat aigue-marine, soupira, avança la main vers le bras de Benjamin et exerça une légère caresse.

– Tout ceci est passionnant. Vous êtes l'homme que je cherchais. Je n'osais l'espérer. Vous allez m'apprendre les mystères qui président à votre art.

Se tournant vers Tournefort, elle ajouta :

– Je dois, hélas, vous quitter. Des affaires m'appellent en ville. Ce dîner fut charmant et je me réjouis de vous voir bientôt.

Cette fois son sourire ne s'adressait qu'à Benjamin. La belle partit dans un froufrou soyeux sous l'œil médusé des deux amis.

Tournefort tapa sur l'épaule de Benjamin et lui déclara en riant :

– Elle n'y va pas par quatre chemins, la garce ! Tu as gagné un embarquement pour Cythère ! Ouf ! J'y ai échappé de peu ! Ne va pas te noyer dans ses charmes !

Benjamin n'écoutait pas les moqueries de son ami. La vie lui souriait de nouveau.

8

Dans les deux semaines qui suivirent, Benjamin vit à plusieurs reprises la Hollandaise dans les allées du Potager, seule ou en compagnie de courtisans. Mais il n'osa l'approcher. Pis encore, à chaque fois qu'il l'apercevait, il partait se cacher, derrière une haie de poiriers, dans un des passages voûtés. L'espoir qui l'avait envahi lors du dîner chez Tournefort s'était évanoui dès son retour à Versailles. Repris par sa timidité naturelle, il venait à douter qu'elle lui ait fait de véritables avances. Ou plutôt, redoutant l'attirance qu'il ressentait, il essayait de se convaincre d'avoir mal interprété ses gestes et ses paroles. Peut-être n'était-elle réellement intéressée que par ses connaissances botaniques ? Auquel cas, il n'avait rien à craindre. Sauf qu'aussitôt surgissaient des images équivoques où les seins généreux et la bouche gourmande d'Elena le laissaient pantelant. Il ne savait plus que souhaiter : qu'elle reparte au plus vite dans son pays ou que le destin les remette en présence au plus tôt.

Rolland avait tenu parole. Il faisait appel à Benjamin pour les soupers et collations qu'il organisait à Versailles, tout l'été. Un soir, chez le duc de Montauzier, le jeune homme mettait la dernière touche à une pyramide mêlant fruits frais et fruits confits quand il vit un éventail de taffetas blanc se promener devant ses yeux. Au bout de l'éventail se tenait Elena, resplendissante dans sa robe en siamoise rayée au grand décolleté bordé de dentelle. De saisissement, Benjamin laissa tomber la poire muscate qu'il s'apprêtait à mettre en place. Rolland, l'œil à tout, se précipita.

– Et voilà ! Maintenant, elle est immangeable, bougre d'idiot ! Ne t'avise pas de me gâcher ces superbes fruits ou je te renvoie dans tes plates-bandes.

– Ne le grondez pas, c'est ma faute, minauda la Hollandaise. Je l'ai distrait de son travail que je trouve admirable.

– C'est vrai qu'il se débrouille bien, se radoucit Rolland. L'art de la pyramide est délicat. C'est un des plus beaux ornements de nos soupers.

Benjamin était au supplice. Une fois Rolland lancé dans ses explications culinaires, rien ne pouvait l'arrêter. Elena marquait son impatience par des petits coups d'éventail sur un pan de sa robe. Par bonheur, Rolland s'éloigna pour aller houspiller un autre garçon.

– Vous êtes décidément un homme extraordinaire alliant science botanique et art culinaire, susurra-t-elle. Mais où étiez-vous donc passé ? Je vous ai cherché partout. Souhaitez-vous me rendre folle ?

Benjamin rougit jusqu'à la racine des cheveux.

– Vous feriez sensation dans mon pays. Je connais quelques personnes de qualité qui seraient ravies de vous avoir à leur service.

– Je vous remercie de vos compliments. Les merveilles de la nature sont telles qu'on peut en jouer indéfiniment mais je ne suis, hélas, qu'au début de mon apprentissage. Je connais des hommes bien plus capables que moi.

– Allons ! Foin de cette modestie ! Vous pourriez très bien avoir une vie glorieuse et riche d'aventures.

– Hélas, c'est impossible, soupira Benjamin.

– Je peux réaliser votre rêve d'herboriser dans des contrées lointaines.

Des étoiles dans les yeux, Benjamin l'écoutait avec ravissement. Les mots qu'il avait toujours voulu entendre sortaient de la bouche de la plus adorable, de la plus désirable des créatures.

– Il faudrait, pour cela, me confier quelques-uns des fameux secrets de La Quintinie, dit-elle d'un ton qui avait perdu de sa légèreté.

Comme les gens étaient étranges ! En échange de quelques informations sur les types de fumier à utiliser pour faire des couches chaudes, cette déesse lui offrait la chance de sa vie.

– Tout ce que vous voudrez ! Je me ferai une joie et un honneur de vous enseigner comment on force les asperges, les fraises, les concombres.

– Et les melons, dit-elle en effleurant d'un doigt léger les lèvres de Benjamin.

– Et les melons, répéta-t-il au comble de la confusion et du désir.

Elle lui adressa un éblouissant sourire.

– N'importe quel jardinier pourrait vous le dire, rajouta-t-il avec cette détestable habitude de ne pas croire à sa bonne fortune.

– Vous savez bien que non ! Et n'essayez pas de me décourager, c'est vous que je veux.

Pris d'une soudaine faiblesse, Benjamin s'appuya à la table, heurtant une petite assiette de porcelaine remplie de pistaches à l'eau de rose qu'il rattrapa de justesse.

– Il faudrait nous voir plus longuement. Je dois m'absenter quelques jours. Je serai de retour mardi pour suivre la promenade du roi dans ses jardins. Promettez-moi de m'y rejoindre. Donnons-nous rendez-vous à la lisière du bosquet des Saisons. Ce sera charmant.

Elle lui caressa la joue de son éventail et rejoignit les autres invités. Benjamin n'eut pas le temps de savourer son incroyable bonheur. Audiger, qui disposait ses boissons sur une table voisine, fondit sur lui, l'œil noir et les sourcils froncés :

– Qui est cette femme qui semblait te dire des mots doux ?

– Une Hollandaise que j'ai rencontrée chez Tournefort.

– Une Hollandaise ? C'est bien ce qui me semblait. Je l'ai vue à plusieurs reprises à des fêtes de Monsieur, au Palais-Royal. Elle n'a pas froid aux yeux et ça ne m'étonnerait pas qu'elle fasse commerce de ses charmes.

Benjamin, outré que l'on puisse mettre en doute l'honnêteté de sa belle amie, rétorqua :

– C'est la plus noble et la plus généreuse des créatures. Elle me manifeste de l'amitié et, de surcroît, s'intéresse beaucoup aux plantes.

– Méfie-toi, mon garçon. La Cour grouille d'intrigantes, d'espionnes, de créatures à l'affût du moindre secret à revendre.

– Mais je ne détiens aucun secret…

– Pour tout dire, je n'aime guère te voir sourire à cette drôlesse alors que Ninon est la plus délicieuse des épouses. Ne t'avise pas de lui être infidèle de quelque manière que ce soit, sinon tu auras affaire à moi.

Audiger tourna les talons et repartit vers ses flacons de cristal. Ninon avait dû lui faire des confidences, lui dire que Benjamin était de plus en plus distant. Ces temps-ci, la jeune femme passait les premières heures de la matinée au Potager à cueillir des fleurs. Il lui arrivait de croiser Benjamin qui, honteux, se penchait sur quelques semis, faisant semblant de ne pas la voir. Elle repartait les larmes aux yeux avec ses brassées de fleurs et se réfugiait chez la Palatine qui l'avait prise à son service pour l'été. Dans son couffin, Alixe, ignorante des tourments de sa mère, suivait du regard le ballet des asphodèles, des œillets de poète blancs et incarnats, des pieds-d'alouette, des pavots de toutes les couleurs : blanc, gris de lin, feu, pourpre, violet, disposés par Ninon dans les grands vases d'argent de l'appartement de la princesse.

Benjamin savait bien que cette situation ne pouvait durer. Il avait attendu avec impatience un signe de Tournefort. À la fin de sa visite au Jardin des Plantes, il avait finalement osé demander à son ami de lui trouver un emploi. Le botaniste l'avait averti de ne pas se faire d'illusions. Le 25 juin, une lettre lui était parvenue : aucune charge de jardinier ne serait créée avant l'année prochaine. Cette annonce avait rendu Benjamin encore plus sombre. Le lendemain, une autre missive était arrivée. Elle venait de ses parents qui avaient eu connaissance de la résistance des protestants aux dragonnades et de la destruction du temple de Montauban le 2 juin dernier. Ils évoquaient longuement Claude Brousson, un avocat prônant la non-violence. Il faisait partie des représentants des huguenots du Languedoc, des Cévennes, du Vivarais et du Dauphiné qui s'étaient secrètement réunis pour demander au roi de rétablir la liberté de conscience et de culte. Les conjurés proposaient un jeûne solennel pour le 4 juillet. Ensuite, les communautés se réuniraient, sans ostentation mais sans mystère dans leurs temples, portes grandes ouvertes, ou sur les ruines de ceux qui avaient été détruits.

Les parents de Benjamin se réjouissaient de cette vaillance, mais craignaient de nouvelles persécutions. Ils concluaient leur missive en lui demandant de revenir à Genève avec femme et enfant. D'émotion, Benjamin avait laissé choir la lettre, imaginant ce que cet appel avait dû leur coûter. À juste titre, ils n'avaient jamais considéré sa conversion au catholicisme comme sincère. Le jeune homme savait que la perspective de cohabiter avec une bru papiste devait faire bouillir d'indignation sa mère. Il s'était senti réconforté par l'amour manifeste de ses parents, mais n'avait pas un seul instant envisagé la possibilité de retourner à Genève.

Henri IV et son Édit de Nantes avaient fait des protestants des sujets à part entière du royaume de France. Louis XIV, année après année, rognait leurs libertés. Il leur était, dorénavant, interdit d'être notaire, procureur, huissier, sergent, sage-femme… Les marins, les artisans n'avaient plus le droit de quitter la France[1].

La lutte contre la Religion Prétendue Réformée n'était pas la seule affaire qui agitait les esprits. Des émissaires turcs venaient d'annoncer la décision du grand vizir Kara Mustapha de marcher sur Vienne avec une armée de 200 000 hommes venue d'Edirne et de Belgrade, renforcée d'auxiliaires tatars et de troupes de Transylvanie. Toute la cour ne parlait que de la bataille qui s'annonçait et du risque d'une victoire mahométane au cœur de l'Europe chrétienne.

Le roi était parti en Alsace s'assurer de la sécurité des frontières. Ce déplacement mettait La Quintinie à l'abri des foudres royales. L'enquête n'avait pas avancé d'un pouce. Les Suisses montaient toujours la garde d'une manière nonchalante. Les premiers jours, il y avait eu de nombreuses défections dans leurs rangs : certains, pour tromper l'ennui, s'étaient gavés de pommes vertes et avaient dû interrompre leur service pour cause d'allées et venues trop fréquentes aux fouillées.

Le maître jardinier avait eu vent par le prévôt de l'Hôtel du Roi de la mise à sac d'autres melonnières dans des maisons de plaisir de la campagne parisienne. De grands seigneurs s'en étaient plaints auprès de La Reynie, lieutenant général de police. Ce dernier leur avait ri au nez. Il avait d'autres chats à fouetter que de courir après des voleurs de melons !

---

1. Ces persécutions se poursuivirent jusqu'en 1685, année de la révocation de l'Édit de Nantes (qui avait été promulgué en 1598). Plus de 200 000 protestants prendront le chemin de l'exil ; la « guerre des camisards » va enflammer les Cévennes…

La Quintinie avait reçu plusieurs lettres de Nicolas de Bonnefons se désolant de ne plus se souvenir de cette chose si importante à lui dire. Exaspéré, il décida de ne plus ouvrir les lettres du pauvre vieux, comme d'ailleurs, l'ensemble du volumineux courrier qui lui parvenait. Il continuait à veiller attentivement aux travaux du Potager, mais se réfugiait de plus en plus souvent dans son cabinet de travail pour poursuivre la rédaction de ses *Instructions pour les jardins fruitiers et potagers.* Benjamin tenta à plusieurs reprises d'avertir son maître que la hargne des jardiniers du château n'avait pas désarmé. Ils faisaient courir de méchants bruits : La Quintinie n'était qu'un charlatan vaniteux et ils l'avaient affublé, Dieu sait pourquoi, d'un surnom :« le perpétuel ». La Quintinie répondait invariablement que tout cela n'était que sornettes, qu'ils se lasseraient un jour ou l'autre. Benjamin n'en était pas si sûr. Bientôt, le maître du Potager ne voulut plus prononcer le mot melon. Il se bouchait les oreilles dès qu'il l'entendait.

Benjamin était au bord de l'épuisement. La plupart des nuits, il travaillait pour Rolland et, de l'aube jusqu'à l'angélus du soir, il devait être à pied d'œuvre au Potager où, depuis la mort de Thomas, il avait la lourde tâche de seconder le maître jardinier. Il fit replanter des artichauts pour le printemps suivant, et des poirées pour en avoir de belles à l'automne. Ils passèrent beaucoup de temps à planter des poireaux qui devaient être à un demi-pied l'un de l'autre dans un trou de six bons pouces[1] fait avec un plantoir. Il fallait sans cesse veiller

1. 1 pouce = 2,7 cm.

à arracher les mauvaises herbes qui proliféraient. La guerre était déclarée aux gros vers blancs amateurs de fraisiers et de laitues pommées. On commença à greffer les cerisiers. On ramait les haricots et on semait encore des pois pour en avoir en septembre. La Quintinie s'était réservé les soins aux orangers et interdisait qu'on le dérangeât quand il était avec ses arbres bien aimés. Sa morosité se transmettait aux jardiniers. Tous ronchonnaient, essayant d'en faire le moins possible. Benjamin avait le plus grand mal à faire preuve d'autorité. Un jour, malgré sa timidité, il piqua une énorme colère après s'être aperçu que les groseilles et les framboises n'avaient pas été ramassées depuis deux jours. Dès lors, tout le monde fila doux. Les herbes potagères, les pois, les fèves, les haricots arrivaient en abondance et partaient aussitôt dans de grandes hottes en osier pour les cuisines du château.

Madame de La Quintinie, de plus en plus inquiète de la méchante humeur de son mari, avait rameuté le ban et l'arrière-ban de leurs amis. Elle organisait un souper chaque semaine et on vit bientôt défiler au Potager, tout ce que Paris comptait de beaux esprits : Jean de La Fontaine, Nicolas Boileau, Gédéon Tallemant des Réaux, Charles Le Brun… La Quintinie avait fait leur connaissance quand il était au service de Jean-Michel Tambonneau, président aux Comptes, puis à celui de Nicolas Fouquet.

Originaire de Chabanais, en Charente, Jean-Baptiste de La Quintinie se destinait au droit. Il fut reçu comme avocat à la cour du Parlement et maître des requêtes de la reine. Pourtant, il abandonna une carrière juridique prometteuse pour devenir précepteur du fils Tambonneau. Comme il était d'usage, il partit avec le jeune garçon pour un voyage en Italie où il découvrit la splendeur des jardins et contracta une passion qui changea sa vie. Le jardin de l'hôtel Tambonneau, rue de l'Université[1], devint son laboratoire. La Quintinie plantait, taillait, greffait, régalait ses maîtres et leurs invités de fruits et légumes. Ses prouesses lui valurent de nombreuses commandes et il créa des potagers chez les plus grands personnages : à Chantilly pour le prince de Condé, à Sceaux pour Colbert, à Choisy pour la Montpensier et, bien sûr, à Vaux pour Fouquet. Après la disgrâce du surintendant des Finances, il passa, comme bien d'autres, au service du roi Louis qui le nomma, en 1670, directeur de tous ses jardins potagers et fruitiers.

La veille du rendez-vous fixé par Elena, un de ces dîners auxquels était convié Benjamin, faillit tourner au pugilat. Il avait suggéré à Madame de La Quintinie d'inviter Rolland tout en précisant qu'il était particulièrement soupe au lait. Nicolas de Bonnefons, de passage à Versailles pour son commerce de plants et semences, faisait partie des invités. Le maître de maison l'avait placé aussi loin que possible de lui pour ne pas l'entendre parler de ses pertes de mémoire. Au début, tout se passa bien. Rolland, avec sa verve habituelle, commentait les pieds de porc à la Sainte-Ménehould, la

1. Détruit en 1845 pour le percement de la rue du Pré-aux-Clercs.

tourte de béatilles[1], les ris de veau frits qu'on leur avait servis. Bonnefons racontait des anecdotes du temps où il était valet de chambre du jeune roi. Un jour, il l'avait sauvé de la noyade en le repêchant dans le bassin du Palais-Royal. L'enfant, alors âgé de sept ans était la plupart du temps livré à lui-même. Souvent, on le laissait jouer dans les cuisines avec Marie, la fille d'une servante.

Au deuxième service, furent apportés divers plats de volailles dont un canard, artistiquement découpé, à la peau craquante et dorée, farci d'un mélange à l'odorant parfum de cannelle. Rolland, qui riait aux propos de Bonnefons, s'arrêta net, devint livide, se leva à moitié et, plantant sa fourchette avec rage dans le canard, rugit :

– Débarrassez la table de cette chose immonde ! Je ne saurais supporter une telle infamie !

– Mais, il s'agit d'un canard à la sauce douce[2], s'exclama Bonnefons, une vraie merveille, une création de mon vieil ami Pierre de Lune, hélas, aujourd'hui disparu.

– C'est bien ce que je dis, s'emporta de plus belle Rolland. Des galimafrées des temps anciens, des extravagantes finesses, des nouveautés imaginaires, des inventions chimériques qui font injure au mangeur.

Bonnefons s'était emparé du plat que Rolland s'apprêtait à remettre à un domestique.

---

1. Viandes délicates comme ris de veau, palais de bœuf, crêtes de coq, mais aussi truffes, artichauts, pistaches…
2. Recette page 375.

– Êtes-vous fou ? Ne sentez-vous pas ces délicats effluves de cannelle, pistaches, dattes, citron confit ? N'appréciez-vous pas cette peau parfaitement grillée, abreuvée tout au long de sa cuisson d'un mélange de citron vert et vin blanc ?

Rolland tentait de reprendre le canard. Madame de La Quintinie poussait des petits cris courroucés. Les morceaux se répandirent sur la nappe. Rolland les remit hâtivement dans le plat et machinalement se lécha les doigts. Son regard changea. Délicatement, il piocha dans le plat, se saisit d'un morceau de peau craquante, le porta à sa bouche. D'une voix altérée, il s'exclama :

– C'est délicieux !

– Je vous l'avais bien dit, marmonna Bonnefons qui se servit de farce et de peau, et passa le plat aux autres convives.

Benjamin, mort de honte après l'esclandre de Rolland, refusa sa part, mais Bonnefons la lui mit d'autorité dans son assiette. C'était divin !

Tout d'abord, le nez était sous le charme d'une odeur chaude et musquée. Les papilles, ensuite, se délectaient de saveurs qui, de fortes, se faisaient douces et subtiles. Le gras du canard était tempéré par le croquant de la peau, la suavité des dattes avivée par le citron. La pistache et la cannelle faisaient danser les goûts.

Rolland ronronnait de bonheur. S'il faillit y avoir de nouveau bataille entre lui, Bonnefons et quelques autres, ce fut pour s'emparer de la carcasse.

La suite du souper se passa dans la joie et la bonne humeur, comme si le canard avait transmis aux convives sa bonté et sa délicatesse. Rolland reconnut que c'était là un plat digne d'entrer au panthéon des meilleures recettes mais il ne put s'empêcher de revenir à la charge :

– J'accorde à Pierre de Lune un satisfecit, mais par pitié ne venez pas me parler du sieur La Varenne[1], de ses absurdes et dégoûtantes leçons. Il a leurré et endormi la sotte et ignorante populace en lui faisant passer ses productions comme autant d'infaillibles vérités. Non que je veuille tout à fait le détruire et le désapprouver, mais il y a dans son livre tant de bassesses et tant de ridicules manières que nous voyons peu de chapitres où nous ne trouvions de la confusion et des fautes insupportables.

– Vous exagérez ! protesta Bonnefons.

– Ne frémissez-vous pas au récit d'un potage de sarcelles à l'hypocras ? Voyez-vous sans horreur cette soupe de trumeau[2] de bœuf au tailladin[3] ? Celle de tête de veau frite ne vous fait-elle pas rire ou, plutôt, pleurer de compassion ? Considérez ces potages de manches d'épaules en ragoût, de citrouille et d'herbes sans beurre, de grenouilles au safran et de plusieurs autres saletés de la même farine. Voyons ensemble, je vous prie, un poulet d'Inde farci à la framboise, du gras-double en ragoût, du foie de chevreuil en omelette, des ramequins de suie de cheminée et d'ail, des tripes de morue fricassées et une infinité d'autres gueuseries que l'on souffrirait plus volontiers parmi

1. François-Pierre La Varenne (1618-1678), auteur en 1651 du *Cuisinier François.*

2. Jarret.

3. Très fine tranche d'agrume.

les Arabes et les margajeats[1] que dans un climat épuré comme le nôtre, où la propreté, la délicatesse et le bon goût sont l'objet et la matière de nos plus solides empressements.

Les effets bénéfiques du canard avaient-ils pris fin ? Benjamin baissait la tête dans son assiette, se maudissant d'avoir fait inviter ce fou furieux à la table de La Quintinie qui n'avait besoin que de calme et de sérénité. Curieusement, le jardinier semblait prendre plaisir à cette joute. Sortant de son silence, il remarqua :

– Il me semble que vous attachez une grande importance au naturel et à la simplicité.

– Exactement ! Ce n'est point, aujourd'hui, le prodigieux regorgement de mets, l'abondance de ragoûts et galimafrées, la compilation extraordinaire de viandes qui composent la bonne chère.

– Je vous approuve, commenta Bonnefons.

– Ce n'est pas cet entassement confus de montagnes de rôts et d'entremets bizarrement servis, continuait Rolland sur sa lancée, c'est bien plutôt le choix exquis des viandes, la finesse de leur assaisonnement, la propreté de leur service, leur quantité proportionnée au nombre de gens qui contribuent essentiellement à la bonté et l'ornement d'un repas. C'est cette ingénieuse diversité qui satisfait les sens.

– Je vous rejoins complètement, s'enthousiasma Bonnefons. Il n'y a rien qui ne plaise plus à l'homme que la diversité et les Français y ont une inclinaison toute particulière. Il faut qu'un potage de santé soit un bon potage de bourgeois, nourri de bonnes viandes,

1. Mioches.

bien choisies et sans hachis, champignons, épices et autres ingrédients. Que celui aux choux sente entièrement le chou ; aux poireaux, le poireau ; aux navets, le navet et ainsi des autres.

Rolland se mit à applaudir.

– Voilà qui est parler vrai !

Les deux hommes scellèrent leur amitié en reprenant de la compote de cerises et s'exclamèrent en chœur :

– La cerise, que la cerise !

9

Le rendez-vous avec Elena emplissait Benjamin de bonheur et d'appréhension. Presque chaque nuit, il faisait des rêves à le rendre fou de désir. La jeune femme lui apparaissait dans toute sa nudité, l'entraînait sous des frondaisons et s'offrait à lui. Par deux fois, Ninon, sentant le membre viril de son mari fameusement roide, s'était blottie contre lui, de doux mots d'amour à la bouche. Une première fois, il l'avait repoussée arguant de la peur qu'elle retombât enceinte. Sa jeune épouse l'avait regardé avec une infinie tristesse, le suppliant de l'aimer encore. La deuxième fois, il n'osa refuser et la besogna rapidement, tentant de chasser de son esprit la peau laiteuse d'Elena. Ce fut pire encore. Ninon se tourna vers le mur sans un mot, secouée de sanglots silencieux.

La crainte des conséquences, s'il cédait aux caresses d'Elena, car il céderait dès qu'il la verrait, il le savait, le tourmentait. Se laisser aller à la volupté, ce serait trahir Ninon de la plus honteuse manière, nier tous les principes qu'on lui avait enseignés. Et que penseraient ses parents si après avoir épousé une catholique, il l'abandonnait pour la première venue ?

Afin de protéger son âme et sauvegarder son honneur, la seule solution était de ne pas se rendre au rendez-vous, d'ignorer les appels de cette ensorceleuse, même s'il crevait d'envie de parcourir son corps de baisers brûlants.

Le jour dit, il se résigna et partit travailler le cœur lourd. Il s'attribua les travaux les plus ingrats, remplit et porta des dizaines d'arrosoirs, désherba et bina comme un fou. Vers trois heures, il vit La Quintinie s'approcher. Il se redressa en faisant la grimace, le dos cassé par tant d'efforts.

– Benjamin, laisse donc cette tâche aux garçons jardiniers. Tu as mieux à faire ! Va te passer les mains à l'eau, enlève la terre sur tes vêtements. Le roi, pour sa promenade, réclame des fraises. J'en ai fait préparer un panier que tu dois aller porter à Bontemps, son valet de chambre. Il t'attend au bord du Grand Canal.

– Je vous en prie, envoyez quelqu'un d'autre, gémit Benjamin.

– Impossible. Depuis la mort de Thomas, tu es le seul être présentable dans ce jardin. Je ne veux pas, qu'en plus de sa rancœur, le roi m'accuse de lui envoyer des sauvages, sales et dépenaillés. Allez, hâte-toi, il attend ses fraises.

La mort dans l'âme, Benjamin obéit. Il alla se nettoyer et prit la corbeille d'osier où La Quintinie avait fort adroitement disposé des rangées de fraises séparées par des framboises tant rouges que blanches ainsi que des groseilles.

Il quitta le Potager par la grande grille donnant sur la pièce d'eau des Suisses, longea l'Orangerie aussi vite que son fragile chargement le permettait. Manque de chance, tous les jardiniers étaient dehors à cueillir les fleurs d'oranger en surnombre, ne laissant que celles qui donneraient de beaux fruits. Il fut repéré par Collinot qui ne manqua pas de s'exclamer :

– Eh les gars, venez voir ! Il y a le Réformé qui se prend pour une jeune fille avec son panier à la main. On lui fait un sort ? On lui montre comment les hommes, les vrais, en usent avec un petit cul de donzelle.

Benjamin pressa le pas, mais il eut le temps d'apercevoir Ninon, elle aussi en train de cueillir des fleurs d'oranger. Elle lui avait dit qu'Audiger en avait besoin pour fabriquer ses liqueurs. La tête ailleurs, il ne l'avait pas écoutée. La pauvre, rouge de honte du sort qui lui était réservé, esquissa un petit geste vite interrompu.

Benjamin monta quatre à quatre l'Escalier des Cent Marches, déboucha dans le Jardin Haut, sur la grande terrasse du château. Réverbérée par le sable blanc, la lumière était si intense qu'il dut se protéger les yeux de la main. Le soleil de juillet tapait dur, sa chemise lui collait à la peau. À moins que les gouttes de sueur qu'il sentait ruisseler ne soient dues à son appréhension grandissante. Il passa devant le bassin de Latone, maudissant le roi et son amour des jardins qui l'amenait à les parcourir par n'importe quel temps, sous la pluie, dans le brouillard ou comme aujourd'hui par une chaleur torride. Les courtisans, obligés de le suivre, devaient faire une tête de six pieds de long. Si seulement Elena pouvait renoncer à ce pensum, préférant la fraîcheur de quelque appartement parisien…

Les vingt-quatre grenouilles de la fontaine célébrant la naissance d'Apollon cessèrent de cracher l'eau dans un chuintement. Il ralentit le pas : le roi et son entourage n'étaient qu'à quelques dizaines de toises devant lui, abordant le Tapis Vert, grande allée de gazon bordée de charmilles. Il était trop loin pour voir si Elena faisait partie de la compagnie.

Le fontainier qui suivait la progression du souverain siffla. Aussitôt, les jets d'eau jaillirent du bassin d'où surgissait le char doré d'Apollon, tiré par quatre chevaux, entouré de tritons et de baleines. Pour maintenir la pression et éviter que l'eau manquât au passage du roi, les fontainiers ouvraient ou fermaient les vannes au signal qui leur était donné. Le sifflement devait être assez fort pour couvrir le son des hautbois et des violons qui, souvent, accompagnaient le souverain et parvenir jusqu'aux oreilles de ceux qui se tenaient sous terre, au cœur du mécanisme.

Malgré sa nervosité, Benjamin fut saisi par la beauté du spectacle. Les panaches d'eau irisée s'inscrivaient parfaitement dans la perspective du Grand Canal qui semblait s'étirer jusqu'à l'infini. Cela tenait du miracle. Le mariage des eaux et de la végétation ravissait l'œil, mieux encore, emportait l'âme aux confins du monde. Tout cela était beau, rassurant et enivrant. Ce maudit roi de la guerre savait y faire en matière de jardins. Ne disait-on pas qu'il préférait ses jardiniers à ses architectes ? Qu'il écrivait lui-même un petit ouvrage sur la *Manière de montrer les jardins de Versailles*[1] ? Qu'il aimait à prendre les cisailles et s'exercer à l'art de la taille ? Mais aussi qu'il n'hésitait pas à modifier les plans de l'illustre Monsieur Le Nôtre et à lui faire chan-

---

1. Dernière version connue en 1705.

ger de place un arbre qu'il jugeait inopportun ? Ces jardins, entourés d'un mur de vingt-deux mille toises[1], étaient une folie. À vingt lieues à la ronde, on dépeuplait les campagnes pour se procurer des tilleuls, des marronniers de cinq pieds[2] de tour, tant le roi était impatient de voir ses bosquets dans leur perfection. On faisait venir des arbres de trente pieds de haut de Compiègne, de Lyons et même de l'étranger. Les pauvres, transportés par bateau, mouraient bien souvent, une fois replantés. Mais Benjamin en convenait, le Roi Soleil offrait au monde le plus grand théâtre glorifiant la nature où tout n'était que bon goût, ordre et intelligence. La Quintinie lui avait dit un jour :

– Selon Galilée, la nature est écrite en langage mathématique. On peut donc en déduire que le jardin est une science. La raison doit gouverner l'esprit, c'est pourquoi le jardinier doit être savant et avoir un bon entendement. Ses outils ne sont pas seulement le râteau et l'arrosoir, mais aussi le niveau à lunette, l'équerre, la toise, le cordeau.

Benjamin n'aurait pas demandé mieux que d'être le nez à ras de terre, à vérifier l'alignement d'un massif plutôt que dans cette fournaise préfigurant les feux de l'enfer auquel il était promis.

Le cortège royal avait repris sa progression après s'être arrêté quelques minutes au bord du bassin d'Apollon. Le roi avait coutume de rendre hommage à ce dieu solaire. Sans doute y voyait-il un modèle. Ne l'avait-il pas incarné deux fois dans des ballets où

1. 43 km.
2. 1 pied = 32,484 cm.

il s'était produit avec brio? Sur le Grand Canal, les bateaux faisaient mouvement et s'approchaient de la rive. Le roi allait certainement s'embarquer sur sa gondole préférée pour rejoindre Trianon. Les courtisans prendraient place sur les autres navires : une chaloupe de Biscaye, une autre de Dunkerque, un brigantin, une frégate, deux yachts anglais. Il y avait aussi une galiote armée de trente-deux petits canons, mais depuis que le roi, à la manœuvre, l'avait presque fait couler en heurtant le bord du canal, il la délaissait.

Benjamin n'avait plus de temps à perdre. Il lui fallait remettre les fraises avant que la flotte ne prenne le large. Son cœur battait la chamade. Il gardait les yeux baissés, attentif à ne pas répandre une once de sa précieuse corbeille. Arrivé à quelques pas du groupe, il tenta de repérer Bontemps, tout en restant le plus discret possible. Il aurait donné cher pour être doté d'un pouvoir d'invisibilité. Le valet de chambre du roi qui, à son habitude, se tenait à l'écart pour observer les faits et gestes de chacun, l'aperçut et vint lui prendre le panier des mains, le remerciant chaleureusement et le priant de transmettre ses amitiés à La Quintinie. Plus rouge que jamais, Benjamin tourna les talons et s'apprêtait à s'enfuir quand il se retrouva face à face avec Elena.

– Enfin vous voilà !

Ses yeux myosotis brillaient d'un éclat particulier, ses lèvres entrouvertes laissaient voir de petites dents carnassières aussi parfaites que des perles. Muet, Benjamin se perdit dans la contemplation de la belle. Les dés étaient jetés, le piège se refermait sur lui, inexorablement. Elle posa une main légère sur la bouche du jeune homme et l'entraîna à sa suite. Elle était incroyablement fraîche dans sa robe de soie blanche au corsage parsemé de fleurs roses et jaune pâle. À croire que la chaleur n'avait pas prise sur elle. Fée ou démon ? se demanda furtivement Benjamin. Ses cheveux étaient relevés en un chignon piqueté de papillons de dentelle laissant échapper d'adorables frisottis. Elle tenait négligemment un parasol de taffetas multicolore, bordé de franges. Ils s'éloignèrent de la troupe des courtisans qui s'entassaient sur les navires miniatures.

De la Petite Venise où logeaient les marins de la flottille royale, s'échappaient des rires et des chants. L'odeur lourde des eaux du canal se mêlait à celle, ardente, de l'herbe coupée. Benjamin, dans le sillage d'Elena, se sentait gagné par une fièvre mêlant rage, colère, espoir, attente. Une souffrance qui ne trouverait son apaisement que dans la possession de cette femme. Il ne songeait plus qu'à s'en délivrer.

– Suis-moi, je vais te conduire dans un lieu où nous pourrons partager nos secrets, dit-elle en le prenant par la main. J'ai vu en venant qu'il n'y avait aucun garde-bosquet près du Labyrinthe.

Ils arrivèrent à l'orée d'un petit bois dont l'entrée était encadrée, d'un côté, par la statue d'un vieil homme et de l'autre par celle de Cupidon tenant le fil d'Ariane. Benjamin eut juste le temps de lire les quelques mots figurant en lettres dorées sous le petit dieu ailé : « Oui, je puis désormais fermer les yeux et rire. Avec ce peloton, je saurai me conduire. » À quoi le vieux répondait : « Amour, ce faible fil pourrait bien t'égarer. Au moindre choc, il peut casser. » Déjà, Elena l'entraînait sous l'étroite voûte végétale donnant accès au Labyrinthe. Les arbustes touffus faisaient écran à la lumière et il y régnait une fraîcheur exquise. Elena devançait Benjamin sur l'étroit sentier sinueux. Elle se défit du fichu de dentelle cachant sa gorge et le noua au poignet de Benjamin. Derrière eux, la fontaine, où cinquante oiseaux de métal doré arrosaient un grand-duc, bruissait du friselis de l'eau. Benjamin saisit sa main et la porta à ses lèvres pour un tendre baiser qu'Elena interrompit pour l'emmener plus loin. L'impatience le gagnait. L'entêtant parfum des roses et des tubéreuses le mettait au supplice. Dans un petit cabinet de verdure où un rayon de soleil venait frapper l'herbe tendre, Elena s'arrêta. Elle délaça lentement son corsage regardant Benjamin, le souffle coupé par le désir. Ses seins jaillirent de leur nid de dentelle. Elle les prit en coupe dans ses mains, les offrit à la bouche du jeune homme. Il resta interdit devant tant de volupté. Il enfouit son visage dans l'ineffable douceur. Elena promenait ses mains sur les cuisses de Benjamin et émit un petit rire en sentant son sexe dressé. Elle s'allongea sur l'herbe douce, retroussa sa robe. Le bruit de la soie froissée, l'odeur de menthe écrasée attisaient l'ardeur du jeune homme. Il se dévêtit prestement et pénétra Elena avec une hâte et une force qu'elle crut bon de réfréner en disant :

– Tout doux, mon beau, nous avons tout notre temps !

Sa jouissance fut si rapide qu'Elena éclata de rire :

– J'ai là un amant bien pressé ! Ne sais-tu pas qu'une femme demande à être aimée avec délicatesse ?

Benjamin la regarda d'un air consterné. Pitoyable, il avait été pitoyable. Cette femme, cette déesse s'offrait à lui et il la prenait comme un soudard. Il n'était vraiment bon à rien. Mauvais mari, mauvais père et mauvais amant !

– Et muet avec ça ! continua Elena. J'espérais que tu allais me dire que j'étais belle comme une étoile, resplendissante comme le soleil. Ne sommes-nous pas à Versailles, le royaume des beaux esprits et des amants hors pair ?

De plus en plus désespéré, Benjamin regardait les nuages filer dans le ciel. Une main douce vint lui caresser les lèvres.

– N'aie crainte, je t'apprendrai les caresses subtiles qui font se pâmer une femme, les élans du corps qui mènent à la félicité.

Ainsi, elle ne le rejetait pas, elle lui laissait entendre qu'il y aurait d'autres étreintes. Se retournant vers elle, il murmura d'une voix altérée par l'émotion :

– Madame, je vous aime. Vous peuplez mes jours et mes nuits. Depuis que je vous ai vue, je ne pense qu'au sublime moment où je vous tiendrai dans mes bras. J'ai tout gâché par impatience.

Elle lui adressa un sourire lumineux.

– Benjamin, je ressens aussi une inclination pour toi. J'ai tout de suite su que nous pourrions faire de grandes choses ensemble. Ne te mets pas martel en tête. Les jeux de l'amour sont divers. Tu m'as prouvé ton désir. Attachons-nous maintenant à la quête du plaisir.

– Je ne sais si je…

– Ne sois pas si timoré, l'interrompit-elle avec impatience. Fais-moi confiance ! Tu es appelé à un grand avenir et je saurai t'y aider. Par tous les moyens.

– Qu'entendez-vous par là ? Je suis, hélas, condamné à rester au Potager pour longtemps encore.

– Ne crois pas cela ! Et parle-moi plutôt des melons.

Benjamin était à mille lieues de la culture des cucurbitacées. Jouant avec une des boucles blondes qui lui caressait le visage, il la regarda avec étonnement.

– Que voulez-vous savoir ?

– Tout ! Et surtout, comment La Quintinie a réussi à le rendre éternel.

Elena, qui pourtant maîtrisait parfaitement la langue française, avait dû prendre un mot pour un autre, se dit Benjamin. Pour ne pas la froisser, il ne le lui fit pas remarquer.

– Les melons sont les plus précieux des fruits. À ce titre, ils peuvent être considérés comme un plaisir éternel. Selon Monsieur de Bonnefons, il faut en avoir de plusieurs sortes : sucrains, morins, grenots, blancs, brodés car untel les aime d'un goût qu'un autre rejettera. On peut les apprécier un peu verts ou bien fort mûrs. Il faut donc rechercher des graines de tous côtés : Italie, Lyon, Tours, Anjou et autres lieux si on se pique d'avoir une bonne melonnière.

Elena s'agita, cueillit un brin d'herbe et en chatouilla les lèvres de Benjamin.

– Mais au Potager du Roi, d'où viennent les graines ?

– Monsieur de La Quintinie, après en avoir essayé plus de cent différentes, en a conservé deux sortes. L'une donne un melon à écorce blanchâtre et l'autre des fruits à la peau couleur ardoise. Les deux variétés ont une chair très rouge, non filandreuse, fondante et une saveur relevée.

– Certes, certes, reprit la belle avec une étrange flamme dans les yeux. Mais quel est le secret ?

Benjamin commençait à en avoir assez de parler de melons. Il voulut embrasser les lèvres douces de son amante, mais Elena le repoussa d'un geste vif.

– Ah ! le secret ! Il y en a plusieurs. Je ne crois pas que ce soit le moment d'en parler, soupira-t-il.

La Hollandaise se releva, rajusta ses jarretières, épousseta sa robe des brindilles qui s'y étaient accrochées. Voulant la retenir et goûter encore à quelques délices, Benjamin dit précipitamment :

– Il faut les arroser deux à trois fois par semaine, vers le soir, une demi-cruchée par pied. Et les couvrir de paillassons, depuis onze heures du matin jusqu'à deux heures de l'après-midi quand l'ardeur du soleil est trop violente et dissipe trop rapidement l'humidité nécessaire à la racine.

Avec ses petits escarpins de soie jaune d'or, Elena lui donna de légers coups dans le mollet.

– Allez, mon beau chevalier servant, relevez-vous. Je vois bien que vous n'êtes pas plus mûr que vos melons pour m'apporter la satisfaction que je recherche.

Benjamin blêmit. La belle le congédiait sans appel. Comment avait-il pu croire qu'il gagnerait ses faveurs ? Le sang lui battait aux tempes. Il ne se remettrait jamais de ce fiasco amoureux.

– Je dois rejoindre Trianon où mes amis m'attendent. Si je ne réapparais pas, ils vont lancer une battue. Nous nous reverrons prochainement.

– Quand ? lui demanda Benjamin d'une voix étranglée.

– J'irai demain à la collation donnée par Madame de Santeuil. Je crois que Rolland y officie. Y seras-tu ?

– Je vous y attendrai, murmura Benjamin éperdu d'amour.

Il voulut se lever, la prendre dans ses bras, mais elle avait déjà disparu. La vie reprenait des couleurs. Il était amoureux de la plus belle femme que la Terre ait portée et il saurait se faire aimer d'elle. Pour ne rien gâter, elle lui prédisait un brillant avenir. Il voulait croire à ses paroles. L'aventure lui tendait les bras. Il chassa de son esprit Ninon et Alixe.

Il se rajusta et, voulant profiter de son nouvel état de grâce, parcourut quelques allées du Labyrinthe. Tout à sa hâte de posséder Elena, il n'avait pas remarqué l'étrangeté du lieu. Dans chaque cabinet de verdure, protégé par des châtaigniers et des frênes palissés avec art, se dressait une fontaine décorée d'animaux en métal coloré. Il passa devant un bassin dont les rochers étaient faits de coraux et coquillages. Un coq et un coq d'Inde se tenaient tête, chacun faisant jaillir de sa gorge une lance d'eau. Plus loin, au pied d'une cascade recouverte des plus grandes conques marines qu'il ait jamais vues, un lièvre et une tortue lançaient un jet d'eau vers le ciel. « Le lièvre et la tortue allaient pour leur profit. Qui croirait que le lièvre ait démarré derrière ? Cependant je ne sais comme cela se fit. Mais enfin la tortue arriva la première », disait la légende écrite en lettres d'or.

Émerveillé, il vit des loups, des renards, des singes, des dragons, un paon et un geai, un chat pendu par les pattes entouré de dix rats goguenards, des perroquets battant des ailes et même un chien que le mouvement de l'eau faisait aboyer. À chaque scène était associée une phrase qu'il reconnut comme sortie des fables d'Ésope. Il sourit en lisant celle qui accompagnait une cigogne et des grenouilles : « Les grenouilles demandèrent un roi à Jupiter qui leur envoya une poutre. Les grenouilles se moquèrent de ce roi immobile et en demandèrent un autre. Jupiter leur envoya une cigogne qui les mangea toutes. » Plus loin, il découvrit un corbeau fort en colère arrosant d'un jet rageur un renard narquois qui tenait dans sa gueule un drôle d'objet rond. La sentence le fit éclater de rire : « Le Renard du Corbeau loua tant le ramage et trouva que sa voix avait un son si beau qu'enfin il fit chanter le malheureux Corbeau qui de son bec ouvert laissa choir un fromage. » Il aurait volontiers continué la visite de cet endroit plein de fantaisie, mais le temps lui manquait.

Il retourna au Potager le cœur en fête, subit en souriant les quolibets que ne manquèrent pas de lui lancer les jardiniers de l'Orangerie. Jamais ils n'auraient la chance de serrer dans leurs bras une créature aussi divine qu'Elena !

Sa belle humeur s'évanouit quand La Quintinie se précipita vers lui :

– Tu en as mis du temps pour porter un panier de fraises ! Viens, il faut que nous parlions. Il y a du nouveau au sujet de l'affaire des melons.

– On a trouvé les assassins ?

– Hélas, non. Ou plutôt, on croit l'avoir trouvé. En ma personne ! Tu m'imagines égorger mon pauvre

Thomas ou trucider cette famille de Pincourt que je n'ai jamais rencontrée ? C'est du délire, de la folie !

– Je vous l'accorde, c'est insensé. Mais qu'est-ce qui vous fait dire ça ?

– J'ai reçu un message de Tallemant des Réaux. Il est toujours au courant de tout. Il semblerait qu'un bruit coure comme quoi il s'agirait d'un complot fomenté par les ennemis du roi et que j'en serais à la tête.

– Quels ennemis du roi ?

– Toujours les mêmes, les juifs, les protestants, les jansénistes, que sais-je ?

– C'est ridicule, les jardiniers n'ont rien à voir avec ça !

– Les jardiniers protestants ou jansénistes si ! Tu sais bien que je suis très ami avec Tallemant des Réaux et Madame de la Sablière[1] qui sont huguenots. Et personne n'a oublié que j'étais l'un des proches de Robert Arnaud d'Andilly. Ce qui m'attirait chez lui, au monastère de Port-Royal, n'avait rien à voir avec le jansénisme[2] qui y était professé. Je n'étais guère porté sur leur spiritualité ardente et leur morale austère. Mais Robert aimait ses arbres autant que moi. Je dois avouer que ses poires étaient affreusement mauvaises mais je n'ai jamais eu le cœur de lui dire tant il en était fier. Toujours est-il que des liens d'amitié avec des personnes rebelles au roi suffisent pour vous faire porter le chapeau par les temps qui courent.

---

1. Protectrice de La Fontaine.
2. Mouvement religieux et intellectuel qui fut combattu par Louis XIV et condamné par le pape en 1713.

Benjamin ne put qu'acquiescer. Il pensa fugitivement à ce qu'avait vécu un des amis de son arrière-grand-père François Savoisy à Montpellier, condamné à cause de son origine juive et de ses amitiés huguenotes[1]. L'histoire n'était qu'un éternel recommencement.

– Quand je pense au mal que je me suis donné pour ce maudit Potager. Les terres qu'on m'a octroyées, contre ma volonté, étaient tellement mauvaises qu'on voudrait n'en trouver nulle part. Elles se transformaient en bouillie, en mortier aux premières grandes pluies et devenaient dures comme de la pierre dès qu'il faisait sec. L'endroit n'était qu'une mare boueuse, mortelle pour les arbres et les plantes potagères. Il a fallu construire des petites canalisations pierrées pour drainer toute cette eau dévalant des collines. Et la terre ! Je vois encore les Gardes Suisses avec leurs hottes à bretelles ou leurs brouettes la charrier nuit et jour. Sans Monsieur de Francine[2], je ne m'en serais pas sorti. Ses petits chariots montés sur une sorte de tapis à roulettes ont permis d'accélérer les travaux. C'est trop injuste ! conclut-il dans un soupir.

Il resta silencieux un moment, dessinant des ronds avec sa canne sur le sable de l'allée. D'un ton embarrassé, il déclara :

– Même si cette histoire est sans fondement, il va falloir être très prudent. Je vais devoir me passer de tes

1. Cf. *Meurtres à la pomme d'or*, *op. cit.*
2. Les Francine : famille d'origine florentine ayant occupé la charge d'intendant des eaux et fontaines d'Henri IV à Louis XV.

services quelque temps. Nul n'ignore que tu es huguenot et qui plus est genevois. Je suis au désespoir d'avoir à te demander de ne plus paraître au Potager.

Mettant la main sur l'épaule de Benjamin, il ajouta :

– Ce n'est que temporaire. Juste le temps que les esprits s'apaisent ou que la Prévôté trouve enfin les coupables. Je sais que tu travailles pour le sieur Rolland. Je vais lui demander de te prendre complètement à son service, en attendant que tu retrouves tes fonctions.

Ainsi, il était chassé du Potager pour fait de religion ! Il allait se retrouver enchaîné à ces stupides pyramides de fruits qu'il détestait. Au Potager, il respirait la terre, les feuilles, voyait chaque jour s'opérer le miracle de la nature. Se retrouver les doigts poisseux de sucre, les vêtements empuantis par les effluves de ragoûts, les cheveux raidis par la graisse, au lieu de cueillir les gousses duveteuses des fèves, voir s'épanouir les laitues, s'alourdir les branches de poiriers ! La vie venait de lui faire cadeau d'Elena et quelques instants plus tard lui enlevait son travail. Servir des marquises, des comtesses et des duchesses, entendre leurs plaisanteries stupides, devoir subir leurs grands airs, voilà qui n'était vraiment pas pour lui plaire. Jamais il n'oserait avouer à ses parents qu'il était devenu larbin. Dorénavant, son seul espoir résidait en Elena.

Ninon l'accueillit avec gentillesse. Oui, elle était au courant. Les nouvelles allaient si vite à Versailles ! Ce n'était pas si grave. Ils pouvaient continuer à habiter au Potager, Monsieur de La Quintinie le lui avait confirmé.

Tout cela allait se tasser. Et puis travailler avec Rolland et Audiger, ce n'était pas si mal.

Benjamin la laissait parler. Au moins, pourrait-elle mettre sa mauvaise humeur et son peu d'empressement à la toucher sur le compte de ses déboires au Potager. Il n'avait qu'une hâte : fermer les yeux et retrouver les seins fastueux, les cuisses voluptueuses d'Elena, son odeur musquée. Au moins, avait-il gagné l'entière liberté de la rencontrer et de se livrer avec elle aux plaisirs de l'amour.

Tout cela allait se tasser. Et puis travailler avec Rolland et Audiget, ce n'était pas si mal.

Benjamin la laissait parler. Au moins, pourrait-elle mettre sa mauvaise humeur et son peu d'empressement à le toucher sur le compte de ses déboires au [illegible]. Il n'avait qu'une idée : fermer les yeux et retrouver les seins fascinants, les cuisses voluptueuses d'Eleni, son odeur musquée. Au moins avait-il gagné l'entière liberté de la rencontrer et de se livrer avec elle aux plaisirs de l'amour.

10

Ce fut un tourbillon, une fête qui dura jusqu'à la mi-juillet. Au début, Benjamin se demanda comment Elena pouvait être invitée dans chacune des maisons où Rolland organisait soupers, collations et ambigus. Puis il ne se posa plus de question, guettant juste son apparition, les petits coups d'éventail sur son épaule l'avertissant de sa présence. Ils firent l'amour partout, derrière de grands rideaux de soie cramoisie chez la princesse de Conti, dans un escalier de service chez le comte de Bury, cachés par une fontaine du jardin de Montauzier et même sous une table dressée, dissimulés par les plis de la nappe. Benjamin avait gagné en assurance. Elena ne se plaignait plus des capacités de son amant. Elle semblait même prendre grand plaisir à leurs ébattements, gémissant sous les caresses de plus en plus osées du jeune homme, poussant des râles de plaisir à tel point qu'ils faillirent se faire surprendre à plusieurs reprises.

Benjamin ne voyait presque plus Ninon. Soit il rentrait aux petites heures du matin et dormait la journée, soit, quand les fêtes avaient lieu hors de Versailles, il disparaissait pendant deux jours. Les premiers temps, elle l'avait attendu et il la retrouvait endormie, son ouvrage de couture tombé à terre. Une nuit où il rentrait de Marly, elle était réveillée, berçant la petite. Elle lui avait lancé :

– Tu sens le foutre. C'est encore cette traînée de Hollandaise ?

Il n'avait pas répondu, s'était jeté tout habillé sur le lit et endormi dans la seconde. Depuis, Ninon couchait sur un petit matelas dans la cuisine.

Benjamin n'en avait cure. Il vivait la plus belle histoire d'amour du monde. Son horizon se limitait aux boucles vaporeuses d'Elena et à son intimité chaude comme braise.

Grâce à la présence de son amante, le travail avec Rolland lui fut moins pénible qu'il ne pensait. Il y prit même goût, mettant une belle ardeur à la préparation des ambigus, ces repas qui n'étaient pas divisés en plusieurs services mais où les plats étaient disposés ensemble. Benjamin n'en maîtrisait pas toutes les règles. Rolland le houspillait souvent tout en reconnaissant qu'il avait un certain don pour arranger les mets selon une parfaite symétrie. Cette rigueur plaisait au jeune homme qui, d'une certaine manière, y retrouvait le soin apporté par les jardiniers à organiser leurs carrés de plantes. Mais, surtout, ces festins se déroulaient dans les endroits les plus extraordinaires : jardins, cabinets de verdure, grottes. Chacun s'y mouvait librement, ce qui lui permettait de rejoindre Elena en grand secret et de lui prouver sa passion.

Le premier ambigu qu'il réalisa eut lieu le 12 juillet, au château de Meudon que Monsieur de Louvois venait d'acheter. Les jeux et les spectacles s'étaient succédé toute la journée. La compagnie, installée à de petites tables, jouait au tric-trac, aux échecs, au trou-madame[1]. D'autres se promenaient sous les ombrages. Au déclin du jour, avant le bal, ils se précipiteraient vers le buffet pour reprendre des forces.

Rolland avait dessiné un plan où figurait chaque plat et il expliquait à Benjamin la manière de procéder :

– Tu vois, il faut ranger les douze bassins sur la table, ils en occuperont à égale distance toute la superficie comme un jeu de quilles. On ajoutera encore un rang pour faire un carré juste.

Il mesura une fois de plus les bassins, grands plats de vermeil peu profonds, disant qu'il fallait toujours changer l'ordonnancement car refaire la même chose serait lassant pour le convive et pour lui-même. Il ajouta :

– Dans l'assiette du milieu, tu mettras la daube accompagnée de langues de porc. Les deux assiettes du même rang sur la longueur seront de poulets fricassés et de pigeons à la compote. Sur les deux autres, des salades. Sur l'un des quatre bassins restants de coin en coin, deux petits levrauts et quatre lapereaux, sur l'autre quatre petits dindons de l'année.

Benjamin lui demanda d'aller moins vite afin de pouvoir mémoriser l'emplacement des plats. Rolland n'en tint pas compte et poursuivit :

– Les deux autres restant de coin en coin auront chacun trois assiettes ; sur la première seront poires et pommes, sur la deuxième abricots, sur la troisième

1. Jeu de palets qu'on doit faire entrer dans des ouvertures en forme d'arcades.

des fraises en confusion, sur la première de l'autre côté oranges confites, sur la deuxième biscuits ronds ambrés, petits gâteaux de Milan, massepains, la troisième aura framboises, groseilles, cerises, bigarreaux. Dans les quatre porcelaines qui seront posées à plat sur la table, des confitures liquides de toutes sortes, du sucre râpé, des fleurs confites. Le tout bien garni de fleurs et feuillages.

Benjamin fit mine de se boucher les oreilles. Rolland daigna ralentir le rythme :

– Et pour finir, une pyramide de petits rôts : poulets de grain, pigeons de volière, tourterelles, cailles, perdreaux, faisandeaux. Un jambon de Mayence entier. Des salades d'herbettes, de citron, d'anchois, d'olives. Voilà ! Tu me fais ça au mieux. Il faut que j'aille m'occuper des lumières.

C'était là une de ses autres grandes préoccupations. Il avait fait disposer des flambeaux, des girandoles à six bougies. Par terre, des lumignons bordaient les allées, transformant le jardin en féerie fugitive.

Malgré la complexité du buffet, Benjamin s'en était bien tiré et avait pu s'échapper pour aller lutiner Elena. La belle n'avait guère manifesté d'empressement, se plaignant d'un violent mal de tête. Une fois de plus, elle était revenue sur la question des melons. Benjamin avait fini par prendre sa lubie comme un jeu et ne rechignait plus à lui en parler. Il s'étonnait seulement de la voir manifester, à chaque fois, une certaine impatience. Elle avait semblé déçue lorsqu'il lui avait dit de prendre garde à les cueillir à propos, ni trop verts, ni trop mûrs. Il lui avait conseillé, en été, de faire le tour de la melonnière deux fois par jour, un melon à point se reconnaissant à sa couleur jaunâtre, à sa queue crevassée et à son odeur. Elle avait fait la moue et lui avait dit assez méchamment :

– Je n'arriverai jamais à rien avec toi. Quelle tête de pioche ! Tu me baises tant et plus et je n'ai toujours rien entendu d'intéressant. Tu es plus coriace que je ne pensais !

Il avait cherché ses lèvres, mais elle s'y était refusée et était allée retrouver une bande de jeunes gens sous les charmilles. Il l'avait vue, dans la lumière dansante des girandoles, rire à gorge déployée. Elle n'allait pas si mal que ça ! Il avait mis cet accès de mauvaise humeur sur le compte des embarras mensuels des femmes.

Retournant vers le buffet, Benjamin était passé devant la grande table recouverte d'une nappe de damas blanc immaculé, empesée à la poudre d'amidon et décorée de guirlandes de fleurs où Audiger disposait bouteilles, flacons et fioles de cristal. À plusieurs reprises, celui-ci avait tenté de mettre en garde Benjamin contre la Hollandaise, mais le jeune homme n'avait rien voulu entendre. Depuis, le parrain de Ninon ne lui adressait plus la parole, se contentant de le regarder avec un profond mépris. Ce soir-là, il alla jusqu'à cracher à ses pieds.

Après cette soirée de Meudon, Benjamin eut la peur de sa vie : Elena ne parut pas à la collation donnée dans les jardins de Seignelay, le fils aîné de Colbert. Tout l'après-midi, il la guetta, s'attendant à la voir surgir, fleur parmi les fleurs, d'une allée ou d'un parterre où jouaient flûtes et hautbois. Il se dirigea vers les tables dissimulées dans des berceaux de verdure, sous des treilles embaumant le chèvrefeuille. Fou d'inquiétude, il s'aperçut qu'il ne savait pas où elle habitait et n'avait aucun moyen de la joindre. S'il lui arrivait malheur, il n'en saurait rien.

Il se fit rappeler à l'ordre par Rolland qui le somma d'aller nettoyer les caisses d'orangers où des convives s'étaient débarrassés de leurs assiettes. Puis, il dut monter une pyramide de cerises, entremêlant un rang de fleurs tous les trois rangs de fruits. C'était un travail délicat qui se faisait avec un moule de fer-blanc, en forme d'entonnoir. Ses mains tremblaient tellement qu'il transforma en bouillie les cerises dont le jus s'écoulait comme des traînées de sang sur ses bras. Rolland s'énervait, passait toutes les deux minutes pour voir où il en était. Il finit par lui prendre l'appareil des mains et, d'un air mauvais, lui dit de disparaître et de revenir le lendemain quand il aurait toute sa tête.

Benjamin erra comme une âme en peine, ne sachant où aller. Il faillit aller voir La Quintinie, mais ce n'était pas la meilleure chose à faire. Chez lui, il risquait de tomber sur Ninon et il n'avait aucune envie de lui expliquer les raisons de son triste état. Il voulut se réfugier dans le Labyrinthe, là où il avait connu ses premiers moments de bonheur avec Elena. Mais le parc du château était envahi par une foule de curieux. Des familles, sur leur trente et un, s'extasiaient devant les massifs et les statues. Des enfants couraient partout malgré les interdictions hurlées par les gardes. Il échoua aux abords de la Ménagerie, les barrissements des éléphants, les feulements des tigres lui paraissant plus supportables que les cris de ravissement et les rires des promeneurs.

Elena s'était peut-être lassée de lui. Auquel cas, il n'aurait plus qu'à s'offrir en pâture aux animaux sauvages de l'autre côté du mur. Si, par bonheur, elle lui revenait, il se jura de filer doux et de répondre au moindre de ses désirs. Si elle voulait des histoires de melons, il en inventerait, voilà tout !

Ses vœux furent exaucés. Le lendemain, Elena était à la table du comte de La Vauguyon. Rongeant son frein, Benjamin dut attendre le troisième service pour l'approcher. Alors qu'il s'apprêtait à déposer des petits plats de salades accompagnant le rôt, il sentit l'éventail au manche d'ivoire lui caresser la main. Dans la confusion qui régnait après le souper, il entraîna Elena dans la fruiterie et se jeta à ses pieds :

– Je suis tout à toi. Demande-moi ce que tu veux. Je me rends.

– Ce n'est pas trop tôt ! J'étais sûre que j'arriverais à mes fins ! Tu ne le regretteras pas. Ta vie va changer, tu peux me croire, dit-elle avec un mystérieux sourire.

Ils scellèrent leur amour retrouvé avec une bouteille de vin de Champagne que Benjamin avait subtilisée en passant par l'Office. Leurs embrassements passionnés les menèrent tard dans la nuit.

Heureux et rompu par ses ébats avec Elena, Benjamin longeait la côtière sud du Potager. Soudain, il aperçut une silhouette se déplaçant furtivement entre les figuiers. Il se rapprocha silencieusement et vit que l'homme, armé d'une hache, s'apprêtait à abattre un des arbres. Son sang ne fit qu'un tour. Il se précipita en hurlant :

– Halte-là ! Ne bougez pas !

Le vandale se retourna et prit ses jambes à son cou. Benjamin se lança à sa poursuite. L'homme était déjà au pied du mur qui séparait le Potager de l'allée longeant l'étang des Suisses. Ce devait être un habitué des lieux, car c'était précisément l'endroit où le mur était le plus bas. Il aurait dû être gardé. Le fuyard franchit l'obstacle avec agilité, Benjamin sur ses talons, criant « à l'aide, à l'aide », dans l'espoir de voir rappliquer les gardes en faction au Potager. Les imbéciles avaient, sans doute, sombré dans un sommeil aviné. Benjamin se hissa sur le mur avec plus de difficulté qu'il n'aurait cru. Le délicieux vin de Champagne y était pour quelque chose. Il força l'allure pour tenter de rattraper le fugitif, déjà au pied des cent marches menant un château. C'était sûrement un de ces maudits jardiniers de l'Orangerie car il ne montrait aucune hésitation. Benjamin sentait dans ses jambes les effets de ses jeux amoureux et pesta de voir disparaître l'homme en haut des escaliers. Il gravit les dernières marches en haletant, persuadé qu'il serait parti sur la droite, en direction des bâtiments en travaux. Il lui serait alors impossible de le retrouver dans les enchevêtrements du chantier. À sa grande surprise, l'homme était encore en vue. Plus surprenant encore, il semblait s'être arrêté. Dès qu'il vit Benjamin, il reprit sa course, laissa sur sa droite les bassins du Parterre d'Eau. Benjamin n'osait crier. Il était presque sous les fenêtres du roi et craignait, cette fois, de voir arriver des gardes qui n'hésiteraient pas à tirer.

L'homme était entré dans le petit bois menant au bosquet de la Salle de Bal. Benjamin qui avait regagné du terrain y pénétra quelques secondes plus tard. Un sentier abrupt menait à un escalier s'enfonçant dans le sol. Il vit le fugitif s'y engouffrer et le suivit. La chance lui souriait : l'homme, certainement affolé, n'avait pas pensé à refermer la lourde porte donnant accès aux souterrains. Benjamin savait qu'il pénétrait au cœur du réseau alimentant les fontaines de Versailles. Les jardiniers de l'Orangerie avaient-ils partie liée avec les fontainiers ? Cela semblait curieux car ces derniers avaient toujours travaillé en bonne intelligence avec La Quintinie. Ce n'était guère le moment de se poser ce genre de questions. Le malandrin avait dû prévoir sa fuite car des flambeaux étaient accrochés aux murs suintant d'humidité. Benjamin s'empara d'une des torches, remerciant le ciel de sa chance. Il frissonnait. Un froid glacial régnait dans les entrailles de la terre et il ne portait qu'une chemise légère. L'homme avait quelques toises d'avance. Il bifurqua sur la droite dans une nouvelle galerie plus étroite que la précédente. Benjamin progressait difficilement, un pied de chaque côté de la grosse conduite en fonte qui occupait presque toute la largeur. Il perdait du terrain, se reprochant son manque d'agilité. Le grondement de l'eau arrivant dans le grand réservoir creusé dans le roc se faisait plus présent. Son pied droit glissa sur une plaque de boue. Il s'affala, la tête la première sur la canalisation. Il laissa échapper un cri de douleur, du sang lui voila les yeux. D'une main rageuse, il s'essuya le front, découvrant une large entaille. Ce n'était pas le moment de flancher.

Loin devant lui, il apercevait encore la lueur du flambeau. Ces galeries étaient un vrai dédale, reliant les fontaines les unes aux autres. S'il perdait de vue le fuyard, il n'aurait aucune chance de le retrouver. Il atteignit une minuscule galerie noyée dans le noir. Plus trace de flambeau. Il avança précautionneusement, aperçut au fond du boyau une sorte de puits étroit muni d'une grossière échelle de fer. L'homme avait dû descendre. Il fit de même, ressentant une certaine angoisse. Il détestait les cavernes et autres lieux clos. Dieu merci, la descente fut de courte durée. Il n'y avait pas de canalisation dans la galerie qu'il atteignit. Sa marche en serait grandement facilitée. À quinze toises de lui, il vit le flambeau se balancer curieusement, comme s'il s'agissait d'un fanal l'invitant à poursuivre sa progression.

Il se mit à courir, mais sentit un filet d'eau lui recouvrir les chaussures. Quelques secondes plus tard, le flot grossit et atteignit ses chevilles. Le courant devint si rapide qu'il perdit une chaussure. Son inquiétude grandit. Il ne voyait plus de lumière, mais entendait une sorte de mugissement dans le lointain. Son esprit vacilla. L'eau lui arrivait au-dessus des genoux et continuait à monter. Il songea avec horreur qu'il ne ressortirait pas vivant de ce piège. Il allait mourir emporté par les eaux des fontaines du roi. Il tenait son flambeau à bout de bras, cherchant de l'autre main, sur la paroi, une issue, un renfoncement, n'importe quoi le mettant à l'abri des flots impétueux. La panique le gagnait. Il était en sueur et glacé à la fois. Au moment où il allait recommander son âme à Dieu, il vit, en haut, sur sa droite, une vague lueur. Fébrilement, il s'accrocha à la paroi, découvrit des pitons de fer et une sorte de soupirail. Il gravit les échelons en toute hâte, perdit le flambeau, se blessa à la main sur une arête de maçonnerie. Il entendait l'eau mugir sous lui. Avec stupéfaction, il vit la grille qui obstruait le soupirail se soulever et entendit la voix d'Elena :

– Viens vite ! Sors !

Il banda ses muscles, se hissa sur la pointe des pieds, attrapa la main que lui tendait la jeune femme et dans un dernier effort réussit à sortir du piège infernal.

La tête lui tournait, il haletait.

– Vite, répéta Elena. Tu es en danger, il faut partir.

– Mais où sommes-nous ? demanda-t-il en regardant autour de lui.

Il vit les sapins entourant le bassin de Neptune, distingua le dieu de la Mer brandissant son trident. Elena s'affairait à remettre la grille en place. Elle le prit par le bras et chuchota :

– Une voiture nous attend. Le temps est compté.

Benjamin chancela. Elle le fit s'appuyer sur elle et l'entraîna à travers les arbres.

– Je ne comprends pas, balbutia Benjamin. Que se passe-t-il ?

– Il faut fuir. Tu as été dénoncé par Collinot. Tu es accusé d'avoir commis le meurtre de Thomas.

– Mais comment sais-tu cela ? Et que fais-tu ici ?

– Disons que je suis ton ange gardien. J'ai des informateurs chez les garçons bleus de Bontemps[1]. Ils m'ont avertie qu'on allait attenter à ta vie. Je te raconterai plus tard, viens, il faut nous dépêcher.

Ils passèrent devant la grille du Dragon, arrivèrent à une petite porte dont Elena avait la clé, ce qui ne

1. Police parallèle à la dévotion de Bontemps, premier valet de chambre et homme de confiance de Louis XIV.

manqua pas de surprendre Benjamin. Un carrosse les attendait. Sans ménagement, elle y fit monter le jeune homme. À peine installés, elle frappa contre la paroi. La voiture se mit en branle.

– Où allons-nous ? demanda Benjamin.

– En Hollande, répondit Elena qui, avec un mouchoir de fine batiste, essuyait les traces de sang sur le visage de son amant.

– En Hollande ! C'est impossible !

– Tu veux être remis à la justice du roi ? Envoyé aux galères ? Dans la lettre de Collinot, il était dit qu'avec tes amis protestants, tu complotais contre le roi. À Amsterdam, tu ne risqueras rien.

– Mais c'est La Quintinie qu'on accusait...

– Collinot l'a disculpé, l'interrompit Elena.

– C'est lui qui m'a conduit dans ce souterrain ?

Elena, un moment troublée, reprit bien vite :

– Je n'en sais rien. Déshabille-toi. Tu es trempé. Tu vas attraper la mort. Et arrête de poser des questions.

Benjamin tremblait de froid et de peur rétrospective.

– Mais je ne peux partir ainsi. Ninon ? Alixe ? Que vont-elles devenir ?

Elena poussa un soupir où perçait un léger agacement.

– C'est un peu tard pour t'en préoccuper. Il vaut mieux que tu disparaisses plutôt que de les entraîner dans ta disgrâce. Elles sauront se débrouiller.

Ces phrases terribles étaient, hélas, l'exact reflet de la réalité. Elles atteignirent Benjamin en plein cœur.

– Et que vais-je faire en Hollande ? Je n'y connais personne.

– Je me fais fort de te trouver un embarquement pour les Indes dès que tu nous auras tout dit sur les melons.

Elle lui donna des vêtements de rechange qu'il enfila maladroitement, gêné par les cahots du carrosse filant bon train vers Paris. Il ne comprenait rien à rien. Cette affaire le dépassait. Comment Elena pouvait-elle être au courant de sa course-poursuite dans les souterrains ? Quand il le lui demanda, elle le réduisit au silence en l'embrassant avec fougue. Il se laissa aller à l'étreinte de la belle. Il changeait de vie. Elle le lui avait prédit quelques heures plus tôt.

11

– Ne restez pas dans le passage. Vous voyez bien que nous faisons le ménage, lui lança d'un ton rogue Madame Goossens.

C'est, du moins, ce que Benjamin comprit. La vieille ne parlait pas français, mais agitait dans sa direction un balai de genêt agressif.

Il fit un saut de côté pour laisser passer une soubrette armée de seaux et de chiffons qui, comme chaque jour, allait astiquer, cirer, épousseter, récurer une maison qui n'en avait nul besoin, tant elle était déjà propre. La frénésie de ménage qui s'emparait chaque matin des femmes d'Amsterdam le laissait pantois. Dans toutes les maisons, riches ou pauvres, la scène se déroulait à l'identique. À peine levées, une tranche de fromage et une tartine de beurre vite avalées, les ménagères se mettaient à l'œuvre, manches retroussées. Tout y passait, des planchers aux escaliers, des meubles jusqu'aux moindres étagères. Depuis dix jours qu'il était à Amsterdam, Benjamin avait vu son hôtesse faire nettoyer la façade à deux reprises à l'aide de grosses seringues projetant de l'eau. L'humidité qui s'insinuait dans les pièces n'était pas désagréable en plein été, mais il n'osait imaginer les désagréments que cela devait provoquer l'hiver. Quand il s'était étonné de ces pratiques auprès d'Elena, elle lui avait répondu que c'était là l'honneur des femmes hollandaises. De la plupart ! avait-elle ajouté en riant. Elles se devaient d'exercer les vertus les plus humbles et, comme l'usage de domestiques était largement réprouvé, elles mettaient elles-mêmes la main à la pâte, avec force et ardeur.

Madame Goossens était la représentation parfaite de ces vertus domestiques. Benjamin, pourtant élevé dans la rigueur calviniste de Genève, la trouvait proprement effrayante. Petite et trapue, elle portait une coiffe à l'ancienne, sombre, à trois pointes, qui lui donnait l'air d'un chien de chasse, toujours à l'affût de sa proie favorite : le grain de poussière. À chaque fois qu'il rentrait, elle lui montrait d'un doigt impérieux la paire de mules en paille dont le port était obligatoire pour circuler dans la maison. Avec ses vêtements noirs ou gris, la longue chaîne accrochée à son jupon où pendaient toutes les clés de la maison plus un couteau et des ciseaux, elle avait tout du gardien de prison, amabilité comprise. Elle lui parlait d'un ton méprisant, n'ayant retenu qu'une seule chose : il venait de Versailles et donc représentait tous les maux de la Terre.

Benjamin était arrivé rompu à Amsterdam après un voyage de quatre jours dans un carrosse mené à un train d'enfer. Elena avait eu beau lui promettre monts et merveilles et lui prodiguer mille câlineries, il se sentait abominablement coupable d'avoir abandonné sa femme et sa fille. Il ne cessait de se demander quelles avaient été les réactions à sa disparition soudaine.

Elena l'avait conduit chez Jan Goossens, lui annonçant que c'était là qu'il logerait. Benjamin avait été très déçu, espérant partager la vie de la jeune femme. Elle lui avait donné des explications embrouillées comme quoi elle tenait à sa réputation d'honnête bourgeoise. Ce serait pour plus tard, quand Goossens et lui seraient parvenus à un accord. Le richissime marchand l'avait accueilli avec de grandes démonstrations d'amitié et lui avait affirmé qu'ils allaient faire fortune ensemble. Benjamin n'en demandait pas tant ! Un embarquement pour les Indes orientales et partager la couche d'Elena lui suffiraient. Devant se rendre à la séance de la Bourse, où, avait-il expliqué, le moindre retard était passible d'une amende de six stuyvers, Goossens était parti, le confiant à l'horrible vieille, sa mère. Elena avait disparu. Réfugié dans sa chambre du deuxième étage, Benjamin avait passé l'après-midi à regarder par la haute fenêtre aux carreaux sertis de plomb. Sur le quai, au bord du canal ombragé de tilleuls, une ribambelle de gamins jouaient à chat, au palet et aux osselets en hurlant comme des possédés ; un tonnelier martelait des bandes de métal ; des marchands ambulants proposaient des gâteaux, des pâtés, des harengs. Mort de faim, il aurait volontiers dévoré une platée de ces poissons frits. N'osant affronter le vieux dragon qui devait camper au pied de l'escalier, il essaya d'oublier les gargouillis de son estomac.

Il vit passer des centaines d'embarcations : minuscules coques de noix menées à la godille, grandes barques plates surchargées de marchandises, bateaux de pêche aux voiles affalées. Lui qui avait rêvé de parcourir les rues d'Amsterdam au bras d'Elena, de s'émerveiller des nouveautés s'offrant à ses yeux, il en était réduit à compter les nuages dans le ciel.

Bien des choses lui paraissaient étranges dans le déroulement des derniers événements. Elena l'avait sèchement rabroué quand il était revenu sur le sujet, lui disant qu'il ferait mieux de se réjouir d'avoir la vie sauve grâce à elle. Il ne pouvait s'enlever de l'esprit qu'elle lui cachait quelque chose.

Morose, l'esprit battant la campagne, il avait attendu le retour de Goossens. L'entretien qu'ils avaient eu ne l'avait pas rasséréné.

L'homme, un solide gaillard d'une quarantaine d'années au teint rougeaud et aux cheveux blond filasse, l'avait emmené dans une des pièces d'apparat que sa mère avait ouverte avec réticence. Elle leur avait recommandé de ne toucher à rien, de ne pas s'asseoir sur les chaises à haut dossier tendu de cuir et de ne rien poser sur la table de chêne. La pièce puait le renfermé et la cire. Benjamin se sentait la tête lourde et se tenait debout, l'air emprunté, devant Goossens. Une fois sa mère partie, le Hollandais approcha deux des chaises interdites de la lourde table centrale et sortit de sa veste une petite flasque. Il alla prendre dans un des cabinets de bois sombre des verres gravés d'arabesques multicolores.

– Vous me voyez bien aise d'avoir accepté de vous joindre à moi pour la grande aventure qui nous attend, commença Goossens.

– C'est un grand honneur que vous me faites, répondit Benjamin. Je dois avouer que j'y ai été poussé par les événements, mais je me réjouis de participer à l'accroissement des récoltes de plantes extraordinaires.

– Voilà qui est bien dit ! Je suis prêt à vous fournir tous les moyens pour y arriver. Vous êtes le mieux placé pour délivrer ces secrets qui vont nous conduire à la fortune.

Benjamin trouvait son hôte bien généreux d'accorder à un jeune et modeste jardinier tant de crédit.

– J'ai tout de suite compris qu'une telle découverte devait être prise en main par un homme tel que moi qui entretiens des relations commerciales dans le monde entier. Votre savoir va nous assurer une gloire immédiate en Insulinde comme en Amérique et même en Russie.

Benjamin n'avait aucune envie d'aller en Russie ! Quelque chose clochait. De quelle découverte s'agissait-il ? Pourquoi Goossens en parlait-il comme si elle était déjà acquise ? Et quels étaient ces secrets qu'il était censé détenir ? Qu'avait bien pu lui raconter Elena ?

– Il faut que je vous dise d'où me vient mon intérêt pour les plantes hors du commun, reprit le Hollandais.

Voilà qui était mieux. L'homme devait posséder un jardin où il serait fier de montrer à ses amis les plantes que rapporterait Benjamin. Les amateurs de botanique avaient tous une petite tendance à l'extravagance, Goossens ne faisait pas exception.

– Mon père a été un des artisans de la passion pour les tulipes qui faillit mettre la Hollande à feu et à sang, il y a une cinquantaine d'années. Connaissez-vous l'histoire ?

– Un peu, mais je serais ravi d'en entendre les détails.

Goossens avait versé un alcool transparent dans les petits verres. Il en offrit un à Benjamin qui s'étrangla à la première gorgée. En riant, le Hollandais lui asséna un grand coup entre les omoplates :

– C'est du genièvre ! Un alcool de marins. Il va falloir vous y habituer !

Benjamin avala courageusement une deuxième gorgée et réussit à contenir une quinte de toux. Son ventre se mit à émettre de sonores gargouillements qui firent s'exclamer le marchand :

– Avez-vous soupé ? Ma mère vous a-t-elle proposé de partager son repas ?

Benjamin frémit à l'idée d'avoir à manger sous le regard glacé de la vieille chouette et fit un signe de dénégation.

– Ne bougez pas, je vais vous chercher des victuailles. N'en dites rien, elle me tuerait et vous aussi si elle apprenait que vous avez mangé ici.

Il revint quelques minutes plus tard, chargé d'un plateau où étaient entassés pêle-mêle une motte de beurre, un gros fromage rond à la croûte rouge vif, du pain et des harengs. Benjamin se jeta sur la nourriture pendant que le marchand, la mine réjouie et les yeux brillants, commençait son récit :

– Au milieu du siècle dernier, l'ambassadeur de l'empereur Ferdinand Ier auprès du sultan de Constantinople, était un Flamand, Ogier Ghiselin de Busbecq. Un jour, il traversa des champs de narcisses, de jacinthes et de drôles de fleurs que les Turcs appelaient *tulipan*, du nom du turban qu'ils portent sur la tête. Il dépensa beaucoup d'argent pour obtenir des bulbes qu'il envoya au grand botaniste Charles de L'Écluse.

– Qui les acclimata dans les jardins des Habsbourg à Vienne et à Prague, continua Benjamin, ravi de montrer ses connaissances. Quand il fut nommé à Leyde, en Hollande, il emporta sa collection personnelle de tulipes.

– Exactement. Savez-vous que, dès la première année, de nombreuses tulipes furent volées par des jardiniers émerveillés de la beauté de cette nouvelle fleur ? Il y en eut bientôt près de cinq cents variétés et, grâce à une bizarrerie de la nature, certaines virent leurs couleurs se panacher.

– Comme la *Semper Augustus* avec ses superbes stries d'un rouge carmin, ajouta Benjamin, la bouche pleine de fromage.

– Ou la *Laprock* en habit d'arlequin rouge et blanc, l'*Amiral Pottebacker*, les *Morillon*, les *Paragon*... Toujours est-il que dans les années 1630, elles suscitèrent une véritable folie. Les Hollandais ont le commerce dans le sang, vous vous en apercevrez. De la couturière au grand bourgeois, tout le monde en fit pousser dans son jardin. Les bulbes s'arrachant à prix d'or, on se mit à spéculer. Un oignon pouvait changer de mains dix fois dans la journée. On gagnait et perdait d'énormes sommes d'argent. Une *Amiral Liefkens* se vendait quatre mille cinq cents florins, une *Semper Augustus* pouvait monter jusqu'à cinq mille. Toute la ville était sens dessus dessous. Les espions, les voleurs s'en donnaient à cœur joie, les familles se déchiraient, un fils ruinait son père, un père trahissait son fils.

– Cette folie devait bien s'arrêter en hiver, s'étonna Benjamin qui en était à sa sixième tranche de pain beurré.

– Pas du tout, on spéculait sur les images de catalogues qui, si je puis dire, fleurissaient un peu partout.

Et ça reprenait de plus belle au printemps. Je vois que vous appréciez notre fromage d'Edam, vous goûterez à celui de Gouda, il n'est pas mal non plus.

– Combien de temps cela a-t-il duré ?

– Presque dix ans ! Tout s'est écroulé entre février et avril 1637. Les États de Hollande ont décidé de mettre fin à ce délire. Du jour au lendemain, la *Semper Augustus* ne se vendait plus que cinquante florins. Des milliers de personnes furent ruinées. Mon père, Dieu merci, après avoir amassé une fortune considérable s'était retiré à temps du marché. Je tiens à être à sa hauteur. Je compte bien faire de notre melon une réussite que le monde entier nous enviera.

Benjamin faillit s'étouffer avec un morceau de hareng. Non seulement quelque chose clochait, mais la méprise devenait flagrante. Benjamin voulut s'en ouvrir à Goossens, mais ce dernier l'avait entraîné vers le dressoir de bois précieux où était disposée une collection d'assiettes de porcelaine représentant des tulipes.

– Vous voyez, elles sont toutes là ! Vous n'en verrez malheureusement pas en fleur, la saison étant finie depuis longtemps. J'ai demandé à Elena de vous accompagner au fameux jardin botanique de Leyde. Vous y découvrirez d'autres merveilles. Je dois m'absenter pour aller récupérer quelques créances auprès de mes clients à Delft et Rotterdam. Les bateaux de la Compagnie des Indes orientales, de retour de Batavia, sont attendus d'un jour à l'autre et, pour rien au monde, je ne manquerais leur arrivée. En attendant, ma maison est à vous, demandez ce qu'il vous plaira et vous serez exaucé.

C'était plus que Benjamin ne demandait. Seule bonne nouvelle : il allait revoir Elena. Et il faudrait qu'elle lui dise, une bonne fois pour toutes, à quoi rimait cette histoire de secret et de melons.

Ses espoirs furent déçus, Elena ne réapparut pas. Une fois de plus, il ne savait pas où la trouver dans cette immense fourmilière qu'était Amsterdam. Rester en tête à tête avec la vieille ne le tentant guère, il passa le plus clair de son temps dans les rues. Une fois qu'il eut compris que la ville était organisée autour de trois grands canaux concentriques, il se perdit beaucoup moins. Flâner le long des boutiques de luxe du Dam regorgeant des plus belles soieries, de tapis de prix, de bijoux sertis de pierreries fastueuses, ne l'intéressait aucunement. Pas plus que le marché aux poissons sur le Damrak, pris d'assaut chaque matin par les bourgeoises et leurs servantes, tâtant d'un doigt expert les ouïes des harengs, soupesant les crabes et les homards, vérifiant la qualité de la morue séchée. Il fréquenta assidûment les librairies, à la recherche de récits de voyages et de cartes d'Asie et d'Amérique. Il avait le choix, imprimeurs et libraires pullulaient.

Lorsqu'il tomba sur la maison Blaeu, il ne crut pas à sa chance. Grâce aux cartes et atlas, il pouvait parcourir le monde des yeux, suivre les routes maritimes, pénétrer tous les continents. Les voyages auxquels il avait rêvé prenaient corps dans le bleu de l'océan et l'ocre des terres. On lui expliqua que Blaeu avait été cartographe officiel de la Compagnie des Indes orientales et que son fils avait poursuivi son travail. Les deux étaient morts et, hélas, leurs héritiers n'étaient pas à la hauteur et allaient finir par couler l'entreprise. Benjamin n'en avait cure, tout à sa joie de découvrir l'*Atlas Major* avec ses trois cent quatorze cartes du monde entier. Il se plongea avec délice dans les douze volumes en français, suivant les tracés des terres lointaines. À force de hanter la boutique, il se lia d'amitié avec l'un des garçons libraires, Josuah Degorgeon, un jeune Poitevin ayant fui les dragonnades.

Plusieurs fois, après la fermeture de la librairie, il avait entraîné Benjamin dans un *musicos*, sorte de taverne où un petit orchestre faisait danser la compagnie. Il fallait hurler pour se faire entendre. Cela ne dérangeait pas Josuah, tout heureux de chanter les louanges de son pays d'accueil. Il disait qu'Amsterdam était la grande arche des fugitifs[1] et que chacun, quelle que soit sa religion, pouvait y refaire sa vie. Il citait les juifs, victimes de l'Inquisition espagnole et portugaise qui prospéraient depuis leur arrivée, à la fin du siècle dernier. Benjamin les avait remarqués, détonnant avec leurs vêtements colorés et leur barbe parmi les Hollandais au visage glabre et habillés de noir. Ils semblaient parfaitement intégrés et, quand Benjamin demanda s'ils avaient le droit de pratiquer leur religion, Josuah répondit qu'il y avait deux grandes synagogues, l'une pour les juifs portugais, l'autre pour les juifs allemands. La loi leur interdisait de se marier avec des chrétiens, d'ouvrir un commerce de détail et de servir de courtiers pour les chrétiens, mais cette dernière règle, tous la transgressaient. De toute manière, en Hollande, toutes les religions étaient autorisées et mieux encore, on pouvait n'en avoir aucune. La liberté de conscience n'était pas un vain mot à Amsterdam !

Benjamin en convenait volontiers. Cependant, malgré les vertus indéniables de la ville, il ne s'y sentait

1. Paroles de Pierre Bayle (1647-1706), philosophe et écrivain, précurseur des Lumières.

pas à son aise. Il y avait bien sûr la situation fâcheuse dans laquelle il se trouvait, mais au-delà, les habitants lui semblaient fermés, repliés sur leurs fortunes, ne s'occupant que de leurs affaires. Élevé dans la foi calviniste, il savait bien que la richesse était un enviable don de Dieu mais voir un peuple tout entier ne parler et ne vivre que pour le commerce, le déroutait. Cette critique avait eu le don de mettre Josuah en colère. Il avait vertement répliqué qu'il n'y avait pas de richesse sans commerce et pas de commerce sans liberté.

– Alors qu'en Espagne on brûle les livres, en Hollande, on les fabrique. Là où l'inquisiteur met le pied, le marchand déloge ! avait-il conclu.

L'argent n'intéressait pas Benjamin, seule l'aventure le tentait. Et Elena !

Josuah était revenu à la charge :

– Amsterdam a donné naissance à un nouveau type d'homme, le *mercator sapiens*[1], un homme capable d'assurer sa prospérité et celle de son pays grâce, notamment, aux formidables découvertes des hommes de science. Il cita van Leeuwenhoek qui avait inventé le microscope dans son arrière-boutique de lunetier à Delft. Et Cornelis Drebbel, un excentrique ayant mis au point le télescope avec lequel Christian Huyghens, le plus grand de tous les savants, avait découvert l'anneau de Saturne. Josuah s'échauffait :

– Et Descartes qui a vécu juste à côté dans la Kalverstraat ? Il est français, mais il a passé presque toute sa vie en Hollande. Je te prêterai un de ses livres : *Le Discours de la méthode*. Tu verras, c'est un peu ardu, mais

1. Marchand savant.

ce sont des principes philosophiques de premier ordre. À moins que tu ne préfères Spinoza, un juif d'Amsterdam, mort il y a six ans, dont les écrits font grand bruit.

Benjamin n'avait aucune envie de lire d'obscurs philosophes, et laissait Josuah discourir, trempant ses lèvres dans le mauvais vin qu'on servait dans les *musicos.* Lui qui n'avait jamais accordé d'importance à ce qu'il mangeait et buvait, trouvait que les Hollandais avaient une exécrable manière de se nourrir. Il n'en pouvait plus du fromage et des tartines beurrées. Les rares fois où il avait dîné ou soupé chez les Goossens, il avait dû avaler d'énormes plâtrées du sempiternel *hutsepot*, un ragoût de viande de mouton ou de bœuf, bouilli et rebouilli, avec des pruneaux, du vinaigre fort, du gingembre.

Il en venait à comprendre les discours enflammés de Rolland sur la nocivité des mets préparés sans art. Il avait appris que la vieille, comme la plupart des ménagères hollandaises, faisait la cuisine une fois par semaine, se contentant ensuite de réchauffer les plats. La soupe au pain n'était pas plus aguichante. Celle aux haricots le désespérait. Quant aux harengs, ils lui sortaient par les yeux. Il se prenait à rêver aux mets délicats et délicieuses friandises auxquels il avait goûté à Versailles.

Pour tromper son ennui et son chagrin, il allait souvent traîner du côté du port, à l'embouchure de l'Ij, admirer les vaisseaux accostant ou en partance. C'était incroyable, on ne voyait qu'une forêt de mâts. La nuit, le spectacle était tout aussi impressionnant : la mer se couvrait des feux des navires voguant vers Amsterdam.

Il imaginait, accoudé au bastingage, se profiler une terre inconnue saluée par le cri des mouettes. Enivré par ses visions océanes, il arpentait les docks et poussa même jusqu'aux chantiers d'Oostenburg où l'on construisait les bateaux de la fameuse Compagnie des Indes orientales que tout le monde appelait par ses initiales : VOC. C'était à peine croyable : un bâtiment d'au moins quatre-vingt-dix toises de long[1] surmonté d'une coupole servait d'entrepôt aux marchandises d'Asie. Des monceaux de ballots, de caisses, des montagnes de cordes, des centaines de tonneaux de poix et de goudron, des amas de voiles y étaient entassés.

L'odeur lourde et musquée, chargée d'effluves de muscade, de cannelle, de poivre évoquait l'aventure, les Tropiques, les eaux troubles de fleuves immenses, la touffeur de forêts impénétrables. Avant de se faire chasser par un garde, il eut le temps d'apercevoir des garbuleurs en train de trier du poivre. On le poussa dehors sans ménagement non sans avoir vérifié s'il n'avait pas caché de précieux grains dans ses poches. Le garde, comme les autres employés, portait un ample pantalon et une chemise sans poches. La VOC veillait à préserver les intérêts de ses actionnaires !

Au cours de ses pérégrinations dans ce monde nouveau et si proche de ses rêves, il réfléchissait à la meilleure manière de se tirer du guêpier dans lequel il se trouvait. Au pire, si Elena ne réapparaissait pas, ce qu'il ne pouvait concevoir, il quitterait la maison Goossens et chercherait, par ses propres moyens, un embarquement pour l'Orient. Il se mit à fréquenter les abords de la Maison des Indes orientales, siège de la VOC, sur

1. 172 m de long. Le bâtiment mesurait 20 m de large et 33 m de haut.

le Klovenierburgwal, au coin de la Hoogstraat. C'était aussi là qu'on procédait à l'enrôlement des équipages. Les prochains départs auraient lieu en septembre et partout en ville, les aubergistes racolaient les recrues, leur assurant le couvert, la bière et le tabac. Ils récupéreraient leur mise avec bénéfice quand ces pauvres diables passeraient devant la commission de la VOC et recevraient leur première solde. Benjamin n'était pas tombé si bas pour s'engager comme simple matelot et cherchait un moyen de proposer ses services à l'un des dix-sept directeurs de la Compagnie.

Ses tentatives d'approche furent interrompues par le retour de Goossens, d'humeur massacrante : une de ses cargaisons de plats et d'assiettes en porcelaine de Chine était tombée du coche d'eau entre La Haye et Delft et gisait, en miettes, au fond du canal.

12

Goossens était aux prises avec sa vieille guenon de mère, les éclats de voix laissant suggérer une violente dispute. Qu'avait-elle à reprocher à son fils ? La perte de centaines de florins dans la vase du canal ? Des traces boueuses sur le sol carrelé ? À moins que ce ne fût la présence du Français, bouche inutile s'il en fut.

Le marchand fit signe à Benjamin, qui se tenait prudemment à l'écart, de le suivre. Il sortit, claquant la lourde porte derrière lui.

– Que croit-elle donc ? J'ai déjà tellement à faire à surveiller mes cargaisons, suivre les cours de la Bourse, acheter et vendre tous ces produits. Elle voudrait en plus que je fasse partie du Conseil des Régents du Burgerweeshuis, l'orphelinat municipal. Je leur donne assez d'argent, je ne vais pas perdre du temps à décider de ce qu'ils ont dans leur assiette ou ce qu'on doit leur enseigner. Qu'ils deviennent de bons travailleurs, voilà ce qu'on leur demande.

Benjamin suivait docilement Goossens. Il avait vu, au cours de ses déambulations dans Amsterdam, bon nombre de ces établissements de charité. Josuah lui en avait parlé avec son enthousiasme habituel. Outre les orphelinats, il y avait un hospice pour les pauvresses âgées et un autre pour les vieillards. Les vagabonds, les voleurs, les mendiants qui manifestaient peu d'empressement au travail étaient placés, selon leur sexe, à la Rasphuis ou à la Spinhuis. Dans l'une, les hommes râpaient du bois du Brésil, dans l'autre les femmes filaient la laine. En cas de mauvaise volonté, on les mettait dans une cave où arrivait de l'eau en permanence. Pour éviter la noyade, il fallait pomper sans arrêt. « Bonne manière de faire comprendre la nécessité et la valeur du travail ! » avait conclu Josuah benoîtement.

– Mais dites-moi, mon ami, comment trouvez-vous notre cité ? demanda Goossens, se dirigeant d'un pas vif vers le centre ville.

– Magnifique et bien ordonnée. La puissance et la richesse semblent s'être donné rendez-vous autour de ces somptueux canaux.

Goossens se rengorgea.

– On dit qu'Amsterdam est le miracle du monde, le magasin de l'Univers. Depuis que nous nous sommes débarrassés des Espagnols nous connaissons la prospérité. Que voulez-vous, la liberté attire les capitaux ! C'est le commerce qui mène le monde et nous nous y entendons. La fortune vient au plus travailleur et au plus ingénieux. Vous allez voir, je vous emmène à la Bourse.

Le marchand avait retrouvé sa bonne humeur. Benjamin se demandait comment aborder la question de son avenir. Ils étaient en vue de la Bourse, immense bâtiment de brique qui enjambait la rivière Amstel. Il s'apprêtait à le lui demander quand Goossens pressa le pas et déclara :

– Dépêchons-nous, il va bientôt être midi.

Ils pénétraient dans la grande cour bordée de galeries quand la cloche retentit, annonçant le début des transactions qui finiraient, impérativement, une heure plus tard. Goossens se précipita vers un pilier portant le nº 23 et examina fiévreusement la liste affichée.

– Parfait, s'exclama-t-il, les cours de l'indigo du Guatemala, du bois de campêche du Mexique et de la noix de galle d'Alep[1] sont intéressants. J'achète ! Rendez-moi un service : allez demander les dernières mercuriales au garçon de Bourse.

Devant l'air interrogatif de Benjamin, il lui remit quelques stuyvers et lui montra un homme, sur une estrade au milieu de la cour, entouré de piles de feuilles. Jouant des coudes, car la foule était dense, Benjamin s'acquitta de son achat. En feuilletant les papiers, il vit une succession de listes de prix. Josuah lui avait dit qu'à Amsterdam on trouvait toutes les marchandises que le monde pouvait produire : de la peau d'orignal du Canada au bois de Norvège en passant par neuf qualités de sucre, toutes les épices connues et inconnues, les laines d'Angleterre, le caffé[2] d'Arabie, les vins du Rhin. On entendait parler toutes les langues et les plus étranges figures se côtoyaient : Turcs, Persans, Maures, Indiens, dans leurs costumes de soie bariolée. Goossens s'était vanté de parler le français, l'allemand, l'anglais et d'avoir essayé d'apprendre le turc.

De pilier en pilier, le marchand continuait ses transactions, saluait ses nombreuses connaissances en les

1. Ces trois produits servaient de colorants.
2. Orthographe en usage au XVIIe siècle.

embrassant, selon l'étrange coutume hollandaise. Quand la cloche sonna la fin de la séance, il revint vers Benjamin en se frottant les mains.

– Excellentes affaires ! Dès que nous ferons des bénéfices, je vous conseille d'acheter des actions de la VOC, mais il faudra vous méfier des haussiers et des baissiers qui ne reculent devant aucun stratagème pour amener le cours des actions là où ils veulent. Ils n'hésitent pas à faire courir de fausses rumeurs sur des bateaux coulés, des attaques de pirates ou la mauvaise gestion de la compagnie. Attention aussi à ce qu'on appelle le commerce de vent, dangereux et illégal : on vend des actions qu'on ne possède pas et qu'on espère racheter moins cher plus tard. Vous verrez, je vous enseignerai les ficelles du métier !

– L'argent ne m'intéresse pas, déclara Benjamin. Je ne suis passionné que par les plantes. Et à ce sujet, j'aimerais vous dire…

Avec un grand sourire, Goossens l'interrompit :

– Oui, je sais, les melons ! J'y viens. Mais dites-vous que vous allez gagner beaucoup d'argent. Vous pourrez acheter une maison et tout ce dont vous aurez envie. Il vous en restera assez pour investir dans des activités lucratives. Vous prendrez exemple sur nous : nous vivons sobrement sans nous livrer à des dépenses ostentatoires, funestes pour l'enrichissement. Si nous sommes les maîtres du commerce des épices, nous en consommons fort peu, nous les revendons à peine arrivées. Nos meilleures toiles, notre beurre le plus fin partent en France. Nous nous contentons de drap grossier et de beurre moins savoureux.

Le marchand avait entraîné Benjamin à *La Chèvre rouge*, taverne voisine de la Bourse. Il commanda de la bière, boisson que Benjamin détestait.

– Pour fêter votre futur état d'Amstelldamois riche et prospère, parlons un peu des secrets de ce cher La Quintinie et de notre melon.

– Le melon ? Que voulez-vous savoir au juste ? C'est un fruit capricieux qui demande beaucoup d'efforts et de soins.

– Certes, mais le melon perpétuel, celui qui pousse sous tous les climats, des neiges du Nord aux déserts du Sud ? Qui n'a besoin ni d'eau ni de cloches pour mûrir ?

Benjamin le regardait avec des yeux ronds.

– Mais un tel melon n'existe pas.

– Allez, reprit Goossens avec bonhomie, nous sommes amis dorénavant. Ne vous ai-je pas prouvé que j'étais prêt à prendre soin de vous ?

– Je vous remercie de toutes vos attentions. Croyez bien que je suis ravi de profiter de votre générosité. Un melon perpétuel, ça n'existe pas.

Le Hollandais lui tapota la main avec bienveillance.

– On dit toujours ça des nouveautés. Ça ne va pas marcher ! Dans un an, on n'en parlera plus ! Moi, j'en suis sûr, c'est l'avenir ! J'ai déjà acheté des terres à proximité d'Haarlem pour y planter nos melons et peut-être d'autres plantes. Vous verrez : grâce à votre secret, un jour, la Hollande inondera l'Europe de fruits et légumes à tout moment de l'année.

– Je ne détiens aucun secret, affirma Benjamin d'une voix forte.

Goossens partit d'un grand rire.

– Je vois que sous des dehors naïfs, vous êtes rompu à l'art de la négociation. Vous faites monter les enchères, c'est bien compréhensible. Je ne vais pas me décourager pour si peu. Que voulez-vous ? De l'or, de l'argent, des pierres précieuses ? Dites, vous aurez satisfaction.

– Je ne cherche qu'un embarquement pour les Indes au titre de botaniste.

Le Hollandais se tapait les mains sur les cuisses tellement il riait.

– Mais quand vous voulez, s'il n'y a que ça pour vous faire plaisir ! Elena m'avait bien dit que vous étiez un original et qu'il fallait vous traiter avec ménagement. Les bateaux de la VOC, dont je suis actionnaire, vous sont ouverts, que vous souhaitiez aller à Java, au Bengale, à Ceylan, à Nagasaki… Simplement, il me faut le secret, conclut-il d'une voix redevenue sérieuse.

Le courtier avec qui il avait traité vint le chercher pour aller à la banque, finaliser les contrats. Il quitta la table, laissant Benjamin dans un état de profonde stupéfaction. Melon perpétuel ! Comment pouvait-on croire à une telle bêtise ? Poussant sans eau, sous tous les climats, et pourquoi pas sur la lune ? Il comprenait maintenant les questions réitérées d'Elena. Il fallait absolument qu'il la voie, qu'elle lui dise où elle était allée pêcher une histoire aussi extravagante. Ensuite, tout serait simple : elle expliquerait à Goossens qu'il s'agissait d'une fausse information, que le melon perpétuel n'existait pas et n'existerait jamais. Goossens n'apprécierait guère de s'être fait avoir, mais en tant qu'amateur de botanique, il se passionnerait bien vite pour une autre plante. Peut-être, même, remercierait-il Benjamin de l'avoir averti. Ils se quitteraient bons amis.

Il lui donnerait une recommandation pour les directeurs de la VOC et le chapitre des melons serait clos.

À son grand soulagement et pour son plus grand bonheur, Elena réapparut le lendemain. Distante, elle se laissa toutefois entraîner dans sa chambre. Il l'interrogea sur son absence. Elle se contenta d'un petit geste désinvolte de la main. Benjamin l'attira à lui avec passion, voulant lui prouver qu'il n'avait rien oublié de ses voluptueuses leçons.

Après l'amour, il lui déclara tout de go que la méprise sur les melons devait cesser immédiatement.

Elena le regarda avec exaspération.

– Tu ferais mieux d'arrêter ton petit jeu. Goossens n'est pas très patient. Je m'étonne d'ailleurs qu'il continue à te traiter avec tant d'égards.

– Mais je t'assure que je ne sais pas de quoi il parle.

– Oh ! À d'autres ! dit-elle d'un ton où perçait la colère. Tu nous fais perdre notre temps. Dis-nous qui a reçu les graines de melon perpétuel afin qu'on les récupère et tu pourras t'embarquer sur un de tes chers bateaux.

– Je ne comprends rien à ce que tu dis. Pourquoi ton attitude envers moi a-t-elle tant changé ? Je croyais que tu m'aimais.

– Je t'aime ! fit-elle d'un ton qui laissait entendre le contraire. Mais je risque gros dans cette histoire. Je ne t'ai pas ramené à Amsterdam pour rien. Il faut que tu dises tout à Goossens.

Benjamin était abasourdi. Était-il en train de devenir fou ? Elena et Goossens attendaient de lui quelque chose dont il ignorait tout. Pire encore, le ton dur d'Elena, ses paroles brutales lui brisaient le cœur. Elle semblait ne plus ressentir de désir pour lui. Qu'étaient devenus ses râles de plaisir, ses mots d'amour chuchotés dans le creux de l'oreille, ses ongles qui s'enfonçaient dans sa chair à l'approche de la jouissance ? Il la vit rajuster ses vêtements, jeter un regard furtif dans le miroir. Sous le choc, il n'osa lui demander de rester. Elle le regarda froidement et déclara :

– Je passerai te prendre demain matin. Goossens m'a demandé de te conduire à Leyde. À ta place, j'irais lui parler ce soir. Cela t'évitera de gros ennuis.

Benjamin se laissa aller à la renverse sur la pile d'oreillers de plumes. De nouveau, il n'était plus maître de sa vie. Que voulait-on de lui ? Et comment pourrait-il reconquérir Elena ? Il ferait n'importe quoi pour cela. S'il fallait faire croire qu'il possédait un secret, il le ferait. Tout plutôt que de perdre son amour. Elle ne devait pas être très loin. Il allait la rattraper.

Il s'habilla en toute hâte, dévala l'escalier, faillit renverser la vieille qui le regarda d'un air courroucé et marmonna quelques anathèmes. Il sortit sur le quai, crut voir au loin la robe couleur paille d'Elena et se mit à courir. Ce n'était pas elle. Juste une fraîche jeune fille qui poussa un cri d'effroi quand Benjamin lui saisit le bras. La duègne qui l'accompagnait fondit sur le jeune homme et l'apostropha violemment. Il s'excusa comme il put, tourna les talons et suivit le Keizersgracht, grand canal où se dressaient les plus belles maisons d'Amsterdam. L'espoir de retrouver Elena était mince, mais il ne pouvait renoncer. Devant les entrepôts de la Compagnie du Nord, le quai était bloqué par le déchargement de montagnes d'os de baleines. Il rebroussa chemin, passa devant l'église des Jésuites où avaient lieu de temps en temps des messes pour les catholiques, hésita à se diriger vers le Brouwersgracht, le canal des brasseurs. Il n'y avait aucune chance qu'Elena soit dans ce quartier de fabriques et d'entrepôts puants. Il valait mieux aller du côté du Singel, du Herengracht ou du Prinsengracht, les canaux les plus huppés. Pour l'avoir expérimenté, il savait qu'il fallait plus de deux heures pour parcourir de bout en bout un seul de ces canaux. Le jour baissait. Il ressentit l'inutilité de sa quête. Il ne retrouverait pas Elena. Il passa devant la *Nieuwezijds Huiszittenhuis*[1], où une horde de nécessiteux attendait humblement sa ration de pain et de hareng.

Il erra au hasard des rues, malheureux comme les pierres, sourd aux rires et aux cris s'échappant des tavernes très fréquentées à cette heure par les bourgeois qui ne tarderaient pas à aller s'enfermer dans le confort douillet de leurs superbes maisons. Dans une boulangerie, il acheta du pain et l'inévitable hareng frit qu'il alla manger, accoudé à un pont tournant. Regardant l'eau sombre du canal, il comprit ce qu'il avait à faire. Sa vie ne valait pas un clou à soufflet. Il avait trahi ses engagements, s'était embarqué dans une aventure amoureuse sans espoir et se retrouvait à mâchouiller un affreux pain noir dans une ville dont il détestait l'agitation mercantile. Mieux valait disparaître. Personne ne le regretterait. Il lui suffirait d'attendre dix heures et le couvre-feu. Les quais seraient alors déserts. Il prendrait soin d'éviter les rondes des gardes de nuit et se laisserait glisser dans le canal. On retrouverait peut-être son

1. « Maison des pauvres ambulants ».

corps, mais la noyade était si commune à Amsterdam que personne n'y ferait attention.

En attendant de mettre à exécution ce noir dessein, le mieux était d'aller s'enivrer. Se donner la mort lui paraîtrait peut-être moins difficile.

Se sentant curieusement beaucoup plus léger, Benjamin se laissa porter par ses pas. Il arriva dans le nouveau quartier du Plantage, sur le chemin du port. Il longea l'*Hortus botanicus*, le jardin botanique qu'il ne visiterait jamais, et se dirigea vers les estaminets qui offraient à boire et à manger en plein air. Benjamin commanda de la bière qu'il avala à longs traits malgré le déplaisir que l'amer breuvage lui procurait. Une foule joyeuse se pressait autour des tables, profitant de la belle soirée d'été. L'ambiance d'allégresse finit par lui peser. Il décida de retourner vers le centre où il s'engouffra dans une tabagie à l'enseigne *Des gorets qui fument*. L'âcreté du tabac le prit à la gorge, il eut du mal à distinguer les contours de la taverne tant la fumée était épaisse. Le lieu était bondé de matelots et de femmes de mauvaise vie, tous fumant comme des cheminées. En France aussi le tabac connaissait un grand engouement, mais la passion qu'avaient développée les Hollandais pour cette herbe était sans aucune mesure. Les femmes du peuple et les enfants n'étaient pas les derniers à tirer sur une pipe. Chez les Goossens, la vieille obligeait son fils à ne fumer que dans une petite pièce derrière la cuisine.

Benjamin commanda de nouveau de la bière et un verre de genièvre qu'il avala cul sec. Pris d'une inextinguible quinte de toux, il fut obligé de quitter les lieux après avoir lancé quelques piécettes au patron, riant de le voir s'étrangler. Étourdi, il se retrouva sur le quai, prit la direction du Jordaan et s'arrêta dans un autre bouge, *Les Deux Petits Cygnes.* Après un pichet entier de bière et quatre verres de genièvre, il commençait à sentir son esprit flotter agréablement. La mort ne lui semblait plus aussi enviable. Peut-être avait-il mal compris l'attitude d'Elena. Il ne pouvait lui en vouloir de croire sincèrement à l'existence du melon perpétuel. Il aurait dû mieux lui expliquer. *Aux trois poules*, il augmenta encore les doses d'alcool et s'en trouva fort bien. Elena lui apparaissait maintenant comme la victime d'une odieuse machination. Qui sait si ce n'était pas Goossens qui la forçait à être désagréable à son égard ? Elle en souffrait certainement autant que lui. Rien n'était perdu. Il suffisait qu'il prenne sa défense, elle lui tomberait à nouveau dans les bras. Ragaillardi, il entra au *Papeneiland*, sur le Prinsengracht. L'endroit était petit, particulièrement enfumé et bruyant. Il avait du mal à tenir debout et s'affala sur un banc déjà occupé par trois gaillards qui le repoussèrent violemment. Tentant d'aller au fond de la taverne, il se crut soudain en proie à une hallucination : serrés l'un contre l'autre, buvant de la bière, se tenaient Audiger et Rolland. Il s'approcha en titubant, se pencha vers les deux hommes pour les regarder sous le nez.

– Te voilà enfin ! Ça fait deux jours qu'on sillonne cette satanée ville à ta recherche. On n'en peut plus.

Benjamin s'écroula sur la table.

– Il est saoul comme une barrique, fit remarquer Audiger.

– Allez, relève-toi ! dit Rolland. On te ramène en France.

– Mais qu'est-ce que vous faites là? balbutia Benjamin.

– On te l'a dit : on vient te chercher.

Benjamin s'empara de la chope d'Audiger que ce dernier s'empressa de lui enlever des mains.

– Pas question, beugla Benjamin. Maintenant je suis Amstam, Amstell, Stalldam, enfin je suis d'Amsterdam. Je n'en bougerai pas. Et d'ailleurs, je vais mourir ce soir. Euh, non, peut-être pas.

Rolland et Audiger se regardèrent, prirent Benjamin sous les aisselles et malgré ses protestations, le traînèrent hors du caffé. Ils l'appuyèrent contre une borne du quai. Rolland retourna dans le caffé, revint avec un seau de bois plein d'eau. Ils lui plongèrent la tête dedans à plusieurs reprises, le laissant juste reprendre son souffle. Benjamin s'ébroua. Audiger le gifla à deux reprises et déclara :

– Maintenant tu vas nous écouter. Tes fredaines avec ta Hollandaise, c'est fini. Tu as une famille qui t'attend. Tu te souviens? Tu as une femme et une fille. Quant à ton Elena, c'est une traînée. Je ne sais pas ce qu'elle te veut, mais pas du bien, c'est sûr.

– Arrêtez. C'est un ange. Mon ange gardien, même qu'elle me l'a dit. Elle m'aime et je l'aime. Je ne supporterais pas qu'on dise du mal d'elle. Et je vais vivre avec elle. Et ici, je suis appelé à un brillant avenir, bafouilla Benjamin avec difficulté.

– Tellement brillant que tu viens te saouler dans les tavernes. Il est où ton bel ange? Il t'a laissé tomber, c'est ça?

– Et d'abord, je suis en danger de mort si je rentre à Versailles. Le roi veut ma peau.

– Balivernes. Le roi n'a jamais entendu parler de toi. Je ne sais pas ce que t'a raconté ta Hollandaise, mais ce ne sont que des sornettes. Sais-tu qu'elle a une réputation d'espionne ?

– Qu'est-ce que vous en savez ?

– On a fait notre enquête. Dès que Ninon nous a annoncé ta disparition et qu'on n'a plus vu ta charmante sirène, on a fait le rapprochement. On t'en dira plus quand tu auras retrouvé tes esprits. Allez, maintenant, en route, on t'emmène à notre auberge et on part demain matin.

– Jamais, rugit Benjamin.

Les deux compères le regardèrent avec commisération.

– Mon petit gars, déclara Audiger, on te donne encore une chance de ne pas gâcher ta vie et celles de ceux qui t'entourent. Tu vas dessaouler et réfléchir à ce qu'on t'a dit. Tu as deux jours, après on rentre en France, avec ou sans toi.

– Oui, deux jours, pas un de plus, renchérit Rolland. On mange et on boit trop mal dans ce foutu pays pour rester plus longtemps. On sera chaque soir dans cette taverne infecte. On t'y attendra.

– Vous m'attendrez jusqu'à ce que le diable vienne vous chercher, hurla Benjamin. Jamais je ne rentrerai.

Il se releva, ébouriffa ses cheveux humides et partit d'une démarche mal assurée le long du quai. Quelques pas plus loin, il tomba à genoux et vomit douloureusement. Audiger et Rolland le regardèrent en hochant la tête et retournèrent au *Papeneiland.*

13

Le lendemain matin, Benjamin avait la plus belle gueule de bois de sa vie. Une forge s'activait dans son crâne, ses yeux étaient si douloureux qu'il pouvait à peine les tenir ouverts, son estomac chavirait dès qu'il faisait le moindre mouvement. Ses pensées étaient tout aussi chaotiques. Une seule chose était sûre : il n'était pas mort ! Il tenta de se remémorer les propos d'Audiger et de Rolland. C'était insensé. Venir le chercher à Amsterdam ! Vouloir le ramener dans la gueule du loup ! Il se reprocha de ne pas avoir demandé des nouvelles de Ninon et d'Alixe. Cette pensée provoqua de nouveaux élancements douloureux dans sa pauvre tête. Quant aux propos injurieux sur Elena, il leur en ferait rendre gorge. Une espionne et puis quoi encore !

Justement, elle était devant lui. Il ne l'avait pas entendue entrer, tant ses bourdonnements d'oreilles étaient forts. Dans un demi-brouillard, il la vit, belle à couper le souffle, fraîche et pimpante dans sa robe couleur cerise. Elle était tout sourire et Benjamin au supplice de la recevoir dans un tel état de délabrement.

– Houh là ! Tu as une drôle de tête !

– J’ai un peu abusé de la bière et du genièvre au *Papeneiland*, marmonna Benjamin.

– Allez debout ! Je t’emmène à Leyde rencontrer Paul Hermann, le directeur du jardin botanique. Il te montrera tous ses trésors. En route, nous nous arrêterons à Haarlem où je dois prendre des tableaux pour Goossens.

Benjamin aurait préféré rester au fond de son lit, mais Elena semblait dans de si bonnes dispositions qu’il ne pouvait gâcher cette chance. Il eut le plus grand mal à se lever, maudissant les couettes de plumes si molles qu’il fallait presque un palan pour s’en extirper. Si seulement il pouvait prendre un bain pour effacer les souillures de la veille ! Les Hollandais qui tenaient tant à la propreté de leurs maisons étaient beaucoup moins regardants sur la toilette. C’était encore pire qu’en France ! Il tenta de se redonner figure humaine, revêtit une chemise blanche sentant bon l’herbe fraîche. Sur ce point, rien à reprocher aux ménagères hollandaises qui usaient et abusaient de la lessive. Elena attendait, langoureusement allongée sur le lit, sa jupe remontée de manière à laisser voir sa peau blanche au-dessus des jarretières. Benjamin se maudit de ne pas être en état de lui prouver son amour.

Une petite voiture les attendait sur le quai. Benjamin s’y engouffra pour échapper aux rayons du soleil dont l’ardeur lui blessait les yeux. Le voyage jusqu’à Haarlem, distante de quatre lieues seulement, fut un calvaire. Son estomac se retournait à chaque cahot. Ils durent s’arrêter à plusieurs reprises pour qu’il se vide de ses humeurs mauvaises.

Affreusement honteux d'offrir à Elena ce pitoyable spectacle, il n'osait parler, se contentant de regarder par l'étroite fenêtre le plat pays hollandais, immense plaine sans clôtures, entrecoupée de rideaux d'arbres et parsemée de moulins à vent. La route longeait le canal reliant Amsterdam à Haarlem. Ils dépassèrent un des coches d'eau où s'entassaient une cinquantaine de voyageurs. Ces longues barques halées par un cheval quittaient Amsterdam à heures fixes et sillonnaient tous les canaux du pays. Haarlem, petite ville fortifiée dominée par une grosse église, apparut.

À la demande d'Elena, la voiture s'arrêta devant une boutique d'apothicaire, aisément reconnaissable à l'enseigne où figurait une tête de Maure couronnée d'un turban et la bouche ouverte. Elle fit descendre Benjamin, le poussa dans l'officine, demanda un flacon d'*Haarlemmer olie*[1]. Au ton apitoyé de l'apothicaire, le jeune homme, toujours ignorant du hollandais, comprit qu'il devait vraiment avoir une sale mine. Elena lui confirma que le médicament demandé allait le tirer d'affaire.

– Avec une vingtaine de gouttes, tu devrais te sentir mieux. C'est souverain pour les douleurs de ventre et toutes sortes de maux. Les marins n'embarquent jamais sans en faire provision.

Benjamin but avidement la mixture, crut qu'il avalait du goudron en fusion et, quelques secondes plus tard, se précipita dehors pour vomir de plus belle.

---

1. Médicament inventé par Hermann Boerhaave et Claes Tilly à Haarlem et toujours commercialisé.

L'apothicaire, compatissant, lui apporta un verre d'eau. Elena, passablement énervée, le fit remonter dans la voiture.

– Décidément, tu t'ingénies à nous rendre la vie impossible. Ne va pas mourir maintenant. Goossens a besoin de toi.

Benjamin fit un faible signe comme quoi ce n'était pas sa faute. Respirant profondément, il essaya de calmer la révolte de ses entrailles.

La voiture les conduisit dans une rue aux petites maisons de brique, entourées de jardinets parfaitement entretenus. Elena devait prendre livraison de tableaux d'Abraham van Beyeren dans l'atelier de Jan de Bray. Si Benjamin était capable de rester une heure sans se donner en spectacle, il pouvait venir avec elle. Il hésita, mais se dit qu'un peu d'air lui ferait du bien. Il prit place, aux côtés d'Elena, à l'abri d'une tonnelle de cytise. Sous l'effet de la brise légère qui apportait des effluves de roses et d'iris, il retrouva peu à peu des couleurs.

Van Beyeren, dont l'atelier se trouvait à Overschie, n'avait livré qu'une toile au lieu des quatre promises. Jan de Bray s'en excusa longuement. Son ami, dont les natures mortes plaisaient de plus en plus, était débordé de commandes.

Benjamin vit apparaître un tableau où un melon ouvert figurait en bonne place. Goossens poussait-il la passion pour cette cucurbitacée jusqu'à commander des tableaux la mettant en scène ? Heureusement, le peintre avait eu la bonne idée d'y ajouter un homard sur un plat d'argent, un citron dont le zeste se déroulait le long de la nappe cramoisie, une coupe ciselée garnie de pêches et de raisins, un verre fait avec un nautile, gros coquillage nacré, et divers petits objets qui donnaient à l'œuvre une impression d'abondance paisible[1].

Jan de Bray proposa à Elena de lui montrer d'autres tableaux pouvant convenir à Goossens. Il revint avec une toile de Jean-Davidz de Heem. Il y avait bien un melon, accompagné, cette fois, d'une orange pelée. Le homard était assorti d'un magnifique jambon laissant voir sa chair rosée. Un compotier en porcelaine de Chine accueillait des raisins, des cerises, des figues... Malgré le mauvais état de son estomac, Benjamin regardait avec ravissement l'étalage de ces victuailles. Pourquoi n'avait-il jamais rencontré une table aussi alléchante ? Les Hollandais préféraient-ils les mets délicats en peinture plutôt que dans leur assiette ? Il déchanta quand il découvrit la toile suivante : un hareng parsemé de grains de poivre sur un plat d'étain avec pour tout accompagnement l'inévitable citron pelé, un petit pain rond, deux noix, deux noisettes, quelques groseilles blanches et un verre de vin blanc[2]. Voilà qui était plus conforme à l'austérité culinaire hollandaise. L'œuvre était si belle, si puissante dans sa simplicité qu'il voulut en connaître l'auteur.

– Un maître qui a travaillé à Haarlem pendant quarante-cinq ans : Pieter Claesz, déclara de Bray, ravi de l'intérêt de ce nouveau client potentiel. Il a été l'un

---

1. *Nature morte avec nautile et homard*, Galerie Koller, Zürich.
2. *Nature morte avec hareng, vin et pain*, Los Angeles County Museum of Art.

des meilleurs peintres de *ontbijt*[1]. Je vais vous en chercher d'autres.

Il revint en disant fièrement :

– Regardez cette *Table à la tourte de mûres*[2]. N'est-elle pas extraordinaire avec sa nappe de damas blanc qui tranche sur le fond gris neutre, les reflets de la lumière dans le verre à vin étoilé et la coupe d'argent renversée ? Et voyez la pâte croustillante, ces fruits plus vrais que nature.

Benjamin avait le nez sur la toile. L'espace d'un instant, il se dit qu'être riche lui permettrait d'acquérir de telles splendeurs. Elena s'impatientait. Jan de Bray était déjà revenu avec un tout petit tableau, une merveille montrant des fruits confits au sucre, éparpillés autour d'un verre à ailerons de Venise, joliment disposés sur une coupe de porcelaine chinoise où se posait un papillon jaune[3]. Devant le regard admiratif du jeune homme, Jan de Bray crut bon d'ajouter :

– Ce peintre n'est pas de chez nous. Il s'appelle Georg Flegel, il vivait à Francfort en Allemagne. Voilà tout ce que j'ai. Voulez-vous voir mes propres tableaux ? Je ne suis pas sûr que ce soit ce que vous cherchez.

Effectivement, aux yeux de Benjamin, Jan de Bray n'avait à proposer que des toiles de la pire espèce. Il crut voir la vieille Goossens multipliée par cent dans ces portraits de régentes des innombrables hospices de Haarlem. Les hommes, dans leur costume noir,

---

1. Scènes de repas.
2. Staatliche Kunstsammlungen, Dresde.
3. *Nature morte aux confiseries*, Staedelsches Kunstinstitut, Francfort.

étaient tout aussi terrifiants. Devant son peu d'enthousiasme, le peintre ne les retint pas plus longtemps. Benjamin se sentait presque d'aplomb et prêt à continuer le voyage. Malheureusement, ils passèrent devant les brasseries, fierté de la cité de Haarlem. L'abominable odeur douceâtre qui s'en échappait lui fut fatale. Il déclara qu'il renonçait à aller à Leyde. Elena prit un air chagrin :

– Mais tu en rêvais ! Tu tenais absolument à voir ce fameux jardin botanique. Hermann t'attend.

– Je t'en supplie, rentrons.

– Comme tu voudras, dit Elena prenant un air pincé.

Le retour se fit dans le silence le plus complet, Benjamin luttant toujours contre ses nausées, la jeune femme lointaine et pensive.

Arrivés à la maison du Keizersgracht, Benjamin monta lourdement l'escalier menant à sa chambre, suivi par Elena. Sur le palier du premier étage, se tenait la vieille, les bras croisés sur son ample poitrine. Elle le fusilla du regard, lui cria qu'il avait oublié de mettre les chaussons et qu'elle en avait assez de nettoyer derrière lui. Benjamin ne comprenait toujours pas le hollandais, mais le ton et les gestes de la vieille étaient plus qu'éloquents.

Benjamin tira les lourds rideaux damassés et s'allongea sur le lit.

– Je suis désolée, Elena, d'être si mal. Je voudrais te dire combien tu comptes pour moi. Tu es le soleil de mes jours et l'étincelle de mes nuits.

– Voilà qui est mieux, minauda-t-elle. Mais tu sais que…

– Je suis prêt, l'interrompit Benjamin. Je dévoilerai autant de secrets qu'il plaira à Goossens.

– À la bonne heure ! Me voilà rassurée. J'ai eu très peur que ton entêtement ne nous perde l'un et l'autre. Je vais de ce pas lui annoncer la bonne nouvelle.

– Mais il est à une réunion de la VOC ! Il ne rentrera que très tard. Nous avons tout notre temps. Je me sens mieux. Viens près de moi que nous scellions notre alliance.

Benjamin s'était relevé et tentait de l'attirer à lui. Elle résista, lui donna un petit coup d'éventail sur le nez.

– Tu n'es pas en état, mon ami. Repose-toi. Nous fêterons comme il se doit notre succès. Je reviendrai plus tard.

Elle s'éclipsa dans ce frou-frou soyeux qu'adorait Benjamin. Il sommeilla jusqu'au soir, entretenant dans ses moments éveillés de doux rêves où Elena se donnait à lui avec l'ardeur qu'il lui avait connue. Ces évocations le mirent dans un état de désir insupportable. Les traces de son ivresse avaient disparu, il se sentait gaillard. Elena n'avait-elle pas dit qu'elle reviendrait ? Il faisait nuit noire. La maison était silencieuse. Peut-être était-elle là, à attendre Goossens.

À pas de loup, il quitta sa chambre, referma silencieusement la porte, descendit jusqu'au premier étage en prenant soin de ne pas faire craquer les marches. Ce n'était pas le moment de se faire surprendre par l'horrible vieille. Un bruit de verre brisé l'alerta. Il se dirigea vers la salle d'apparat. Bizarrement, elle n'était pas fermée à clé. La vieille bique avait dû avoir une défaillance. Il y pénétra. Déserte. Un rai de lumière filtrait sous la porte menant à une petite pièce attenante dont usait Goossens pour se reposer. Peut-être était-il rentré, auquel cas Benjamin ne tenait pas à le rencontrer. Il serait bien temps, le lendemain, de lui avouer ces secrets dont il ignorait tout. Il colla l'oreille à la porte, entendit le rire cristallin d'Elena suivi d'une voix d'homme qui n'était pas celle du marchand. Intrigué, il tenta d'apercevoir quelque chose par le trou de la serrure. Ce qu'il vit lui tourna les sangs. Elena, à moitié nue, était allongée sur le petit lit de repos. Un homme se tenait à ses côtés.

Goossens avait montré à Benjamin le dispositif ingénieux lui permettant d'entendre et de voir ce qui se passait dans la pièce de réception. Il pouvait ainsi, lors de négociations serrées, s'absenter quelques minutes et suivre les conversations. Le système fonctionnait dans les deux sens. Benjamin vit avec horreur Elena embrasser fougueusement un homme de haute taille, nu comme un ver dont le sexe dressé ne laissait aucun doute sur ses intentions.

– Es-tu bien sûre que personne ne nous surprendra ?

L'homme parlait un français sans accent. Elena l'avait-elle déjà comme amant à Paris ?

– La vieille ronfle comme un sonneur, Goossens ne reviendra pas avant deux heures, je m'en suis assurée en allant te chercher.

– Et ton jardinier ?

– Lui ? ricana Elena. Il est mort ! Il cuve sa bière. Il a voulu me mettre dans son lit, mais ce pauvre niais était bien incapable de bander. Pas comme toi, conclut-elle d'un ton gourmand.

Sous les yeux horrifiés de Benjamin, elle prit dans sa bouche le membre gonflé de l'homme qui se laissa aller sur le lit. Benjamin, pétrifié, ne pouvait quitter des yeux cette scène le mettant au supplice. Bouillonnant de rage, il assista à leurs ébats. Les gémissements d'Elena lui étaient insupportables. Il était sur le point d'entrer avec fracas dans la petite pièce quand son pied heurta un chandelier. Le bruit fit s'arrêter les deux amants en pleine action.

– Qu'est-ce que c'est ? Il y a quelqu'un ? demanda l'homme d'une voix étouffée.

– Ce n'est rien, haleta Elena. Continue. Je t'ai tellement attendu ! Et nous allons être encore séparés à cause de ces maudits melons.

L'homme la besogna jusqu'à lui arracher des cris de jouissance qui frappèrent Benjamin en plein cœur. Elena le trahissait de la plus vile manière. Il vit l'homme se lever, servir deux verres de vin, en tendre un à sa compagne qui déclara :

– À mon plus merveilleux amant ! Quand je pense que j'ai dû subir les étreintes de ce jeune blanc-bec qui croyait me faire jouir. Viens et raconte-moi comment s'est poursuivi ton travail après mon départ de France.

– J'ai réussi à détruire quelques autres melonnières dans des maisons aux alentours de Paris. Malheureusement, certaines étaient trop bien gardées. J'ai dû renoncer. Les gens commencent à se méfier. Je vais dire à Goossens qu'on ne peut pas continuer sans une liste précise des détenteurs de graines.

Benjamin malgré son abattement tendit l'oreille.

– Ne t'inquiète pas, le problème est résolu. Le petit imbécile de Français a enfin accepté de nous livrer son secret.

Benjamin se redressa.

– Il faut qu'il le fasse vite. N'oublie pas que nous n'avons plus beaucoup de temps pour agir en Angleterre. Frapper au hasard serait la pire des solutions. On est à peu près sûrs que John Evelyn, John Ray et Robert Morison, des proches de La Quintinie, en ont reçu. Pour les autres nous n'en savons rien.

Elena caressait les cheveux de son amant, enroulant ses boucles autour de ses doigts fins.

– Au moins, en Hollande, tous les melons ont été détruits, dit-elle. Il faut dire qu'il n'y en avait pas beaucoup. J'ai récupéré sans problèmes les graines de Jan Commelin et d'Hyeronimus van Beverninck. Ils me les ont presque jetées à la figure, criant à l'escroquerie. D'après eux, le melon perpétuel n'existe pas.

Benjamin était tout ouïe.

Après un long baiser échangé avec son amant, elle reprit :

– Tu y crois, toi, au melon perpétuel ?

– Je m'en moque. Ce qui m'intéresse ce sont les florins que me donne ce fou de Goossens pour aller au bout de sa lubie. Massacrer des melons, des éléphants de mer ou des hommes, ça m'est égal, pourvu que ça paye. Tu es vraiment sûre que le jardinier va tout dévoiler ?

– Je le tiens au creux de ma main. Il n'en peut plus. Je l'ai laissé mariner, me refusant à lui. Je n'ai plus qu'à ouvrir les cuisses et il va bêler tous les noms que je veux.

Elle éclata de rire, caressa la bouche de son amant avec la pointe d'un sein.

C'en était plus que ne pouvait en supporter Benjamin. Il serra les poings, ouvrit violemment la porte, fit irruption en hurlant :

– Traîtresse, tu t'es jouée de moi. Tu m'as fait croire à ton amour alors que tu ne songeais qu'à m'extorquer de soi-disant secrets.

Elena se couvrit d'un drap, son amant fit de même.

– Attends, Benjamin, je vais t'expliquer.

– Je sais tout. Inutile de me servir une histoire à ta façon.

La jeune femme bondit hors du lit, sans plus se soucier de sa nudité et déclara :

– Oh ! Et puis, ça suffit ! Oui, je me suis jouée de toi. Oui, je t'ai berné. Que croyais-tu donc ? Que je me languissais de tes pauvres étreintes de puceau ? Oui, je t'ai enlevé et entraîné ici.

– Mais ma dénonciation auprès du roi ?

– Du vent ! Il n'y en a jamais eu. Un coup monté. Je t'ai enlevé, pour que tu nous livres les secrets de La Quintinie sur le melon perpétuel.

– Mais ce melon n'existe pas.

– Et le courrier, parti de France, envoyé aux plus grands jardiniers d'Europe annonçant que La Quintinie avait découvert un melon miracle, il n'existe pas ? Je l'ai vu de mes yeux. Goossens se fera un plaisir de te le montrer.

– C'est impossible. Personne ne peut croire à de telles bêtises.

– Lui, il y croit dur comme fer. Il est persuadé qu'en s'emparant de toutes les graines et en détruisant tous les melons plantés, il sera le seul à posséder le secret de la fortune.

Au fur et à mesure des explications d'Elena, Benjamin comprenait les propos tenus par le marchand.

– C'est vous qui avez tué Thomas ? Et les Chantepérdrix ?

– Nous avions ordre de nous emparer des graines par tous les moyens.

– Mais qui a envoyé cette lettre stupide ?

– Un jardinier qui se dit proche de La Quintinie. Nous n'avons pas son nom. Tous les indices convergent vers toi. Tu dois nous donner la liste.

– Ce n'est pas moi. Je n'ai aucune liste. Je ne sais pas à qui ces maudites graines ont été envoyées. Vous êtes fous. Goossens est fou. Expliquez-lui qu'il fait fausse route.

– Tu t'en chargeras. Il ne te croira pas. Pas plus que nous. Donne-lui la liste si tu tiens à la vie et si tu ne veux pas qu'on s'attaque à La Quintinie.

Ces paroles avaient été prononcées par l'amant d'Elena qui, l'air menaçant, s'avançait vers Benjamin. Ce dernier tourna les talons, dévala l'escalier, ouvrit la porte d'entrée et prit ses jambes à son cou le long du canal. Il lui fallait à tout prix retrouver Audiger et Rolland. Ils avaient raison : Elena était une espionne. Elle était aussi responsable des assassinats. Aveuglé par des larmes de rage, Benjamin accéléra l'allure. À cette heure tardive, les quais étaient presque déserts. Il bénit les lanternes à huile allumées toute la nuit et la propreté des rues. À Versailles, il aurait déjà buté dix fois dans des tas d'immondices. Il arriva en vue du *Papeneiland* et s'y précipita. Audiger et Rolland étaient à la même place que la veille. L'un et l'autre semblaient sérieusement éméchés.

– Tiens ! Voilà Benjamin ! s'exclama Audiger. Tu as dessaoulé ? Pasque nous, on en tient une bonne ! On t'a attendu toute la journée, alors fallait bien passer le temps.

– Ouaip, ajouta Rolland. On n'est pas sorti. On mange trop mal ici. Le pain, le fromage, les harengs, ça va comme ça !

Benjamin s'assit sur le banc en face d'eux :

– Il faut partir immédiatement.

– Laisse-nous finir nos verres et on y va, promis, juré, bredouilla Audiger s'emparant du pichet de bière.

– Non, maintenant, insista Benjamin. Vous aviez raison : Elena est une moins que rien, une espionne. Je vous dois des excuses.

– Tu vois, espèce d'âne bâté ! Tu aurais dû nous écouter. Mais rien ne presse. On se mettra en route gentiment demain matin.

– L'affaire est plus grave que vous ne pensez. Elena est complice d'une machination visant à exterminer les possesseurs de graines d'un soi-disant melon perpétuel.

Les deux compères le regardaient les yeux ronds :

– Qu'est-ce que tu racontes ? Tu as encore dû boire un coup de trop.

– Je vous assure ! C'est une vaste escroquerie à laquelle je ne comprends pas encore grand-chose. Les jardiniers de Pincourt et Thomas en sont morts. Ils projettent de massacrer ceux qui refuseraient de leur donner les graines.

Audiger émit un rôt bruyant et se penchant vers Benjamin :

– Oups ! Tu nous raconteras tout ça demain matin. Je n'y comprends rien.

Benjamin soupira. Ivres comme ils étaient, ses deux compagnons n'étaient pas en état de partir ce soir, il en savait quelque chose. Il fallait les empêcher de continuer à boire. Il réussit à les convaincre de rentrer à l'auberge en espérant qu'ils sauraient la retrouver.

Les deux hommes braillaient dans la nuit. Benjamin les suivit, le cœur lourd. Le bienheureux destin qu'il avait cru embrasser se transformait en désastre.

14

À peine avaient-ils tourné au coin du Prinzengracht qu'un bruit de pas précipités se fit entendre. L'amant d'Elena et une dizaine d'hommes de main à la mine patibulaire, armés de bâtons cloutés, firent cercle autour d'eux. Audiger et Rolland riaient, croyant à une plaisanterie jusqu'au moment où les sbires leur tordirent les bras derrière le dos. Benjamin, qui tentait de résister, fut bien vite soumis au même traitement.

– Mal joué, le jardinier ! s'exclama l'amant d'Elena. Perdu ! Tu n'aurais pas dû t'enfuir ainsi. Cela n'a pas plu à Goossens. Tu vas le payer cher. Il en a assez de tes simagrées. Mais comme c'est un homme généreux, il va accéder à ton plus cher désir : embarquer sur un navire de la VOC.

Devant l'air affolé de Benjamin, l'homme éclata de rire.

– Tu le remercieras quand tu seras en mer. Tu es prisonnier et tu vas en baver, tout comme tes compagnons.

Audiger et Rolland, soudainement dégrisés, protestèrent :

– Eh ! Pas nous ! Nous ne sommes que d'honnêtes cuisiniers et n'aspirons qu'à rentrer chez nous.

– Disons que vous ferez le détour par Batavia ! Les bateaux manquent cruellement de bons cuisiniers. On va vous accueillir à bras ouverts au bord de *L'Hirondelle des Mers.*

Ils se débattirent comme de beaux diables, essayant d'échapper à la poigne de fer de leurs gardes. Rolland cria à Benjamin :

– Explique-leur que nous servons à la Cour du roi de France. Nous ne savons rien faire en dehors de tourner des sauces, monter des buffets, servir des eaux de neige.

L'amant d'Elena reprit d'un ton sarcastique :

– Vous trouverez l'ordinaire un peu ordinaire, c'est certain. Vous n'avez qu'à vous en prendre à votre jeune ami qui s'est comporté comme un sombre idiot.

Il fit signe aux hommes de main de se mettre en route. Une petite pluie fine commençait à tomber. Ils se dirigèrent vers le port, longèrent le quai principal et s'arrêtèrent devant un trois-mâts, une flûte d'au moins cent soixante pieds[1]. Audiger tenta de s'échapper, bousculant ses deux gardiens qui abattirent aussitôt leurs bâtons sur son dos. Le pauvre homme s'écroula en gémissant.

Les trois prisonniers, poussés sans ménagement le long de l'étroite passerelle, se retrouvèrent sur le pont du bateau.

Surgit un gros homme à la barbe broussailleuse, le visage balafré. Avec un épouvantable accent batave, il s'adressa à l'amant d'Elena :

---

1. 45 mètres. En fait, les bateaux de la VOC partaient de Texel, une île sur la mer du Nord à 80 km d'Amsterdam.

– Voilà notre marchandise ! Je suis le second de *L'Hirondelle des Mers.* Un messager de Goossens vient juste de me prévenir. Quel traitement dois-je leur réserver ?

– Ce sont des traîtres. Monsieur Goossens aurait pu les faire tuer, mais dans sa grande clémence, il a estimé que trois paires de bras supplémentaires ne feraient pas de mal dans les plantations d'Insulinde.

– S'ils y arrivent !

– Ce n'est pas mon problème. Vendez-les à un planteur ou gardez-les à votre bord, à vous de voir. Je vous signale que les deux plus vieux se disent cuisiniers du roi de France.

– Bonne nouvelle ! Je les affecte à la cambuse et à la cuisine pour la traversée. S'ils donnent satisfaction, on les gardera pour d'autres voyages.

– Non, par pitié ! gémit Audiger. Je ne supporte pas la navigation. Même à bord de la gondole royale sur le Grand Canal, j'ai le mal de mer.

– Silence ! hurla le marin. Vous n'avez pas droit à la parole. Quant au petit jeune à l'air costaud, je le ferai travailler sur le pont. Un matelot qu'on ne paye pas, c'est toujours bon à prendre. Remerciez Goossens et dites-lui qu'on appareille dans quelques heures. Si Dieu le veut, on sera de retour dans deux ans, chargé de richesses.

Le marin aboya un ordre. Aussitôt apparut un frêle jeune homme, presque un enfant, à qui il confia les trois prisonniers. Le gamin les conduisit dans les entrailles du navire. Rolland se boucha le nez tant les remugles de calfat, de pourriture et d'humidité étaient puissants.

– Je ne vais pas supporter, c'est sûr. Laissez-moi mourir !

– Vous vous y habituerez, déclara le jeune garçon. On s'habitue à tout. Aux rats, aux asticots dans la viande, aux tempêtes, aux coups de fouet.

Il les conduisit à l'avant du bateau dans un réduit où étaient entreposés de grandes roues de fromage, des morues salées, des sacs de farine, de haricots, des barils de viande séchée, de harengs.

– Voilà la cambuse. C'est là que vous dormirez, dit-il en désignant à Audiger et Rolland deux couvertures tassées dans un coin. Comme ça, vous aurez toujours un œil sur les marchandises. Qu'il y en ait pas des qui s'avisent à voler. Sinon, c'est cent coups de fouet.

– Dieu du ciel ! soupira Audiger.

– Tu vois où tes folies nous entraînent, maugréa Rolland en tendant le poing vers Benjamin.

– Si vous vous battez entre vous, c'est quinze coups de fouet, annonça le garçon. Toi, tu viens avec moi, conclut-il en montrant Benjamin du doigt.

Benjamin le suivit docilement. Ils traversèrent une longue salle où étaient entreposés des canons et des sacs de poudre et arrivèrent au fond du bateau où s'entassaient au moins deux cents hommes dans des hamacs. La puanteur atteignait des sommets et, de partout, s'élevaient ronflements et grognements.

– Moi, c'est Martin ! Si tu veux, prends le hamac à côté de moi. Le vieux qui l'occupait est mort d'un flux de sang[1] il y a deux jours et il n'a pas été remplacé.

Benjamin acquiesça, se contentant de jeter par terre la couverture nauséabonde.

1. Dysenterie.

– Tu ne devrais pas. Il fait encore bon, mais dès qu'on sera en mer le temps va fraîchir et tu en auras besoin. C'est ton premier embarquement ?

– Oui. J'en ai rêvé, mais je ne pensais pas que cela se passerait comme ça.

– Naviguer, ce n'est pas un rêve, c'est un cauchemar.

– Tu as déjà fait beaucoup de voyages ?

– Pas mal. Le premier a bien failli être le dernier. On est parti en avril. On filait vers le Spitzberg quand on s'est retrouvé pris par les glaces. On voyait des gros ours blancs rôder autour du bateau. Les harponneurs, les lanciers, les trancheurs devenaient fous et se battaient pour les dernières vivres. Sur les cinquante qu'on était au départ, trente sont morts.

– Quel âge as-tu ?

– Dix-sept. J'ai embarqué à dix ans comme mousse et je te jure qu'on n'a pas la vie facile. Ensuite, je suis passé à la Compagnie des Indes occidentales, la WIK, mais ça se passe mal depuis que la Hollande a vendu La Nouvelle-Amsterdam[1] aux Anglais. Alors, j'ai rejoint la VOC qui assure un travail fixe et des primes. J'ai déjà fait deux allers et retours. Le second m'aime bien. Je lui sers de messager. Dès que j'ai assez de sous, je pose mon sac à terre et je rentre chez moi.

– C'est où chez toi ?

– Marseille. Bon c'est pas que je m'ennuie, mais il va falloir songer à dormir.

Le garçon se tut pour sombrer immédiatement dans le sommeil. Benjamin, lui, ne put fermer l'œil, res-

1. New York cédée aux Anglais en échange du Surinam.

sassant les événements des dernières heures. Comment avait-il pu être aussi naïf? Il se remémora la manière dont Elena l'avait attiré dans ses filets et se maudissait de ne pas avoir été plus clairvoyant.

Pire encore, d'autres personnes allaient trouver la mort à cause des melons et il était dans l'incapacité d'en informer qui que ce soit. L'amant d'Elena n'avait-il pas dit qu'il devait régler le problème en Angleterre? Benjamin devenait fou à l'idée que dans quelques jours, il verrait s'éloigner les côtes d'Europe et s'évanouir toute chance que cesse le carnage.

Lui qui avait toujours rêvé du moment où il se tiendrait à la proue d'un navire, le cœur battant et l'âme en fête, il aurait tout donné pour se retrouver à terre. Il fallait à tout prix trouver un moyen de s'échapper. C'était maintenant ou jamais. Il tenta maladroitement de sortir de son hamac qui l'enserrait comme le maillot d'un nourrisson. Il gigotait tant qu'il finit par heurter celui de son voisin qui se réveilla et lui dit d'une voix ensommeillée :

– Dix coups de fouet si on te surprend à errer la nuit dans le bateau.

Il finit par s'extraire du filet de corde, refit le chemin inverse pour retrouver Audiger et Rolland. Pas question de les laisser derrière lui. Il les avait mis dans cette fâcheuse situation, à lui de les tirer de là. Il retrouva la salle aux canons. Au moment où il allait pénétrer dans la resserre où étaient enfermés ses amis, surgit devant lui la haute silhouette du second.

– À peine embarqué et déjà en route pour des rapines ! Je te tiens, mon garçon. Tu vas vite apprendre que sur un bateau, on ne se promène pas comme on veut. Dix coups de fouet demain sur le pont.

L'homme le ramena lui-même jusqu'à la chambrée et lui intima l'ordre de ne plus bouger.

– Qu'est-ce que je t'avais dit ! soupira Martin.

Benjamin ne pipa mot et se roula en boule dans son hamac.

Le lendemain matin, le second n'avait pas oublié le châtiment promis. Un coup de sifflet arrêta net les matelots en train de vaquer aux travaux d'appareillage. Tous se réunirent sur le pont, sous le grand mât. Audiger et Rolland étaient parmi eux. Ils virent avec horreur le second se saisir de Benjamin, le faire se mettre torse nu et s'agenouiller. Il remit un long fouet à un matelot, et lui donna l'ordre de flageller le jeune homme.

Les premiers coups de lanière lui infligèrent une brûlure insupportable, les suivants laissèrent une marque sanguinolente sur sa peau. Aux derniers, il s'écroula face à terre. Le second annonça d'une voix forte :

– Que cela serve de leçons aux anciens et aux nouveaux. Sur un navire, l'obéissance est sacrée. Tout manquement sera sévèrement puni.

Un autre coup de sifflet remit tout le monde au travail. Le chirurgien du bord s'occupa de Benjamin, lui enduisant le dos d'un onguent qui ne le soulagea guère. Martin l'emmena dans un coin, derrière des bâches, lui disant :

– Reste là pour un temps. On ne te cherchera pas, tout le monde est bien trop occupé.

Le bateau n'appareilla pas dans la matinée comme prévu. Une escadre anglaise lourdement armée était signalée en mer du Nord. Mieux valait pour un navire de commerce tel que *L'Hirondelle des Mers* se tenir à l'écart.

La guerre avec l'Angleterre était finie depuis quinze ans[1], mais des escarmouches avaient régulièrement lieu. Les matelots, cantonnés à bord, se livrèrent à des travaux d'entretien.

Sur le pont, Audiger et Rolland faisaient connaissance avec la cuisine du bord sous la houlette du coq[2], l'être le plus repoussant et le plus sale qu'ils aient jamais vu, les cheveux jaunes, les ongles noirs de crasse, les chicots marron. Il puait l'huile rance, son haleine empestait le genièvre. Rolland était au bord de l'évanouissement.

– Alors, c'est vous les cuisiniers royaux ! Quel honneur Messeigneurs, dit-il avec un accent allemand à couper au couteau. Vous allez m'apprendre de bien belles choses.

– Nous sommes à votre service, répliqua Audiger d'un ton cérémonieux. Donnez-nous une belle poularde, des ris de veau, des truffes et vous goûterez au meilleur des ragoûts.

Le coq s'esclaffa :

– Ben voyons ! Ici c'est bouillie de gruau et lard rance. Mais, bon, je vais voir ce que vous valez. Vous allez préparer le repas pour le capitaine et les officiers. Allez me chercher six poulets. Pendant ce temps, je

1. Deuxième guerre anglo-hollandaise : 1665-1667.
2. Nom du cuisinier sur un bateau.

m'occuperai de la pitance de ces deux cents pauvres bougres.

– Où peut-on trouver ces volailles ? demanda Rolland, les lèvres pincées.

– Sur le *poopdeck* pardi ! Allez et que ça saute.

Le coq leur tourna le dos, plongea une immense cuillère en bois dans la marmite qui chauffait sur un four en brique.

Les deux compères se mirent à la recherche du fameux *poopdeck*. Situé sur le château arrière, la partie la plus haute du navire, l'endroit était encombré de cages à poules. Ils regardèrent avec envie le quai, à trente[1] pieds en dessous d'eux.

– Et si on sautait à la mer ? demanda Audiger.

– Tu es fou, je ne sais pas nager.

– Moi non plus, dit piteusement Audiger.

Ils revinrent avec leurs poulets et les tuèrent proprement.

– Et si nous les préparions en bisque ? rêva Audiger.

– Je pense qu'en filets avec du persil, des câpres, du citron et des petits oignons, ce serait mieux, rétorqua Rolland.

– Qu'est-ce que vous baragouinez ? leur demanda le coq. Mettez-moi tout ça à frire et que ça saute.

– Quel dommage, murmura Rolland. Nous aurions pu aussi les fricasser au brun avec du vin blanc, de la muscade, du cerfeuil bien menu, des ciboulettes entières.

– Ne fais pas le malin, lança le coq d'un ton hargneux.

1. Environ 9 m.

– Si vous avez des poulets, pourquoi n'embarquez-vous pas des lapins ? commença Audiger. C'est une chair délicieuse.

Le coq se précipita sur lui, le prit par le col et, le secouant comme un prunier, rugit :

– Ne t'avise pas de répéter ce mot ou je te tue. Tu veux nous porter la poisse, ou quoi ?

– Quel mot ? balbutia Audiger qui essayait d'échapper aux mains musculeuses lui enserrant le cou.

– Le mot tabou sur tous les bateaux, espèce de crétin. Celui du petit animal à fourrure qui ronge les cordages.

– Ah oui, lap…

– Sacrebleu, tu ne vas pas recommencer ! Qui est-ce qui m'a mis des idiots pareils ? C'est sûr, on va avoir des problèmes pendant la traversée ! Travaillez et ne dites plus un mot. Et que ça saute !

Les deux cuisiniers se le tinrent pour dit et préparèrent leur poulet dans le plus grand silence. À onze heures, ils servirent à la table du capitaine, découvrant la partie du bateau réservée aux officiers et aux passagers. Même si l'espace était moins compté qu'aux matelots, les lieux manquaient singulièrement de confort. Ils déposèrent les poulets, le beurre, le fromage et la bière sur la table fixée au sol et mirent le couvert pour six : le capitaine, le maître d'armes, le pilote, le pasteur et deux marchands qui se rendaient à Calicut, sur la côte ouest des Indes. Accrochés à un râtelier, la rangée de mousquets donna l'idée à Rolland d'en saisir un et de s'enfuir en entraînant Audiger. L'immense carcasse du capitaine s'encadrant dans la porte l'en dissuada. Il se borna à le saluer bien poliment.

Martin, qui semblait l'avoir à la bonne, apporta à boire à Benjamin dans la matinée, puis, à onze heures, l'emmena manger. Les matelots dînaient à tour de rôle autour d'une table suspendue par des filins. Dans une grande écuelle où tout le monde se servait, nageaient des pois et un morceau de viande. Benjamin n'avait pas faim, mais Martin l'encouragea à manger :

– Profite que c'est encore frais. Ça ne va pas durer. Dans quelques semaines, la viande aura disparu ainsi que la morue. Les charançons se seront mis dans la farine. On se nourrira de biscuits plus durs que de la pierre. Et ne compte pas sur l'eau pour les faire passer. Elle devient si trouble et si puante qu'on doit la boire sans desserrer les dents pour éviter d'avaler les asticots et les mouches. N'oublie pas qu'on est parti pour onze mois.

Benjamin ne le savait que trop et se força à avaler quelques cuillères de l'infime brouet. Il aperçut Audiger et Rolland s'activer autour du four en brique. Il leur fit un petit signe qu'ils ne virent pas, trop occupés à éviter les coups de baguette souple, généreusement distribués par l'irascible coq.

Tout l'après-midi, Benjamin roula des cordages sous le commandement d'un quartier-maître qui aboyait ses ordres dans un hollandais guttural. Martin, à plusieurs reprises, le tira d'embarras en lui traduisant les directives et lui montrant les gestes. Le travail n'était pas trop dur. Benjamin en fit la remarque. Martin leva les yeux au ciel et dit que, pendant la traversée, il y avait parfois des moments de calme, mais pour peu que le temps se gâte ou que se profile une attaque ennemie, leur vie devenait un enfer. Quand Benjamin lui apprit qu'il était jardinier, Martin prit un air rêveur.

– J'aimerais tellement ça ! Cultiver des fleurs, les voir s'épanouir, sentir leur parfum, en faire des bouquets. Un jour peut-être…

À ces mots, Benjamin sentit son cœur se serrer. Ninon, la pauvre Ninon qu'il avait abandonnée pour une criminelle. Si seulement il pouvait se jeter à ses pieds, lui demander pardon de sa folie. Hélas, il ne la reverrait jamais. Sa fille apprendrait que son père était un homme indigne et lâche.

Le soir, il retrouva Audiger et Rolland sous le gaillard arrière, là où les matelots, qui n'étaient pas de quart, prenaient un peu de bon temps avant l'extinction des feux. Tous tiraient sur des pipes. La fumée du tabac faisait un rideau encore plus épais qu'au *Papeneiland*. On buvait sec. Des cris de rage ou de victoire fusaient au rythme des cartes qui s'abattaient. Martin expliqua que les jeux de cartes étaient interdits, comme tous les jeux de hasard et d'argent. Les cartes disparaîtraient si le pasteur avait l'idée de pointer son nez.

Sur chaque bateau de la VOC, on embarquait un homme de Dieu pour veiller au respect des règles morales. C'était, d'ailleurs, un sujet de plaisanterie dans le monde entier. Les capitaines hollandais étaient bien les seuls à ne pas entretenir une femme dans chaque port. Leur pipe et leur chien leur suffisaient ! Ni vaisselle d'or, ni prostituée, ni bouteilles de prix dans le carré des officiers, contrairement à ce qui se passait sur les bateaux français. Martin trouvait ça plutôt bien. On mourait moins sur les bateaux hollandais. La VOC dédommageait les blessés, donnait une pension aux veuves et aux orphelins. Elle avait même créé un hospice pour les vieux matelots à Enkhuisen.

De toute manière, lui, quand il revenait à Amsterdam, ne se comportait pas comme ces « seigneurs de six semaines » qui parcouraient les tavernes et les bordels, un perroquet ou un singe sur l'épaule. Ils y laissaient toute leur solde et étaient obligés de se réengager pour une nouvelle traversée. Avec l'argent qu'il économisait, il l'aurait bien un jour, son lopin de terre.

Audiger et Rolland étaient tassés l'un contre l'autre, comme deux petites vieilles par temps de grand vent. Ils faisaient peine à voir. Benjamin manquait de courage à l'idée de leur parler. S'approchant d'eux, il les entendit murmurer :

– Et le Grand Divertissement Royal de 1668, tu t'en souviens ? La collation était servie au bassin de l'Étoile, entouré de cinq dressoirs garnis de melons, de figues et de grenades. Au centre, la première table représentait une montagne creusée de cavernes d'où sortaient des viandes froides. Celle d'en face avait la forme d'un palais regorgeant de massepain et de pâtes sucrées. Une autre était chargée de pyramides de confitures sèches, une autre encore d'une infinité de vases remplis de toutes sortes de liqueurs et la dernière de caramels. Les pieds des tables étaient entrelacés de feuillage et de fleurs. Au milieu s'élevait un jet d'eau de trente pieds qui retombait à côté de grands vases où des orangers croulaient sous les fruits confits. Les allées d'accès étaient plantées de poiriers, abricotiers, groseilliers, pêchers…

– Et le feu d'artifice tiré du bassin des Cygnes et du parterre de Latone, juste avant l'aube ? Toutes les statues et les vases étaient illuminés, ainsi que les fenêtres du château. Dès que les jeux d'eau cessèrent, un carrousel de fusées blanches, or et argent illuminèrent le ciel, de chaque côté de la terrasse.

Benjamin vint s'accroupir auprès d'eux.

– Mes amis, je suis désolé de vous avoir entraînés dans cette aventure. Je vais tout faire pour nous sortir de là.

– J'ai bien peur qu'il ne soit trop tard, soupira Audiger. Nous avons eu l'idée de nous jeter à l'eau, ce matin, mais nous ne savons pas nager.

– Tentative de fuite : cent coups de fouet, intervint Martin qui les écoutait. Et en cas de récidive, c'est le supplice de la grande cale : on vous attache à une longue corde, on vous jette de la grande vergue et on vous fait passer trois fois sous la coque du bateau. Bien peu y survivent.

Audiger frissonna et fit un signe de croix.

– Cette histoire est insensée, marmonna Rolland. Moi qui croyais que ce n'était que pour quelques jours ! Quand Audiger est venu me demander de l'accompagner, je savais qu'avec la mort de la reine, je n'aurais plus de travail pendant un bon bout de temps.

– La reine est morte ? s'exclama Benjamin.

– Tu ne savais pas ? Le 30 juillet. Elle a été emportée en quatre jours. Elle s'est éteinte aussi discrètement qu'elle a vécu. Le roi a déclaré que c'était là le premier chagrin qu'elle lui causait.

– Paix à son âme ! déclara Benjamin. Mais dites-moi comment se portent Ninon et ma fille.

– C'est bien temps de t'en préoccuper, maugréa Audiger. Ninon va mal, qu'est-ce que tu crois ! Certains ne se privent pas de lui dire qu'elle a fait une énorme bêtise en t'épousant. Je ne peux pas leur donner tort.

Mais elle reste digne et fait preuve de beaucoup de courage. Elle te défend, disant que tu as été l'objet d'une machination.

À ces paroles, Benjamin sentit les larmes lui monter aux yeux. La loyauté de Ninon lui faisait plus mal que ne l'aurait fait sa détestation.

– Et ma fille ?

– Ta fille, ta fille, voilà que tu t'en souviens ! La petite va bien, si ce n'est qu'elle pleure encore plus que sa mère.

– Et La Quintinie ? Comment a-t-il pris mon départ ?

– Furieux, il était furieux. Cela n'a pas arrangé son humeur déjà sombre. Il ne quitte plus son bureau de la journée, sauf tôt le matin pour donner les ordres aux jardiniers. Il refuse toutes les visites. Il paraît qu'il ne dort plus de la nuit et qu'il arpente les allées du potager en parlant aux arbres et aux légumes. Sa femme est au désespoir. Elle a demandé à ses fils Jérôme et Gabriel de revenir au plus vite de leur voyage d'étude en Italie. Son autre fils, Michel, curé de Colombe-et-les-Deux-Églises[1] est venu pour essayer de le raisonner. J'ai vu le pauvre Bonnefons errer dans le jardin après s'être fait refuser l'entrée chez son vieil ami.

L'annonce de l'extinction des feux interrompit leurs échanges. Audiger et Rolland regagnèrent leur réduit pour la nuit. Benjamin suivit Martin, désespéré du gâchis dont il était responsable.

---

1. Aujourd'hui Colombey-les-deux-Églises.

15

Tout danger anglais semblant écarté, le bateau appareilla deux jours plus tard. Il se dégagea lentement du quai. Benjamin regardait le port d'Amsterdam s'éloigner et avec lui tout ce qui avait fait sa vie. Sur le pont, les matelots s'affairaient, hissant les voiles de misaine. Ce qui aurait dû, en d'autres temps, être un moment magique s'avérait un indicible tourment. La tête lui tournait. Il s'appuya au bastingage, aussitôt houspillé par les matelots. Il reprit son poste au pied du mât d'artimon et travailla aux côtés de Martin qui le regardait avec compassion.

Une véritable amitié était née entre eux. Le garçon adorait écouter Benjamin lui parler des capucines, des roses muscates, des œillets, des géraniums qui devaient fleurir au Potager, à Versailles. Il lui demandait des conseils de jardinage pour le jour où il s'établirait au cap de Bonne-Espérance, en Afrique. Depuis une quarantaine d'années, les Hollandais y envoyaient des colons. On disait que la terre y était bonne pour les fruits et la vigne. À moins qu'il ne choisisse une petite île de l'océan Indien, encore inhabitée dix ans auparavant, l'île Maurice. Un de ses camarades lui avait parlé des fruits sauvages qui poussaient en abondance, des lagons turquoise où il suffisait de mettre la main pour attraper des poissons. Un vrai paradis où la nourriture était offerte à foison.

Il y avait même d'énormes volatiles, beaucoup plus laids que les poules d'Inde avec leurs gros becs arrondis, si bêtes qu'ils ne savaient pas voler. On les avait appelés dodos[1] tellement ils étaient paresseux. Une aubaine pour s'offrir à bon compte un plat de viande, sauf que deux jours après avoir été cuite, leur chair devenait immangeable. Par contre, Martin n'avait aucune envie de s'établir à Batavia. Certes, la ville était belle, mais tellement hollandaise, avec ses canaux ! Et trop militaire, avec ses bastions et ses canons.

En écoutant les récits de son ami, Benjamin se demandait quel serait son destin. Une fois arrivé dans la colonie, il pourrait, sans doute, faire valoir ses connaissances botaniques auprès des administrateurs de la VOC, mais le goût de l'aventure l'avait quitté. Il se reprochait trop son aveuglement, sa trahison envers Ninon pour s'imaginer en train d'herboriser, le cœur en paix. Il ferait tout pour revenir en France, dût-il y perdre les meilleures années de sa jeunesse.

La vie à bord s'organisait, rythmée par les manœuvres. Benjamin s'était habitué aux craquements inquiétants de la coque de chêne, mais il supportait difficilement la promiscuité et la crasse de ses compagnons de misère. Tant qu'il était à l'air libre sur le pont, tout allait bien, malheureusement, les matelots avaient interdiction

---

1. *Didus ineptus*, le dodo (nom dérivé du hollandais *dodars* signifiant paresseux) a disparu vers 1680, soit à peine dix ans après l'installation des Hollandais à Maurice.

d'y circuler en dehors de leurs heures de service. Le cantonnement au pont inférieur lui pesait. Sur les six niveaux que comportait le navire, le moindre espace était occupé, sauf l'immense cale qui, au retour, serait pleine à craquer d'épices, de bois précieux, de porcelaines. La VOC était la seule compagnie hollandaise autorisée à commercer avec l'Orient. Gare à ceux qui chercheraient à s'immiscer dans ce juteux négoce, leurs bateaux seraient immédiatement saisis.

À l'heure des repas, Benjamin voyait avec tristesse Rolland et Audiger se démener autour de leur pauvre fourneau. Avoir entraîné ces deux hommes, à l'orée de la vieillesse, dans une aventure dont ils ne reviendraient certainement pas, était un autre sujet de honte. Audiger, qui souffrait de mal de mer, n'avait plus rien du bonhomme rondouillard, accueillant avec affabilité les riches clients de sa boutique du Palais-Royal. Pâle et amaigri, il faisait peine à voir. Rolland semblait physiquement moins éprouvé, mais son caractère déjà porté à l'irritabilité tournait à la hargne. Il vitupérait tout seul, vouant aux gémonies les Hollandais, les harengs et le genièvre. Seule consolation, leur cuisine faisait merveille à la table du capitaine. Il demanda à rencontrer les maîtres queux français et les reçut dans sa cabine, encombrée de cartes, de registres et d'instruments de marine. Il leur fit de grands compliments et se réjouit de les avoir à son bord. Audiger, réprimant à grand-peine les nausées qui ne cessaient de l'assaillir, ne pipa mot. Rolland, d'un ton vif, expliqua au capitaine qu'ils étaient là à la suite d'une grossière erreur et qu'ils demandaient à être débarqués. Le capitaine éclata d'un grand rire. Il leur promit de leur faire les honneurs de la ville du Cap, quand ils y feraient escale, dans quelques mois. Anéantis, les deux hommes se retirèrent après que le capitaine les eut encore félicités pour leur art d'apprêter les mets. Audiger se précipita pour vomir par-dessus bord et s'agrippa, épuisé, au bastingage.

– Je ferais mieux de me jeter à la mer dès maintenant. Je ne vois d'autre avenir que de servir de pitance aux poissons.

Rolland lui tapota l'épaule, tout aussi désespéré. Le pire était de voir les côtes de Flandre et d'Angleterre si proches. Une petite barque suffirait pour rejoindre la liberté.

Ils se réfugièrent alors dans un univers fantasmagorique où n'avaient cours que leurs souvenirs de fêtes princières et royales, se disputant pour savoir si la table des liqueurs avait été à gauche ou à droite des boulingrins, si Mademoiselle de Blois avait repris deux ou trois fois d'eau glacée de pêches et autres sujets de la même farine.

Ils discutaient de la meilleure manière d'organiser une cuisine. Pour Rolland, il fallait deux potagers[1] à quatre ou cinq feux de différentes grandeurs, deux cheminées d'une bonne taille afin de préparer les plats à son aise avec un petit muret pour poser librement poêles, poêlons, chaudrons, bassines et casseroles. Il ne jurait que par les tournebroches mécaniques, beaucoup plus commodes que l'ancien système de tambours en bois actionnés par des petits chiens appelés

1. Fourneau à alvéoles alimentés par de la braise.

laridons. Près de la cheminée, il préconisait un four pour la pâtisserie et un peu plus loin deux fontaines de cuivre pour conserver les eaux destinées à la boisson et à la vaisselle.

Audiger pinaillait sur le nombre de turbotines, caqueroles, tourtières que Rolland mentionnait, mais tombait d'accord sur l'organisation de l'office, réservé à la préparation de la confiserie et des salades accompagnant le service du rôt. La cheminée devait être surélevée pour éviter à l'officier d'être continuellement baissé et plus large pour faire cuire confitures et compotes. Audiger qui avait passé toute sa vie dans les offices des grandes maisons se lançait alors dans une énumération jubilatoire des instruments nécessaires : cloches en fonte pour les compotes, poêlons en cuivre rouge pour faire les confitures, les dragées, écumoires et étamines pour égoutter les fruits, emporte-pièces pour les pâtes de fruits et les macarons. Sans oublier, dans un petit réduit, une étuve pour sécher les biscuits et les fruits confits qu'on déposerait ensuite sur des treillis de fils d'archal. Sous le regard goguenard des matelots, il imitait le bruit du pilon écrasant le sucre et les épices dans un mortier, mimait avec de grands mouvements la manière de faire la crème glacée. Des sanglots dans la voix, il parlait des autres tâches de l'officier de Bouche : garder à l'abri de la fumée, des vapeurs grasses et des voleurs, la vaisselle d'argent, les nappes et les serviettes. S'occuper du pain et du vin, mettre le couvert en veillant à ce que le tranchant des couteaux soit vers l'assiette, les cuillères le creux en bas et la serviette sur le pain. Rolland et lui se disputaient sur les manières de plier les serviettes, se référant aux leçons du *Sommelier royal*[1] qui en donnait vingt-huit exemples. Bastonnées, frisées, pliées en forme de cœur, tortue, chien, poule, coquille, melon… Le coq, tellement ébahi par le discours ininterrompu des deux énergumènes et ravi qu'ils se chargent de la table du capitaine, les laissait dire, se contentant de ponctuer leurs propos de son sempiternel « Et que ça saute ! ».

Ils célébraient en chœur les grands principes de propreté devant régner dans les cuisines. Audiger, jetant un regard noir au coq, déclara que c'était là une des principales qualités d'un cuisinier. Chaque matin, il devait vérifier que ses tables et son garde-manger soient bien propres et bien nettoyés.

Ils en vinrent à se réciter mutuellement des recettes, comme des *Ave Maria* ou des *Pater Noster.* Les entendant marmonner leurs litanies où il était question de laitances de carpe, de sel menu, d'huîtres frites, de pieds de porc, Benjamin ne savait pas s'il fallait les plaindre ou les envier de recréer un monde leur permettant d'oublier la rude vie à bord.

Parfois la réalité les rattrapait. Quand Rolland découvrit les réserves astronomiques de biscuits de mer, il eut un malaise. Le soir, en présence de Martin et Benjamin, il en parlait encore.

– Même les chiens n'en voudraient pas de ces biscuits. Les ours peut-être ! Le coq m'a dit qu'ils pouvaient se conserver deux ans. Quand je pense à mes

1. *L'Escole parfaite des officiers de bouche : Le Sommelier royal*, 1662.

délicieux biscuits à la Reyne[1]. J'y mets huit œufs pour une livre de farine afin qu'ils soient bien moelleux, sans oublier une livre de sucre fin et deux liards de coriandre. Je bats jusqu'à ce que le mélange soit bien blanc…

– Et les macarons, le coupa Rolland les yeux scintillant d'envie, avec juste du blanc d'œuf bien battu, du sucre, des amandes et de l'eau de rose, mis au four à chaleur douce. Mmmm, je les sens tout mollets dans ma bouche, ils fondent sur ma langue, leur douce saveur m'envahit.

– Servis avec un peu de confiture de violette…

– Ou un nuage de crème fouettée.

– C'en est trop ! Qu'on me jette à la mer, je ne saurai me nourrir de viande salée qui vous reste sur l'estomac et de biscuits où vous laissez toutes vos dents.

– Sans compter ce qui nous attend dans ces pays de sauvages, si Dieu nous prête vie. Il paraît qu'on y mange du crocodile !

– J'y ai goûté, déclara Martin, ça a le goût de veau, un peu musqué. C'est vrai que Batavia n'est pas un pays de bonne chère. Il n'y a ni blé ni vin.

Aux signes émis par Benjamin, Martin comprit que ces paroles risquaient de désespérer un peu plus les cuisiniers.

– Mais il y a du riz autant qu'on veut.

Audiger et Rolland se lançaient des regards affolés.

– Et beaucoup de fruits, des bananes, des ananas, des noix de coco. Et des fruits qu'on appelle mangues. Elles ont la grosseur d'un œuf, la forme d'un petit

1. Recette page 379.

concombre, la peau verte et leur chair orangée est un véritable délice.

– Tout cela me semble épouvantable, fit Rolland.

– Ce n'est pas le pire, ajouta Martin d'une voix qui se voulait rassurante. J'ai rencontré Frans Janssen van der Heiden, un rescapé du *Terschelling*[1] qui a fait naufrage sur les côtes du Bengale, il y a vingt ans. Les hommes s'étaient répartis sur des radeaux. Celui de Frans aborda sur une île quasi déserte. Morts de faim, mais heureux d'avoir échappé à la noyade, ils espéraient bien trouver quelque nourriture. Ils rencontrèrent sur leur chemin, cuisant au soleil, un buffle, le crâne rongé par les vers, les entrailles en putréfaction, des iguanes se repaissant de sa graisse.

Benjamin, Audiger et Rolland sentirent un léger frisson leur parcourir l'échine.

– L'extrême puanteur les fit fuir. Ils ignoraient que vingt jours plus tard, ils n'auraient plus la même aversion ni la même délicatesse et qu'ils mangeraient cette infâme carcasse jusqu'à la peau.

Les trois auditeurs froncèrent le nez de dégoût.

– Le pasteur qui était avec eux était devenu fou. Se croyant dans une auberge de Batavia, il pestait contre la négligence des soubrettes. Ils l'abandonnèrent à son triste sort, mais plusieurs jours après, estimant qu'il devait être mort, ils le cherchèrent dans tous les taillis pour se repaître de son cadavre.

Ils émirent un gémissement de répulsion.

---

1. *Le Naufrage du Terschelling sur les côtes du Bengale (1661)*, Éditions Chandeigne, 1999.

– Ils ne le retrouvèrent jamais et se nourrirent d'iguanes, de tortues, de serpents. Des limaçons de couleur indigo faillirent causer leur mort dans de déchirantes douleurs d'entrailles. Ils eurent une autre fois la tentation de manger de la chair humaine. Découvrant une tombe, ils avaient creusé et découvert un cadavre grouillant de vers. L'un d'eux déclara que ce n'était pas normal que ces asticots fassent bombance pendant qu'eux crevaient de faim et que la chair humaine serait plus douce et agréable que la viande de buffle pourrie qu'ils avaient dû ingurgiter.

Écœurés mais fascinés par le récit de Martin, ils se serrèrent les uns contre les autres.

– Un autre radeau sur lequel avaient pris place sept hommes s'échoua sur un banc de sable. En mer, ils avaient mangé des algues, de la mousse et toutes les saletés ramenées par les flots. Sur terre, ils ne trouvèrent que de la bouse de buffle qui leur dura trois jours. Quatre d'entre eux proposèrent de tuer deux de leurs compagnons, les plus mal en point. Les autres n'y consentirent pas, disant que c'était grand péché. Il leur fallut cacher les victimes désignées, tant la voracité des misérables au cœur endurci était grande.

– C'est tout ? demanda Rolland d'une voix faible.

– Ils furent sauvés par des pêcheurs bengalais. Ils remontèrent le delta du Brahmapoutre et du Gange vers Dacca où ils furent accueillis par le sous-directeur du comptoir hollandais.

– Ils ont pu manger ? s'inquiéta Audiger, blanc comme un linge.

– Tant et plus ! Les villageois de Sanswip leur cuisinèrent du riz au miel. En route, ils furent reçus par le prince de Bollua qui les gava de *birinj*, un plat très gras : dans du beurre, on fait mijoter du riz, une oie, de la cannelle, du safran et d'autres épices. Ils eurent du mal à s'en remettre ! À Dacca, Jacob Thierens fit allumer tous les feux de la cuisine et ils furent servis comme des princes.

Ce n'était peut-être pas la meilleure manière de rassurer Audiger et Rolland sur leur avenir. Sans doute, le récit de Martin allait alimenter leurs pires cauchemars, mais au moins ne pensaient-ils plus aux biscuits de mer.

Au soir du quatrième jour de navigation, les voiles claquaient au vent, le majestueux vaisseau fendait les flots, quand une grande agitation s'empara des matelots. La vigie venait de signaler la présence de bateaux lourdement armés. Amis ou ennemis ? Le capitaine, une lunette vissée à l'œil, entouré du second et du maître d'armes, se tenait sur le gaillard d'avant.

– Anglais à tribord, se mit-il à hurler.

Benjamin regarda Martin avec inquiétude.

– C'est le branle-bas de combat, annonça le jeune garçon. Il va y avoir bataille. On est pas assez rapide pour leur échapper.

Trois bateaux arrivaient à toutes voiles. L'un tenta de dépasser le navire hollandais à bâbord, l'obligeant à se rapprocher des côtes anglaises. Le capitaine ordonna d'ouvrir les sabords et les trente canons pointèrent leurs gueules noires. La première volée anglaise fut tirée sans dommage pour *L'Hirondelle des Mers*. Les canons hollandais ripostèrent et ce ne fut bientôt qu'odeur de poudre et bruit de mousquetades. Un boulet emporta une partie de la figure de proue, le lion rugissant, emblème de la VOC. Des clameurs de colère, des imprécations jaillirent de la gorge des matelots. Benjamin alla retrouver Audiger et Rolland qui n'en menaient pas large dans la coquerie. La canonnade se fit plus intense. Sous leurs yeux, un homme tomba de la dunette, la jambe emportée par un boulet. Audiger se signait frénétiquement. Rolland se tordait les mains. Un autre boulet tomba à quelques pieds d'eux, détruisant une partie du bastingage.

C'est alors que Martin vint les rejoindre et leur lança :

– Si vous voulez vous échapper, c'est le moment ou jamais. Les côtes anglaises sont très proches.

– Impossible, nous ne savons pas nager, gémit Audiger.

– Moi je sais ! s'exclama Benjamin.

– Eh bien vas-y, sauve-toi, lui enjoignit Rolland.

– Pas question, je ne partirai pas sans vous.

– Faites vite, les exhorta Martin.

Benjamin les entraîna à l'endroit où le bastingage était détruit. La hauteur était vertigineuse et les flots sombres parsemés de débris enflammés. D'un geste brusque, il poussa Audiger, puis Rolland et sauta à son tour. Quand il revint à la surface, il aperçut à sa droite Rolland qui se débattait furieusement au risque de couler. En quelques brasses, il fut auprès de lui et le remorqua jusqu'à une planche noircie. Il lui restait à trouver Audiger. Il eut la surprise de le voir accroché à un bout du bastingage que poussait Martin. Ils se rejoignirent. Martin hurla quelque chose que Benjamin ne put entendre à cause du fracas des canons. Mais il comprit que le jeune homme lui désignait deux grands rectangles de bois. Ils y firent s'allonger Audiger et Rolland qui recrachaient de l'eau et roulaient des yeux fous de terreur. Ils s'accrochèrent chacun à l'arrière et battant des pieds avec vigueur, poussèrent leurs frêles esquifs vers les côtes anglaises.

Benjamin jeta un dernier regard à *L'Hirondelle des Mers.* Toutes les batteries faisaient feu, les lueurs d'embrasement se reflétaient dans la mer. Il eut l'impression que les statues colorées encadrant la poupe, Mercure, dieu du commerce et Neptune dieu des mers, lui adressaient un dernier signe.

Tétanisés, Audiger et Rolland ne disaient mot. Après deux heures d'effort, ils arrivèrent en vue d'une plage. Avec un bonheur indicible, Benjamin sentit le sable sous ses pieds. Malgré son épuisement, il poussa un hurlement de joie, fit se relever Rolland lui assurant qu'il n'y avait plus de danger. Ils coururent jusqu'à la grève et s'écroulèrent sur le sable. Sur mer, la bataille continuait à faire rage.

Benjamin se redressa à moitié et demanda :

– Martin, pourquoi nous as-tu suivis ?

– Je me suis dit que tu ne t'en sortirais pas tout seul avec ces deux-là. Et puis, je ne sais pas, tes histoires sur les jardins m'ont fait rêver. J'ai envie de changer de vie.

– Tu es parti en abandonnant ton argent ?

– Pas de souci. Je l'ai converti en actions de la VOC. Elles ne me quittent jamais, dit-il en montrant, attaché à sa taille, un rouleau soigneusement enveloppé dans de la toile cirée.

Il faisait presque nuit et malgré la douceur de cette soirée d'août, tous grelottaient. Ils se frictionnèrent les uns les autres, Rolland et Audiger encore hébétés par l'aventure qu'ils venaient de vivre.

– Il nous faut un abri pour la nuit, déclara Martin, et faire un feu pour nous réchauffer. Allons voir ce qu'il y a derrière cette plage.

Ils aperçurent alors un groupe d'hommes, de femmes et d'enfants se diriger vers eux, munis de grands paniers en osier et de longues perches. Tout combat naval et encore mieux, tout naufrage, signifiaient l'arrivée sur les côtes d'une manne inespérée dont il fallait s'emparer au plus tôt.

– Laissez-moi faire, déclara Rolland, je parle un peu anglais.

Un homme se détacha du groupe et vint se planter devant eux :

– *Are you Dutch?*

– *No, no, French.*

Immédiatement, un courant d'agressivité se fit sentir. Les femmes et les enfants reculèrent, les hommes les entourèrent, en posture de combat.

– Aïe, aïe, aïe, gémit Audiger, dis-leur que nous sommes des amis de l'Angleterre, que pour une fois nos pays ne sont pas en guerre, enfin dis n'importe quoi, mais rassure-les sur nos intentions.

Rolland, dans un anglais plus qu'hésitant, leur raconta qu'ils étaient prisonniers sur le bateau hollandais dont ils avaient réussi à s'échapper. Cela eut l'heur de plaire à leurs interlocuteurs qui se désintéressèrent d'eux. Ils s'éparpillèrent sur la plage pour récupérer les morceaux de bois plus ou moins carbonisés apportés par la mer.

Les quatre Français, claquant des dents, prirent le sentier semblant mener au village. En fait, c'était une vraie ville. Ils y firent une entrée remarquée, avec leurs vêtements trempés et leurs pieds nus. Des enfants les escortaient, riant et se moquant.

– Le mieux serait d'aller demander l'hospitalité à l'église, proposa Benjamin. Nous n'avons pas un sou vaillant et personne ne nous fera crédit.

Le pasteur, un homme grand et sec portant l'habit noir et la cravate blanche, symboles de sa fonction, les accueillit avec peu de chaleur, déclarant que ces chiens de Français étaient la pire engeance que Dieu ait mise sur Terre. Son épouse, par bonheur, fit preuve de plus de charité chrétienne. Elle les installa dans une petite dépendance où ils purent allumer un feu et faire sécher leurs vêtements. Elle leur apporta une soupe avec un quignon de pain. Rolland, qui s'était précipité sur son écuelle, recracha la première gorgée en s'exclamant :

– C'est pas Dieu possible ! Qu'est-ce qu'elle a mis dedans ?

Audiger examina avec circonspection le contenu de la marmite :

– À mon avis, il y a de la graisse d'un animal, du sang, des clous de girofle, du gingembre.

– Tu es sûr qu'il n'y a pas de bouse de buffle ? marmonna Rolland. Heureusement que dès demain, nous quittons ces contrées hostiles pour retrouver le bon goût français.

Benjamin ne voulut pas briser son bel optimisme, mais sans argent comment allaient-ils faire pour traverser la Manche ?

La nuit leur fut douce même s'ils dormirent à même le sol. Ne plus être entravé par les cordes d'un hamac, avoir retrouvé le plancher des vaches et savoir la France à quelques encablures suffisaient à leur bonheur.

16

Sur le port de Folkestone, tout le monde commentait la bataille de la veille. Le bateau hollandais, n'ayant pas subi de dégâts irrémédiables, avait pu continuer sa route. Il ne s'agissait que d'un coup de semonce, les Anglais ne manquant pas une occasion de se venger de l'humiliation infligée par l'amiral de Ruyter lors de la dernière guerre. La flotte hollandaise avait alors remonté la Tamise jusqu'aux portes de Londres, semant la panique dans la ville[1].

Grâce au temps très clair, les côtes françaises étaient parfaitement visibles ce qui mit Rolland d'excellente humeur. Il entama les négociations pour leur passage avec un groupe de pêcheurs. Quant à la question fatidique du paiement, il annonça qu'ils n'avaient pas un sou, les hommes lui rirent au nez. Dans un anglais qui s'améliorait au fur et à mesure où son énervement grandissait, il tenta de les amadouer, leur disant qu'ils étaient de pauvres naufragés, victimes de la barbarie hollandaise. Il leur assura que le roi de France lui-même paierait pour leur passage. Les rires redoublèrent. L'un des pêcheurs résuma la situation :

1. En 1667.

– *No money, no France.*

Rolland était au bord des larmes.

– Je veux rentrer, hurlait-il. Je veux retrouver mes marinades, mes bouillons, mes coulis.

Ses compagnons l'entraînèrent loin du quai et tentèrent de le calmer.

– J'ai peut-être une solution, déclara Benjamin. Ça prendra quelques jours, mais ça devrait marcher.

– Je veux partir aujourd'hui, vociféra Rolland.

– Alors, vas-y à la nage, lança Audiger, excédé.

Rolland se calma instantanément.

– J'ai une lointaine cousine à Londres, reprit Benjamin. Sa grand-mère, la fille de mon aïeul François, a épousé le fils d'un de ses amis, Giacomo Castelvetro, un Italien, qui après avoir vécu à Genève est parti pour l'Angleterre. Son nom est devenu Castle.

– Peut-être s'est-elle mariée ? objecta Audiger.

– C'est possible. Il y a deux ans, elle ne l'était pas.

– Londres est une ville immense. Tu sais où elle habite ?

– Je crois bien que c'est du côté de la cathédrale Saint-Paul.

– Tu es sûr qu'elle va nous aider ?

– Je l'espère ! répondit avec impatience Benjamin. Je n'ai pas d'autre solution pour nous tirer de ce guêpier.

– Allons-y immédiatement, brailla Rolland.

Il fallut de nouveau négocier, mais cette fois-ci avec des paysans se rendant à Londres en charrette. Il y avait dix-sept lieues[1] en passant par Ashford, Maidstone,

1. 70 km.

Swanley et Greenwich. Rolland ne cessait de ronchonner. Audiger se bouchait les oreilles pour ne pas entendre ses récriminations. Martin s'extasiait sur tout ce qu'il voyait : les champs, les vergers croulants sous les fruits, les maisons à toit de chaume, les poules picorant dans les cours. Benjamin, enfermé dans ses pensées, espérait que sa cousine, dont il ignorait tout, lui donnerait la somme nécessaire pour repartir au plus vite, afin d'empêcher de nouveaux drames. Il réfléchissait à la manière dont il aborderait Ninon, au pardon qu'il lui demanderait, sans espoir qu'elle le lui accorde. Au moins, lui jurerait-il de pourvoir à ses besoins et à ceux de la petite. Alixe avait dû beaucoup changer en un mois. À cet âge, les bébés poussent comme des champignons.

Audiger avait raison, Londres était une ville immense. Les faubourgs semblaient ne jamais devoir finir. Ils arrivèrent au bord d'une grande rivière, sillonnée par une multitude de bateaux, des frégates de guerre aux barcasses de pêche. La charrette mit un temps fou à traverser un pont bordé de hautes maisons, encombré d'une foule grouillante, à pied, à cheval, en carrosse. Une fois arrivé sur l'autre rive, le paysan les pria de descendre. Ils étaient au cœur de la City, lui continuait jusqu'au marché de Covent Garden.

Ils partirent à la recherche d'une dame Castle. Ce ne fut pas si simple. On leur répondait invariablement que des Castle, il y en avait des milliers à Londres. Ils tournèrent dans les rues autour de la cathédrale Saint-Paul, jusqu'au moment où Rolland précisa que cette famille portait autrefois le nom de Castelvetro. Le visage de son interlocuteur s'illumina. Il leur indiqua qu'une miss Castle habitait une maison sur Fleet Street, juste en face de l'église Saint Bride. Ils s'y rendirent au pas de course. La maison neuve avait belle allure. Pas comme eux ! Avec leurs vêtements en lambeaux, leurs pieds enroulés dans des chiffons, leurs cheveux hirsutes et leurs barbes d'une semaine, ils avaient tout d'une bande de vagabonds. Se lissant les cheveux et enlevant les brins de paille accrochés à sa vareuse, Benjamin tenta de se donner meilleure apparence. Les trois autres restèrent en retrait. Il actionna le marteau de la porte. Presque aussitôt surgit une jeune soubrette aux cheveux couleur de feu, le visage constellé de taches de rousseur. Apercevant Benjamin, elle s'écria, c'est du moins ce qu'il comprit à son ton méprisant :

– Passez votre chemin. On ne donne pas aux traîne-misère.

Elle s'apprêtait à refermer la porte, mais Benjamin lui attrapa le bras et supplia :

– Je dois parler à Miss Castle.

La jeune fille se mit à hurler :

– *Help ! Help !*

La porte s'ouvrit toute grande sur une femme d'une trentaine d'années sobrement vêtue, le regard sévère.

– Miss Castle, je suis Benjamin Savoisy, votre cousin de Genève. Je vous en supplie, ne me chassez pas.

La femme le regarda attentivement.

– *Is it possible ?*

Puis, elle continua dans un bon français :

– Pour m'en assurer, donnez-moi le prénom de l'épouse de votre arrière-grand-père.

– Esther, répondit précipitamment Benjamin. Elle était la fille de Pierre Després, imprimeur au Bourg de

Four. Avec François, ils eurent sept enfants : Daniel, Abigaïl, Samuel, Myriam…

– C'est bien cela, l'interrompit Miss Castle avec un grand sourire. Mon cousin, entrez, je vous en prie.

La porte allait se refermer sur lui quand il l'implora :

– Laisseriez-vous entrer mes amis ? Nous avons vécu d'épouvantables aventures que je vais vous raconter.

Miss Castle jeta un regard inquiet sur Martin, Audiger et Rolland qui se tenaient en rang d'oignons, souriant de toutes leurs dents.

– Soit, murmura-t-elle. Vous répondez d'eux ?

– Ce sont les plus honnêtes et les plus loyaux des compagnons.

Les trois hommes pénétrèrent à la queue leu leu dans la maison provoquant une grimace de dégoût chez la soubrette. Pour son plus grand déplaisir, Miss Castle lui confia le soin de leur trouver des vêtements pendant qu'ils feraient un brin de toilette. La jeune fille, fronçant le nez, les conduisit dans l'arrière-cuisine, au sous-sol, leur désigna un seau d'eau et tourna les talons prestement.

Miss Castle avait gardé Benjamin auprès d'elle et l'invita à s'asseoir dans un confortable fauteuil. Après lui avoir demandé de l'appeler par son prénom, Virginia, elle s'enquit des raisons de son arrivée inopinée et en si piètre équipage. Benjamin lui servit une version édulcorée de leurs aventures, se contentant de signaler qu'ils devaient repartir en France dès que possible. Virginia l'assura qu'elle lui prêterait volontiers l'argent nécessaire et qu'elle leur offrait l'hospitalité pour la nuit. Elle aurait le plaisir de lui présenter quelques amis qui venaient souper le soir même. Quand Benjamin lui eut dit que Rolland était un cuisinier célèbre et Audiger un fabricant de liqueurs renommé, elle s'extasia :

– Figurez-vous que parmi mes invités, il y aura Madame O'Brien qui écrit un ouvrage de cuisine et Samuel Peppys, grand amateur de boissons exotiques. Nous allons passer une soirée passionnante.

Même si Benjamin avait très envie de repartir sur-le-champ, il ne pouvait pas faire l'affront à sa cousine de décliner l'invitation. Il retrouva ses compagnons en pleines ablutions dans le petit réduit où la jeune servante les avait confinés. Virginia n'étant pas mariée, elle avait dû emprunter des vêtements au cocher, au valet et à l'homme de peine. Benjamin remarqua que Martin regardait la soubrette avec un intérêt non dissimulé. Il les informa que tout était arrangé : ils auraient l'argent de leur retour. Rolland, au comble de la joie, lui claqua deux gros baisers sur les joues. Quand Benjamin leur annonça qu'au souper, ils rencontreraient une cuisinière anglaise, Rolland laissa échapper d'un ton morne :

– Je redoute le pire.

Petite, alerte, volubile et rondouillarde, Elizabeth O'Brien fit son entrée dans un tourbillon de dentelles, agitant ombrelle et éventail. Elle fondit sur Virginia et lui donna une longue accolade. Se laissant tomber sur une chaise, elle s'exclama :

– Londres, en été, est un véritable cloaque ! La puanteur est telle, au bord de la Tamise, que j'ai cru mourir vingt fois. Dieu merci, je repars dans le Kent d'ici deux jours. Un peu de fraîcheur me fera le plus grand bien.

Avisant Audiger, Rolland, Benjamin et Martin, sagement assis, elle demanda à Virginia :

– Je vois que tu as de nombreux invités. À qui ai-je l'honneur ?

Le regard rieur d'Elizabeth se voila quand son hôtesse présenta Audiger et Rolland comme de célèbres cuisiniers du roi de France.

– Ça tombe mal ! Je déteste les afféteries françaises. Je crains que le repas de ce soir ne soit pas à votre goût. Vous n'y trouverez aucun de ces ridicules travestissements auxquels vous vous livrez en France. Je préfère notre simplicité et nos plats vigoureux qui nous ont valu les victoires de Crécy et d'Azincourt.

Virginia toussota. Se tournant vers les quatre hommes, elle ajouta :

– Veuillez excuser mon amie. Elle a coutume de ne pas mâcher ses mots, mais je suis persuadée que vous apprécierez les mets préparés selon ses recettes.

Rolland poussa un soupir, leva les yeux au ciel en murmurant entre ses dents :

– Ça va être du joli ! De la viande crue et des sauces gothiques !

Benjamin lui donna un coup de coude dans les côtes et s'adressa directement à Elizabeth :

– Nous ne doutons pas un seul instant que nous allons adorer. Virginia m'a dit que vous écriviez un livre de cuisine ?

Il ne crut pas nécessaire de signaler que Rolland était un auteur à succès dont le livre s'arrachait dans la bonne société parisienne. La cuisinière le regarda avec plus de bienveillance :

– Je suis très amie avec Hannah Wolley que vous devez connaître. Elle a publié, il y a treize ans de cela, *The Queen-Like Closet*, un peu dépassé aujourd'hui, si vous voulez mon avis. À la mort d'Henry, mon cher époux, je me suis dit que je pourrais faire de même. Je m'ennuyais ferme sur mes terres. Depuis que j'ai entrepris ce travail, j'ai retrouvé goût à la vie en régalant mes amis avec mes créations.

– Aïe, Aïe, Aïe, murmura de nouveau Rolland. J'aurais dû rester sur *L'Hirondelle des Mers*.

Un autre personnage ne tarda pas à se joindre à eux, un grand échalas, maigre comme un clou, au teint rubicond. Virginia présenta Lord Chasclith, hobereau vivant des revenus de ses terres de l'Essex et passionné de cuisine. Apprenant qui étaient Audiger et Rolland, le nouveau venu s'extasia, se confondit en remerciements pour le cadeau inespéré que lui faisait son hôtesse. Elizabeth, dépitée de voir l'attention se détourner d'elle, fermait et ouvrait son éventail avec des gestes secs. Lord Chasclith tira un tabouret et s'installa à côté des deux cuisiniers, leur posant mille questions sur l'art d'apprêter les sauces.

– Je vous prie d'excuser mon mauvais français, mais j'ai entendu parler d'une nouveauté, la sauce brune…

– Il ne peut y avoir de sauce que blanche, l'interrompit, péremptoire, Elizabeth.

– Et de sauce brune, il n'y a pas, la coupa Rolland. Ce ne sont que des réminiscences des temps barbares qui ne sauraient convenir à des convives de qualité.

– Si, si, je vous assure, reprit le Lord, avec de la farine et du beurre…

– Ah vous voulez parler du roux ! C'est, en effet, une belle manière de donner liant et velouté aux sauces. Chez nous, cela a sonné le glas de ces affreuses liaisons à la mie de pain ou aux amandes broyées, acides et couvertes d'épices dont nos gourmands ne veulent plus entendre parler.

Elizabeth, devenue toute rouge, se mordillait les lèvres. Virginia, l'air gêné, prit la parole en regardant Benjamin :

– Savez-vous que mon arrière-grand-père a publié un petit ouvrage sur les salades et la manière de les accommoder[1] ? Le pauvre était si malheureux de ne pas retrouver en Angleterre ses chères verdures italiennes qu'il a tenté toute sa vie de convertir aux charmes des herbettes les Anglais, ces invétérés mangeurs de viande.

– En Angleterre, nous avons les meilleures viandes et le monde entier nous les envie, clama Elizabeth qui ne désarmait pas.

– Ce qui donne aux Anglais leur caractère mélancolique, c'est bien connu, asséna Rolland d'un ton rogue.

Benjamin sentit que sa cousine comptait sur lui pour désamorcer le conflit culinaire en passe de s'envenimer. D'une voix enjouée, il déclara :

– Je serais très heureux que vous me montriez le livre de votre aïeul.

– Quel dommage que vous deviez repartir demain. Nous aurions pu le commenter ensemble, dit Virginia.

À ces paroles, Elizabeth cessa de battre l'air avec son éventail. Elle n'aurait pas à subir trop longtemps la présence de ces maudits Français, présomptueux et arrogants.

– Je vous le ferai voir après souper. Je vous propose de passer à table. Samuel Peppys est en retard, à son habitude. Nous commencerons sans lui.

---

1. *Breve racconto di tutte le raddici*, 1614.

Audiger dut pousser Rolland qui traînait les pieds. Il lui murmura dans le creux de l'oreille :

– Fais un effort. Ce n'est qu'un mauvais moment à passer.

Le boudin aux amandes arracha des gémissements de désespoir à Rolland. Elizabeth, croyant à une manifestation de plaisir, se mit à détailler la recette : amandes pilées, œufs, graisse de rognons de bœuf, sucre, crème, girofle, musc, ambre, eau de rose et un os à moelle. Rolland faillit s'étrangler. La tourte aux pieds de veau avec raisins, gingembre et cannelle fut un supplice.

Par bonheur, le rôt, un beau gigot, préparé à la française, daigna préciser Elizabeth, était excellent. La fricassée – *frigacy* disait Elizabeth – de poulet n'était pas mauvaise. Le calvaire reprit avec une des gloires de la cuisinière : le *pudding tremblant*, un monumental appareil qu'Audiger commenta en aparté :

– On dirait les fesses d'une grosse femme.

Rolland s'étrangla de nouveau, mais de rire. Curieusement, Elizabeth semblait quêter son approbation. Se méprenant de nouveau sur cet accès de joie, elle commença à raconter qu'aux quatre pintes[1] de bouillon de bœuf, elle rajoutait deux pintes de crème et…

– C'est bien, c'est bien, l'interrompit Rolland. Vous me donnerez la recette par écrit, si vous le voulez bien.

Elizabeth se rengorgea et annonça l'arrivée du gâteau au fromage à la manière de Mrs. D. Way. Il se révéla excellent. Cette fois, en toute sincérité, Rolland

1. 1 pinte = 0,5679 l.

demanda la recette. Il était suivi d'une tourte aux pommes de terre. C'était la première fois que les Français entendaient parler d'une telle chose.

– Vous voulez parler de truffes ? s'enquit Audiger.

– Non, non, les truffes sont noires et ne poussent pas en Angleterre. Nos *potatoes* sont comme des petites billes marron. On dit qu'elles viennent d'Amérique.

– C'est exact, affirma Benjamin, mais c'est immangeable. Ces plantes sont dangereuses. On peut en mourir.

– Ne dites pas de bêtises ! En Irlande, mon pays natal, tout le monde en mange et se porte beaucoup mieux qu'avant, je peux vous l'assurer. Épluchez-les, puis faites-les cuire dans du vin blanc. Quand elles sont bien tendres, coupez-les en tranches, disposez-les sur la pâte. Parsemez de sucre et de noix de muscade. Ajoutez des dattes coupées en deux, quelques tranches de citron et la moelle de trois gros os. Fermez la tourte avec de la pâte. Faites un petit trou et mettez au four. En fin de cuisson, mélangez du beurre, du vin blanc, du sucre et versez ce mélange par la cheminée.

Ce n'était pas mauvais, doux et onctueux et surtout très nourrissant. Rolland n'en demanda pas la recette.

Virginia et Benjamin égrenaient des souvenirs de famille, tentant de retracer le destin de la nombreuse descendance de François et Esther Savoisy. Benjamin fut très surpris d'apprendre que Charles et Antoine, les jumeaux, fuyant à vingt ans le carcan genevois, avaient bourlingué dans le monde entier. Déjà très âgés, ils s'étaient établis à l'Isle Bourbon[1] où ils avaient fait souche.

1. Île de la Réunion.

Dans la famille de Benjamin, on ne prononçait pas le nom de ces têtes brûlées. Cela lui fit plaisir de savoir qu'il n'était pas le seul à avoir envie de parcourir la Terre. À part Abigaïl, l'arrière-grand-mère de Virginia qui avait suivi son mari en Angleterre, les autres étaient restés à proximité des rives du Léman. Samuel et David avaient repris l'imprimerie familiale qui prospérait dans une pureté tout évangélique. Myriam, mariée à un aristocrate de Lausanne, avait donné naissance à une nombreuse marmaille. Quant à Daniel, le grand-père de Benjamin et de l'avis de tous, le préféré de François Savoisy, il eut plusieurs fois maille à partir avec la justice genevoise pour trop aimer les filles et les repas fins. Un de ses fils avait hérité de ses goûts et était parti, semble-t-il, à Naples où il était devenu cuisinier ou maître d'hôtel. Encore un dont on ne parlait pas dans la famille !

Samuel Peppys, le dernier invité, arriva au moment où Benjamin allait évoquer ses propres parents. L'homme, âgé d'une soixantaine d'années, était en proie à une vive agitation.

– C'est terrible ! John Wright, un des jardiniers de Brompton Park a été assassiné. C'était un de mes bons amis. J'en reviens. Ce que j'ai vu m'a épouvanté. Il gisait, la tête éclatée. Sa cervelle se mêlait à la chair de melons, éclatés eux aussi.

– Sam, je vous en prie, nous soupons ! le réprimanda Virginia.

Essuyant son front couvert de sueur avec un large mouchoir blanc, le pauvre homme fit un geste d'excuse. Benjamin, Audiger et Rolland se regardaient avec inquiétude. Le tueur avait donc commencé son œuvre en Angleterre.

– Il va y avoir d'autres victimes, je le crains, annonça Benjamin, la mine sombre.

– Qu'est-ce que vous racontez ? s'emporta Peppys. Le constable a conclu à un crime de rôdeur.

– Vous savez à quel point les services de police à Londres sont déficients, fit remarquer Elizabeth O'Brien.

– Qu'est-ce qui vous permet d'annoncer d'autres morts ? intervint Lord Chasclith. Vous sentez un rat ?

– Il veut dire : vous pensez qu'il y a anguille sous roche[1] ? précisa Virginia. Veuillez excuser Lord Chasclith. Il a la mauvaise habitude de traduire littéralement les expressions anglaises.

Benjamin se lança alors dans le récit des drames survenus en France et du complot découvert à Amsterdam.

– En résumé, tous les jardiniers anglais sont en danger, conclut Samuel Peppys. Décidément, il ne vient jamais rien de bon de France.

– Pas tous, reprit Benjamin sans tenir compte de la remarque acerbe. Le tueur a nommé Robert Morison, John Ray et John Evelyn. Il faut immédiatement les alerter.

Les Anglais poussèrent diverses exclamations.

– Robert est à Oxford et John, son pire ennemi, à Black Notley. Quant à John Evelyn, un ami très cher,

---

1. *To smell a rat* = il y a anguille sous roche. Cette traduction et les suivantes sont extraites du livre de Jean-Loup Chiflet, *Sky my wife !*, Le Seuil, coll. Points Virgule, 2001.

il sera demain matin à la réunion hebdomadaire de la Royal Society of Sciences. Nous irons le prévenir.

L'appétit coupé, les convives ne touchèrent pas aux derniers plats. Elizabeth O'Brien fut la première à prendre congé après s'être entretenue quelques instants avec Rolland. Lord Chasclith ne tarda pas à la suivre, assurant qu'il serait demain à la Royal Society. On pouvait compter sur lui car il avait un doigt dans chaque tarte[1]. L'appétit lui étant revenu, Samuel Peppys s'attarda et finit les plats.

Virginia avait fait préparer des chambres pour les quatre Français. Avant de se séparer pour leur première nuit dans un véritable lit, Rolland s'en prit à Benjamin :

– Si j'ai bien compris, nous ne repartons pas en France demain ?

– Vous le pouvez, si vous le souhaitez. Je me dois de rester pour éviter d'autres assassinats.

– Nous restons avec toi, affirma Audiger. J'ai fait le serment à Ninon de te ramener. Pas question de te laisser en route, surtout avec un tueur qui rôde.

– Bon, bon, maugréa Rolland, je reste aussi. Mais ne comptez pas sur moi pour courir les potagers de Londres. Cette vieille pie d'Elizabeth veut me faire visiter quelques lieux intéressants. Mon estomac en est déjà tout retourné.

Quant à Martin, il arborait un large sourire laissant penser qu'il n'était pas mécontent de faire plus ample connaissance avec Sarah.

---

1. *To have a finger in every pie* = être concerné.

17

Après une collation matinale où Sarah leur servit du gigot froid, du hareng salé, du fromage et de la bière blonde que Benjamin refusa poliment, ils retrouvèrent Samuel Peppys. Il devait les conduire auprès de John Evelyn.

Le grand incendie de 1666 ayant détruit ses locaux d'Arundel House, la Royal Society of Sciences tenait ses réunions au Gresham College, dans le quartier d'Holborn. Les encombrements étaient tels que Peppys eut tout le temps de leur raconter la naissance de cette noble assemblée, dans les années 1640. Des philosophes discutant des idées de Francis Bacon[1] avaient pris l'habitude de se réunir en un « invisible collège ». En 1660, douze d'entre eux décidèrent de consacrer leurs efforts à la promotion de la connaissance des sciences physiques et mathématiques. Leur maître mot était l'expérimentation, seule à même de prouver l'exactitude des théories avancées par les savants. Peppys était très fier d'en être membre et ne ratait aucune des réunions[2].

1. Francis Bacon (1561-1626), philosophe et précurseur de la pensée scientifique.
2. Samuel Peppys en sera président de 1684 à 1686.

Quand ils arrivèrent, la séance était déjà commencée. Aussi silencieusement que possible, ils s'installèrent sur un banc au fond de la salle. Peppys leur désigna John Evelyn, un personnage à la belle perruque bouclée assis au premier rang. Benjamin se lamentait de devoir attendre la fin de la séance pour lui parler. Il y avait plus urgent que d'écouter les leçons de doctes mathématiciens.

– Là-bas, c'est Isaac Newton, l'esprit le plus éclairé de notre temps, chuchota Peppys. Il mène des travaux scientifiques de la plus grande importance. On dit que c'est en voyant tomber une pomme qu'il comprit les principes de la gravitation.

Sur une petite estrade, un homme d'une trentaine d'années à l'air sévère, vêtu de noir, discourait dans un anglais fortement teinté d'accent français.

– C'est Denis Papin, un protestant français venu se réfugier en Angleterre il y a plusieurs années. Il va certainement nous parler de sa fabuleuse marmite.

– Une marmite ? Je croyais qu'il s'agissait de découvertes scientifiques, s'étonna Benjamin.

– Mais c'est une marmite scientifique ! Un digesteur qui permet d'amollir les os et de faire cuire toutes sortes de viandes en fort peu de temps et à peu de frais, du moins c'est ce qu'il dit.

– Comment est-ce possible ?

– Chut ! Moins fort ! Je vous traduirai au fur et à mesure.

Sous les yeux ébahis de Benjamin et d'Audiger, l'homme en noir remplit d'eau un cylindre de fonte, puis un autre plus petit avec de la viande qu'il encastra dans le premier. Il ferma l'appareil avec un lourd couvercle métallique garni d'écrous et le plaça sur un fourneau.

– L'eau va se transformer en vapeur et cuire les viandes. D'après lui, la vache la plus vieille et la plus dure peut devenir aussi tendre et de bon goût que la viande la mieux choisie.

Pendant le temps de chauffe, Denis Papin répondit aux questions des membres de la Royal Society. Peppys traduisait leurs propos à ses compagnons, fascinés par l'expérience.

– Lors de la première démonstration de votre digesteur, vous nous aviez dit que cette machine était fort incommode car on ne pouvait voir ce qui se passait à l'intérieur.

– C'est exact, répondit Denis Papin. Vous risquiez de retirer vos viandes avant qu'elles ne soient cuites ou de les laisser brûler. Je crois avoir trouvé la solution. Dans un trou pratiqué dans la marmite, je fixe un petit tuyau. Lorsque cette soupape laisse échapper de la vapeur, je sais que la viande est cuite. Et cela évite que la machine explose, ce qui est arrivé plusieurs fois lors des expérimentations, au risque de me tuer, ajouta-t-il avec un petit sourire.

Un sifflement se fit entendre, un jet de vapeur jaillit de la marmite. Denis Papin annonça que la cuisson serait bientôt terminée. Les questions reprirent.

– Et quels avantages pensez-vous tirer de cette marmite ?

– Elle devrait permettre aux populations les plus pauvres de mieux se nourrir. La brièveté de la cuisson permet d'économiser bois et charbon. Les os transformés en gélatine sont un aliment de premier choix. On peut aussi y faire cuire du riz, du pain avec un extraordinaire gain de temps. Et surtout, je crois que bien d'autres machines pourraient être actionnées par la vapeur.

– Les aliments gardent-ils leur saveur ?

– Après avoir fait cuire ainsi un maquereau, j'ai remarqué qu'il avait un goût relevé, les sels volatils ne s'étant ni échappés ni dissous dans l'eau. Mes expériences sur les groseilles me font penser qu'on pourrait faire des confitures ayant encore plus le goût du fruit.

Sous les applaudissements, Denis Papin desserra les écrous, sortit les morceaux de viande, les plaça sur un plat qu'il fit circuler dans l'assemblée.

– Voilà qui est extraordinaire ! s'exclama Audiger quand le plat arriva devant eux. Il faut absolument que Rolland voie ça. Cette marmite lui permettrait de gagner un temps fou. Quant à moi, j'aimerais bien en savoir plus sur la conservation des fruits. Imaginez : des cerises en plein hiver !

– Certes, certes, mais ce n'est guère notre priorité aujourd'hui, lui lança Peppys se dirigeant d'un pas alerte vers John Evelyn, déjà rejoint par Lord Chasclith.

– Mon cher ami, déclara Peppys, je vous présente Benjamin Savoisy. Il a des révélations fort graves à vous faire. Quittons ce lieu, si vous le voulez bien et allons prendre une tasse de caffé au *Graecian's*.

John Evelyn, un fort bel homme d'une soixantaine d'années, la mine affable, l'œil pétillant d'intelligence, accepta de bonne grâce.

– Savez-vous que Denis Papin travaille actuellement à un bateau qui serait mû par la vapeur ? s'émerveilla-t-il. Il compte l'expérimenter sur la Tamise, mais je crois savoir que les bateliers n'y sont guère favorables. Les inventions ne sont pas toujours aussi bien accueillies qu'elles le mériteraient.

– Il aurait aussi un projet de bateau pouvant aller sous l'eau, ajouta Lord Chasclith. C'est incroyable ! Mais il y a une mouche dans la pommade[1] : comment l'équipage pourrait-il survivre ?

Le *Graecian's* n'était pas, comme on pouvait s'y attendre, une taverne sombre et mal tenue, mais un lieu plutôt confortable quoique très enfumé. Autour de grandes tables de bois ciré, des hommes bien mis discutaient avec ardeur. Derrière un comptoir se tenait une dame veillant sur des cafetières, des chocolatières et des tasses de porcelaine. Aux remugles de vin et d'alcool se substituaient les chauds arômes du caffé et du chocolat. On leur demanda un penny de droit d'entrée et ils s'installèrent autour d'une table. Peppys opta pour du caffé, Chasclith pour du chocolat et John Evelyn pour du thé. Audiger hésitait, demandant des précisions sur la préparation de chacune des boissons. Impatient de commencer son récit, Benjamin conseilla sèchement à son ami d'essayer les trois.

Après l'avoir écouté avec beaucoup d'attention, John Evelyn déclara d'un ton soucieux :

– J'ai effectivement reçu cet étrange courrier et je me suis empressé de le jeter au feu. Je connais trop bien

1. *There's a fly in the ointment* = il y a une ombre au tableau.

Jean-Baptiste de La Quintinie avec qui je corresponds depuis des années pour croire à ces fadaises. Néanmoins, j'ai donné les graines à John Wright, pensant qu'il rirait comme moi de cette mauvaise plaisanterie. Malheureusement, il y a cru. Je l'ai entendu, peu de temps après, se vanter d'être en possession de graines extraordinaires. Comme c'est, je veux dire c'était, un être généreux, il en donna autour de lui.

Samuel Peppys blêmit.

– Vous savez à qui ?

– Je crois me souvenir qu'il a cité la duchesse de Beaufort. Vous savez combien elle aime les plantes nouvelles. Elle en fait venir des Indes orientales, d'Amérique, d'Afrique. Dans son jardin de Chelsea, elle fait pousser des bananes, des papayes, des hibiscus. Un melon dit perpétuel ne pouvait que l'intéresser, à titre de curiosité botanique.

– Quelle horreur d'imaginer la duchesse, la tête éclatée parmi ses melons, se lamenta Peppys.

– Peut-être le tueur ne sait-il pas qu'elle a reçu des graines, hasarda John Evelyn en se versant une nouvelle tasse de thé.

– Hélas, j'ai peur que ses méthodes ne soient très violentes, déclara Benjamin dans un soupir. Il a dû torturer John Wright pour lui faire avouer s'il connaissait d'autres possesseurs de graines.

Audiger n'était pas revenu à leur table. Après être resté un long moment auprès de la dame du comptoir, il furetait un peu partout, regardant les avis de ventes aux enchères, les annonces d'arrivée de bateaux affichées aux murs, feuilletait des gazettes auxquelles il ne devait rien comprendre. Le sourire aux lèvres, il semblait à mille lieues des préoccupations de ses compagnons.

– Il faut aller immédiatement à Chelsea prévenir la duchesse ! s'exclama Peppys.

– Ensuite nous dresserons une liste de tous ceux qui sont susceptibles d'avoir reçu ces graines et nous les avertirons, poursuivit John Evelyn.

Ils se levèrent. Benjamin fit signe à Audiger de les rejoindre et lui expliqua leur plan. Faisant grise mine, il annonça qu'il restait au *Graecian's*. Quoique ne parlant pas anglais, il voulait continuer sa très intéressante discussion avec la dame du comptoir. Après tout, ils étaient bien assez nombreux pour aller sauver la duchesse. Lord Chasclith se proposa de rester et de lui servir d'interprète. Audiger accepta volontiers.

Une fois de plus, ils perdirent beaucoup de temps dans les embarras de la circulation. Tous redoutaient d'arriver à Chelsea pour découvrir le corps sans vie d'un jardinier ou pire de la duchesse. Pourtant les Anglais ne montraient aucun émoi. Benjamin admirait leur attitude flegmatique, alors que lui se serait volontiers laissé aller à quelques impatiences.

Pendant le trajet, John Evelyn raconta comment, après le grand incendie de Londres, il avait proposé de reconstruire la ville autour de douze grandes places plantées d'arbres. Ce plan n'avait pas été retenu. La spéculation avait fait rage. Si dans les trois années suivant le drame, la plupart des maisons avaient été reconstruites, Londres n'avait gagné ni en air ni en lumière.

Peppys fit remarquer qu'au moins, ordre avait été donné de construire en brique et non plus en bois et en plâtre, afin d'éviter de nouveaux désastres.

– Cet incendie, je m'en souviens comme si c'était hier, raconta-t-il. L'enfer sur Terre ! Le feu a pris dans la boulangerie de Thomas Farriner dans Pudding Lane, peu après minuit, le dimanche 2 septembre. En quelques heures, ce fut un embrasement général. Toutes les embarcations furent prises d'assaut par les pauvres gens essayant de sauver leurs biens arrachés aux flammes. Le feu se nourrit voracement des entrepôts de goudron, de poix, d'huile, d'eau-de-vie de Thames Street. La nuit suivante, il attaqua la City. Tous les bâtiments étaient la proie d'une flamme monstrueuse, maléfique, rouge sang, bien différente de la flamme claire d'un feu ordinaire. Le vacarme du brasier, le fracas des maisons qui s'effondraient étaient épouvantables. Le troisième matin, le feu attaqua Tower Street avec une fureur prodigieuse. Le soir même, la progression de l'incendie fut telle qu'il gagna Old Bailey et descendit jusqu'à Fleet Street. Whitehall, où résidait le roi Charles était menacé. Saint-Paul était en flammes.

– La cathédrale était emplie des biens apportés par les Londoniens, continua John Evelyn. Les libraires et les imprimeurs y avaient mis en sûreté leurs stocks, ce qui donna encore plus de vigueur à l'incendie. Les pierres volaient comme des grenades, le feu coulait dans les rues comme un torrent, les pavés luisaient d'une chaleur féroce, telle que ni cheval ni homme ne pouvaient les fouler.

– Le soir, la Tour de Londres et ses centaines de barils de poudre étaient en péril, reprit Peppys. La garnison fit sauter les maisons aux alentours afin de sauver la Tour. La panique la plus grande régnait. Chacun essayait de fuir en emportant de maigres biens. Une charrette qui se louait deux shillings le dimanche valait quarante livres le mardi. De folles rumeurs se mirent à circuler : on avait vu des étrangers craquer des allumettes, lancer des boules de feu. Bientôt, on annonça que cinquante mille Français et Hollandais s'apprêtaient à envahir la ville, qu'ils tueraient les hommes, violeraient les femmes et pilleraient les biens. Le 5 septembre, le feu s'arrêta. Londres était détruite aux deux tiers. Le plus incroyable, c'est qu'il n'y eut qu'une dizaine de morts.

– Oui, mais les dégâts auraient été bien moindres si le Lord Maire avait été à la hauteur, ajouta John Evelyn. Le dimanche, il s'était rendu à Pudding Lane et avait déclaré qu'il n'y avait pas de danger, qu'une femme aurait pu éteindre l'incendie en pissant dessus. C'est le roi Charles, faisant fi de l'autorité du Lord Maire sur la ville, qui ordonna d'abattre des maisons pour créer des coupe-feu et sauva Londres d'une destruction totale.

Beaufort House, la belle demeure blottie dans un jardin parfaitement entretenu, respirait la sérénité et la douceur d'un après-midi d'août. Aucun tueur n'était venu y semer la désolation. La duchesse était partie à Fulham chercher des plantes chez Henry Compton. Avant de remonter en voiture, John Evelyn entraîna Benjamin dans les allées du jardin. Les plus modestes fleurs côtoyaient les plus extraordinaires, notamment des géraniums lierre que la duchesse faisait venir en masse du cap de Bonne-Espérance, en Afrique.

Fulham n'était qu'à deux lieues de Chelsea en longeant une boucle de la Tamise. Si l'heure n'avait pas été si grave, Benjamin aurait adoré cette promenade dans la campagne anglaise, si délicieusement verte.

John Evelyn expliqua au jeune homme que Henry Compton était l'évêque de Londres et que son diocèse avait juridiction jusqu'en Amérique.

– Vous allez voir, Henry est un excellent prélat, un homme faisant preuve de sobriété dans sa vie et de gravité dans ses occupations. Passionné de botanique, il demande à tous ses missionnaires de lui envoyer des graines de plantes exotiques. Le plus zélé est John Bannister. Il procède à l'exploration de la Virginie, dresse la liste de tous les végétaux qu'il rencontre et fournit Fulham en arbres jusqu'alors inconnus.

Confortablement installé sur une terrasse dominant l'immense jardin au gazon de velours, l'évêque était en pleine discussion avec la duchesse de Beaufort et un homme vers lequel se précipita John Evelyn.

– John Ray, mon ami ! Quel plaisir de vous trouver là ! Il y a si longtemps !

– Je ne quitte plus guère Black Notley, trop occupé par mon grand ouvrage *Historia Plantarum.* Décrire toutes les plantes connues n'est pas une mince affaire ! Notre ami Compton m'a invité à venir découvrir le dernier arrivage en provenance de Virginie.

L'évêque, fort affable, les pria de prendre place, demanda à un valet qu'on leur prépare du thé et s'enquit du motif de leur visite. John Evelyn se chargea de raconter toute l'histoire.

Au fur et à mesure du récit, le visage de la duchesse changeait. Elle se mordillait les lèvres nerveusement, puis finit par dire :

– J'ai fait planter ces graines. Je m'attendais à des merveilles et je dois vous avouer ma déception : ces melons sont malingres. Leur chair est comparable à celle d'un concombre.

John Evelyn lui fit remarquer qu'elle ne pouvait s'attendre à mieux, le climat d'Angleterre étant peu propice à ces fruits avides de soleil et de chaleur. Elle n'eut pas l'air convaincu. Elle semblait tenir au caractère miraculeux de ses melons, supposés pousser en toutes saisons et sous toutes les latitudes.

John Ray, resté silencieux, prit la parole :

– Ma chère Mary, je crains que John n'ait raison. S'il est possible de hâter le mûrissement des fruits et des légumes, il est impossible de les produire en dehors de leurs conditions naturelles.

– Mais chaque jour apporte son lot de découvertes, dit-elle. Vous êtes bien placés pour le savoir, vous les éminents membres de la Royal Society of Sciences qui passez votre temps à faire reculer les limites de la connaissance humaine.

– C'est vrai, admit John Ray, mais d'après mes observations, je suis catégorique : certaines plantes sont pérennes, d'autres annuelles. Votre melon fait indubitablement partie de cette catégorie. Dans un mois, les feuilles et la tige vont se faner. Vous n'aurez plus qu'à les jeter.

Benjamin regrettait amèrement de ne pouvoir participer à la discussion. S'apercevant de son trouble, John

Evelyn se rapprocha de lui et lui traduisit la suite des échanges.

– Dans un sens, Mary n'a pas tort, intervint Peppys. Les progrès sont incessants. Ainsi, ce matin, Denis Papin a dit qu'il serait possible d'accélérer la croissance des poussins si on les mettait dans sa marmite réglée à la température de la couvaison.

– Bien sûr, répondit John Ray avec un soupçon d'agacement dans la voix. On peut aller plus vite, mais on ne peut en aucun cas changer les lois de la nature. Nous avons encore beaucoup à apprendre sur les plantes. Pour ma part, j'en distingue près de dix-huit mille espèces. Si nous savons à peu près comment elles se nourrissent, comment elles poussent, nous ne savons pas encore comment elles se reproduisent.

– Vous voyez bien ! s'acharna Mary. Un jardinier de génie pourrait très bien créer un melon capable de se multiplier en permanence.

Benjamin avala une gorgée de thé, breuvage qu'il ne connaissait pas, se brûla la langue mais trouva le goût subtil et revigorant.

– Je ne le crois pas, affirma John Ray. Je ne suis pas loin de penser qu'il y a une sorte de reproduction sexuée des plantes et que le pollen y est pour quelque chose, ajouta-t-il d'un ton rêveur[1].

– Vous êtes fou ! s'exclama Peppys. Les plantes n'ont pas de sexe ! Et qu'est-ce que ce pollen ?

---

1. Rudolf Camerer, du jardin botanique de Tübingen (Allemagne) sera le premier à prouver, en 1694, l'existence de sexes chez les plantes.

– Une sorte de poussière qui se trouve dans les étamines, intervint John Evelyn. Notre ami John Ray est le premier à lui avoir donné un nom. Je souhaite rappeler à quel point il est dangereux de se nourrir de fantasmes et de spéculations oiseuses. Seule l'investigation nous apporte une connaissance délivrée des illusions et des imposteurs.

Benjamin aurait aimé en savoir plus et, notamment, interroger John Ray qui semblait avoir une si vaste connaissance de la botanique.

John Evelyn toussota :

– Ne nous éloignons pas de notre sujet. Quel que soit l'état de nos connaissances sur les melons, des jardiniers sont en danger. Nous devons absolument les prévenir avant qu'il ne soit trop tard.

L'évêque déclara d'une voix impérieuse :

– Je vais réunir tous mes vicaires et nous allons immédiatement faire circuler cet avertissement dans toutes les paroisses de Londres.

– N'oublions pas Robert Morison à Oxford. Il a très certainement reçu des graines, ajouta John Evelyn.

John Ray, d'apparence si placide, ne put s'empêcher de grimacer :

– Ah ! Ce maudit Écossais ! Ce ne serait pas une grande perte si le tueur pouvait nous en débarrasser.

– John, nous savons que vous êtes souvent en concurrence tous les deux. Un peu de charité chrétienne, que diable ! le morigéna l'évêque.

John Ray bougonna. Il assura qu'il se chargerait de prévenir son ami Nehemiah Grew qu'il devait rencontrer le soir même au *Graecian's.* La duchesse de

Beaufort affirma qu'elle allait mettre en garde ses jardiniers et ordonner l'arrachage des melons.

Benjamin était grandement soulagé. Dans quelques heures, grâce aux émissaires de l'évêque, tous les jardiniers de Londres seraient avertis. Il donna une description précise du tueur. Avec un peu de chance, l'amant d'Elena terminerait sa vie dans une geôle de la terrifiante prison de Newgate.

Sa mission à Londres était terminée. Ses compagnons et lui reprendraient, dès le lendemain, le chemin de la France. Et cette fois-ci, il aurait assez d'avance sur le tueur pour prévenir d'autres drames en France. Il accepta volontiers l'invitation de l'évêque à visiter ses jardins. Ce fut un moment délicieux. Benjamin découvrit un noyer noir, un liquidambar, des acacias, des tulipiers, des sassafras, arbres qui lui étaient inconnus. John Evelyn frétillait de bonheur. Il touchait les arbres, caressait leur écorce, enroulait les feuilles autour de ses doigts. Abandonnant son maintien compassé, il gambadait et semblait prêt à se rouler dans le gazon.

– J'aime les arbres plus que tout. Ils font du bien à l'âme, confia-t-il à Benjamin. Il y a vingt ans, j'ai écrit un livre *Sylva*[1], destiné à encourager leur plantation. Après avoir fait un inventaire des arbres d'Angleterre, j'ai été effrayé de voir les forêts détruites pour les besoins des hauts fourneaux et de la marine de guerre. Mon appel a été entendu et des millions d'arbres furent plantés. Le roi Charles m'en a remercié. Je dois avouer m'être nourri de ce que j'ai vu en France et en Italie.

1. *Sylva : A Discourse on Forest Trees*, 1664.

Je suis un peu responsable de l'engouement pour les chênes verts, les cyprès et les cèdres du Liban[1].

D'excellente humeur, ils reprirent le chemin de Londres. Pour la dernière soirée des Français à Londres, Peppys proposa d'aller à la *Bartholomew Fair*[2], après le souper. John Evelyn détestait ce genre d'amusements qu'il qualifiait de bestiales bacchanales. Il déclina l'offre à la grande déception de Benjamin qui aurait bien aimé l'écouter parler de sa passion des arbres d'ici et d'ailleurs.

---

1. La plupart de ces espèces méditerranéennes ne survécurent pas au terrible hiver 1683-1684.

2. Foire de la Saint-Barthélemy commençant le 24 août pour deux semaines.

18

Chez Virginia, ils retrouvèrent Audiger en pleine ébullition. Émerveillé par sa découverte des coffee houses, il projetait, dès son retour à Paris, de transformer sa boutique du Palais-Royal en un établissement de ce genre.

– Mais il y a déjà des marchands de caffé, lui rappela Rolland.

– Tu veux parler de cette abominable baraque de la foire Saint-Germain tenue par l'Arménien Pascal ? Ce que je veux faire n'a rien à voir. Je veux un lieu confortable, avec de belles tables et des chandeliers comme à Londres. En plus, je mettrai des miroirs partout… Je servirai des eaux florales, des sorbets, du caffé et du chocolat. Et du thé, ce breuvage ambré dont on fait si grand usage ici.

– Ça ne marchera pas en France, lui assura Rolland. Le caffé et le chocolat oui, mais le thé, oublie !

Elizabeth O'Brien lui tapota le bras avec son éventail :

– Vous ne connaissez rien à rien ! Les Anglais vont diffuser ce breuvage dans le monde entier. Ces sots de Français y viendront aussi, croyez-moi !

Rolland ne protesta pas, ce qui étonna Benjamin. Il crut même noter dans le regard du cuisinier une once de bienveillance. Se passerait-il quelque chose entre ces deux-là ?

Audiger demanda à Lord Chasclith de lui dresser une liste des coffee houses de Londres. Ce dernier éclata de rire en disant qu'il y en avait plus de mille et qu'il lui faudrait rester jusqu'à Noël s'il voulait toutes les visiter.

Benjamin avertit ses amis qu'ils devaient se tenir prêts le lendemain matin pour rejoindre Douvres et… la France. C'est à peine s'ils lui prêtèrent attention. Il dut répéter l'annonce d'une voix forte. Rolland lança un regard à Elizabeth. Audiger continua à parler avec Lord Chasclith. Martin ne manifesta aucun empressement. Quand Benjamin lui demanda ce qu'il avait fait de sa journée, il bafouilla qu'il n'avait pas quitté Fleet Street pour aider Sarah dans ses travaux ménagers. Au moment où la jeune fille vint annoncer que le souper était prêt, Benjamin surprit un regard de complicité en disant long sur leurs activités de la journée.

Le souper fut plus simple que la veille, conformément à la tradition anglaise qui voulait qu'on s'empiffre à midi et qu'on mange légèrement le soir. Elizabeth avait préparé une salade avec du saumon, des pommes et des oignons doux que tous apprécièrent. Elle servit ensuite des sortes de paupiettes de bœuf garnies d'une tranche de bacon et d'une farce aux herbes et au jaune d'œuf, accompagnées d'une purée légère de fonds d'artichauts et d'un *posset pie*[1]. Rolland ne râla pas une seule fois,

1. Recette page 379.

n'émit aucune observation. Un miracle ? Elizabeth aurait-elle réussi à le convertir au goût anglais ?

Audiger se resservait pour la troisième fois de *pie* quand, brandissant sa cuillère, il s'exclama :

– J'ai une idée ! Quelque chose de révolutionnaire ! J'ouvrirai ma maison de caffé aux femmes. Le cadre sera si élégant, la clientèle si choisie que les dames de qualité pourront venir sans craindre de fâcheuses rencontres.

Lord Chasclith et Peppys éclatèrent de rire. Virginia expliqua :

– Figurez-vous qu'il y a une dizaine d'années, des femmes diffusèrent une pétition demandant la fermeture des coffee houses. Elles disaient que le caffé transformait les hommes en eunuques et les rendait aussi stériles que les déserts dont la malheureuse baie est originaire. Pour elles, le caffé était responsable du déclin de la vieille vigueur anglaise. Elles assuraient que bientôt leurs enfants auraient tout du singe ou du Pygmée.

– L'année suivante, en 1675, continua Peppys, c'est le roi Charles II qui promulgua l'interdiction des coffee houses. Cela provoqua un tel scandale que la mesure ne fut jamais appliquée.

– Vous serez dans un cornichon[1] si ça se passe comme ça chez vous, l'avertit Lord Chasclith.

– En France, nous ne risquons rien : il n'y en a pas encore ! Et les femmes viendront, je vous l'assure. Et les savants, comme au *Graecian's*. Je mettrai un planisphère. Je les inviterai à faire des lectures, poursuivit Audiger le sourire aux lèvres. On dit que l'usage du

---

1. *To be in a pickle* = être dans de beaux draps.

caffé prédispose à la connaissance des mathématiques, est-ce vrai ?

– Comme le caffé préserve du sommeil, la réponse est oui, répliqua Lord Chasclith.

L'ambiance était au beau fixe. Une fois le souper terminé, la proposition de Peppys de se rendre à la *Bartholomew Fair* fut accueillie avec enthousiasme. Commencé dans des conditions dramatiques, le séjour en Angleterre se terminait dans l'allégresse. Ils partirent pour Smithfield, au nord-ouest de la City, dans la confortable voiture d'Elizabeth O'Brien.

Ils ne tardèrent pas à se retrouver dans une cohue indescriptible et continuèrent à pied, Peppys mettant en garde les Français contre les coupeurs de bourse et autres pickpockets qui trouvaient un terrain de choix à la foire. Dans la poussière et la cacophonie, se côtoyaient pauvres et riches, puissants et gens de peu. Les étals offraient un bric-à-brac de pièges à souris, jouets d'enfants, sacs et ceintures, remèdes pour les maladies connues et inconnues. On pouvait y acheter des chiots, des oiseaux siffleurs, des chevaux… Des vendeurs ambulants proposaient du tabac, des pommes, des huîtres de Colchester, du *gingerbread*[1], des gaufres, des beignets… Les rôtissoires tournaient à plein ; chaque broche garnie de cinq ou six morceaux de mouton, porc, bœuf servis avec un peu de sel et de moutarde. Lord Chasclith acheta une portion de porc à la peau croustillante dont se régala Rolland. Mais si tant de monde se pressait à Smithfield, c'était pour les

1. Petits gâteaux au gingembre.

freaks, les monstres, dont raffolaient les Londoniens. Peppys leur dit que le programme était bon malgré l'absence du cannibale qui s'était malencontreusement noyé dans la Tamise. Il y avait le monstre de Mongolie avec une tête et deux corps, l'homme qui mange des pierres, le cheval avec la queue à la place de la tête, le nain gallois et la géante du Yorkshire, la femme indienne sauvage, le nègre blanc, le cochon qui sait compter, le squelette vivant. Devant les baraques, les bonimenteurs faisaient l'article pour qu'on vienne voir la jument aux sept sabots, le lapin qui joue du tambour ou l'enfant de neuf ans mesurant un pied et demi, aux membres gros comme le pouce d'un adulte et qui même s'il n'avait pas de dents mangeait comme le plus vorace des Anglais.

En voyant l'extraordinaire attrait qu'exerçaient ces soi-disant phénomènes de la nature, Benjamin se dit qu'il n'y avait rien d'étonnant à ce que le melon perpétuel ait des adeptes.

Audiger et Rolland les entraînèrent vers les étals où la bière coulait à flots. Ils goûtèrent à celles de Margate, Lambeth, Northdown. Ils insistèrent pour que Benjamin essaye la *lambswool*, disant que mélangée avec de la purée de pommes et de la noix muscade, la bière ne pouvait pas faire de mal. Le jeune homme refusa énergiquement, le souvenir de sa gueule de bois hollandaise était encore bien trop présent !

Soudain, un individu mit la main aux fesses rebondies d'Elizabeth. Poussant des cris de souris sur le point de se faire croquer, elle attaqua le malotru à coups d'éventail. Rolland se porta immédiatement à son secours, prit l'homme par le col et le somma de s'excuser auprès de la dame. En guise de réponse, l'autre lui envoya son poing dans la figure. Aussitôt les badauds firent cercle. Quelqu'un commença à prendre des paris. Si Rolland avait l'art de tordre le cou à un poulet ou un canard, il était beaucoup moins à l'aise dans un corps à corps. Il prit de mauvais coups, commença à saigner du nez. Elizabeth se précipita alors qu'il était à terre. L'argent des paris changea de mains. Le vainqueur s'éloigna avec un geste de triomphe. Rolland, fou de rage, se releva avec l'aide de ses amis. Il voulut se lancer à la poursuite de son agresseur. Peppys le retint en lui disant :

– Les Anglais adorent se bagarrer. Non pas qu'ils soient vraiment violents, mais en venir aux mains est un spectacle toujours apprécié et qui permet de miser quelques pennys.

– Je vais le retrouver ce maudit chien, beugla Rolland et lui montrer de quel bois je me chauffe.

– Il vaut mieux voler le poulailler[1], conseilla Lord Chasclith.

Ses compagnons réussirent à calmer Rolland, mais il gardait dans l'œil une lueur féroce. Benjamin en avait assez des bières et des monstres et proposa de rentrer. Seule Virginia accepta. Le jeune homme rappela à ses amis qu'ils devaient partir tôt le lendemain. Ils étaient déjà au pied de la baraque annonçant un nouveau spectacle. Pas question de rater le crocodile mangeur d'hommes !

*

1. *To fly the coop* = prendre la poudre d'escampette.

Prêt bien avant l'aube, Benjamin retrouva Virginia qui lui remit la somme nécessaire à leur voyage. Il l'assura qu'il la rembourserait dès son arrivée à Versailles et qu'il avait été très heureux de faire sa connaissance. Elle l'invita à revenir. Si la situation en France devenait trop pesante, il trouverait à Londres un havre pour sa famille. D'après elle, il n'aurait aucun mal à travailler pour l'un des éminents messieurs de la Royal Society. Ce n'était pas une si mauvaise idée. Quand il aurait demandé pardon à Ninon et qu'elle l'aurait voué aux gémonies lui demandant de ne pas reparaître à ses yeux, il reviendrait certainement à Londres.

Le premier à apparaître fut Martin, l'air gêné. Il annonça qu'il ne partait pas. Il pensait pouvoir s'établir à Londres dont le climat lui convenait. Virginia lui demanda s'il aimait à ce point la pluie ou si ce n'étaient pas plutôt les charmes de Sarah qui l'incitaient à rester. Le jeune homme rougit jusqu'à la racine des cheveux, se perdit dans d'obscures explications comme quoi la pluie était bonne pour les fleurs qu'il comptait cultiver et vendre au marché de Covent Garden. Benjamin lui demanda comme dernier service d'aller chercher Rolland et Audiger qui tardaient trop. Seul Audiger descendit, les cheveux emmêlés, l'air hagard. Quant à Rolland, il n'y en avait nulle trace. Son lit n'avait pas été défait. Audiger ne se souvenait plus très bien de la fin de la soirée. Peppys était rentré chez lui. En compagnie de Lord Chasclith, il avait continué à goûter aux bières. Rolland ? Elizabeth ? Ils avaient dit qu'ils continuaient leur chemin.

L'inquiétude fut immédiate. Rolland avait-il mis à exécution son projet de retrouver son agresseur ? Gisait-il quelque part, blessé, battu à mort ? Et Elizabeth ?

Virginia envoya Sarah à Ludgate Street s'assurer que son amie était saine et sauve. La soubrette revint avec une angoissante nouvelle : Elizabeth n'était pas rentrée. Un message fut envoyé chez Peppys, Seething Lane, pour qu'il vienne immédiatement. Une demi-heure plus tard, ils tinrent, en sa présence, un conseil de guerre.

Rolland et Elizabeth faisaient de belles proies pour les bandits si nombreux à Londres. Mais Peppys ne semblait pas outre mesure inquiet. D'après lui, il fallait attendre. Peut-être réapparaîtraient-ils dans quelques heures ? Bien sûr, il pouvait toujours essayer de s'informer sur les rixes de la nuit, mais elles étaient si nombreuses... Devant l'agitation de Benjamin, il lui suggéra de ne pas différer leur départ.

– Impossible, le coupa Benjamin. Avec son sale caractère, Rolland a dû se mettre dans une situation périlleuse. Je me sens si coupable de l'avoir entraîné dans cette aventure qu'il m'est impossible de partir.

*

Commença alors une longue attente. Du moins, pour Benjamin.

Audiger fila avec Lord Chasclith, venu leur souhaiter un bon retour en France. Les deux compères semblaient s'entendre à merveille. Ils mirent au point un programme de visite des coffee houses les plus intéressantes. En deux jours, Audiger devint incollable sur le sujet. Il apprit que le premier établissement avait été ouvert en 1650 à Oxford par un juif et en 1652 à Londres par un Grec nommé Pasqua Rosée. Pour un penny de droit d'entrée et à condition d'être correctement habillé, on pouvait passer la journée à fumer la pipe, boire du caffé, lire les gazettes et discuter. En revanche, il était interdit d'être irrévérencieux, de se battre, de jouer aux cartes et d'engager des paris, ce qui était loin d'être respecté partout. Lord Chasclith lui confia que chaque coffee house avait sa clientèle spécifique. Ainsi les hommes d'affaires se réunissaient chez *Lloyd's*, derrière la Bourse, car on était sûr d'y recueillir les informations les plus fiables sur l'arrivée des navires de commerce ou leur éventuel naufrage. Les politiciens avaient un faible pour le *Cocoa Tree*, à côté de Westminster. Quant aux hommes d'Église, ils privilégiaient *Child's*, au pied de la cathédrale Saint-Paul. Chez *King's*, à Covent Garden, se retrouvaient les fêtards. Il était d'usage, quand on souhaitait rencontrer quelqu'un, de demander quelle coffee house il fréquentait et non pas s'il habitait Chancery Lane ou Bloomsbury Square.

Le lendemain de la disparition de Rolland, Virginia ne supporta plus de voir Benjamin tourner comme un lion en cage. Elle avait déjà assez de mal avec les roucoulades de Martin qui suivait Sarah pas à pas ! Elle fit appel à Peppys pour qu'il la débarrasse du jeune homme. L'Anglais, toujours aussi jovial, prit très au sérieux son rôle de guide. Il montra à Benjamin tout ce que Londres comptait de curiosités. Il l'emmena dans ses lieux préférés : la *Taverne de la Harpe et du Ballon* où on mangeait de très bonnes huîtres ; *Will's*, une coffee house près de l'Amirauté où il avait travaillé. Le jour suivant, il le conduisit à Covent Garden, le plus grand marché de fruits et légumes de Londres, un lieu très animé et à la mode depuis qu'avait ouvert le Royal Theatre, Drury Lane. Benjamin prêta une attention fugace aux étals. Devant un tas de concombres à la peau brillante, sa décision fut prise. Il repartirait le lendemain. Il ne pouvait laisser le tueur prendre de l'avance et recommencer en France son œuvre funeste. D'autant qu'il ne servait plus à rien d'attendre. Ils étaient retournés à Smithfield, les montreurs de monstres leur avaient ri au nez quand ils leur avaient demandé s'ils n'avaient pas trouvé les cadavres d'un homme et d'une femme. Les recherches de Peppys à Old Bailey's, la cour de justice et à la prison de Newgate n'avaient rien donné. La mort de Rolland serait un poids de plus sur sa conscience déjà lourdement chargée.

Benjamin fit part de sa décision à Peppys, soulagé de le voir faire le bon choix. Il l'entraîna au *Graecian's* où ils avaient toutes les chances de trouver Audiger et Lord Chasclith. Les deux compères étaient en grande conversation avec John Evelyn qui déclarait d'une voix vibrante :

– Ah la laitue ! Elle est, et a toujours été, la reine de la tribu des salades. Elle prévient la fièvre, apaise la soif, excite l'appétit, calme la douleur. Elle a aussi des effets bénéfiques sur la moralité, la tempérance et la chasteté.

– Je te reconnais bien là ! s'exclama Peppys, toujours à prôner le retour à une vie sobre et frugale.

– Le royaume des légumes produit à chaque moment de l'année une incroyable diversité. Il est l'un des plus utiles et plus admirables dons de Dieu. Un jardin est un lieu de réflexion pour le philosophe. Il peut employer sa vie à en prendre soin.

– Ce que vous dites me rappelle furieusement un homme que j'aime et admire : Nicolas de Bonnefons, déclara Benjamin.

– Nicolas de Bonnefons ? Quelle coïncidence ! J'ai traduit son livre *Le Jardinier François* en 1658 ! Comment va-t-il ?

– Bon pied, bon œil mais la mémoire qui flanche, résuma Benjamin qui n'avait pas le cœur à poursuivre sur le sujet.

Audiger avait devant lui plusieurs tasses prouvant qu'il avait fait honneur aux spécialités de la maison. Faisant signe à Benjamin de lui laisser la parole, il s'adressa à John Evelyn :

– Nous en étions à l'assaisonnement. Qu'employez-vous ?

– Dans une salade, chaque élément doit avoir sa part, comme les notes de musique composant une mélodie. Une herbe au goût plus prononcé ne doit pas dominer. Tout d'abord votre salade doit être parfaitement lavée, les feuilles mangées par les vers éliminées. Il faut une bonne huile, douce et légère comme celle que donnent les olives de Lucques, un vinaigre parfaitement clair qui peut être aromatisé au romarin, au sureau ou à la rose ; du sel bien brillant ; du poivre blanc ou noir réduit en poudre pas trop fine et de la moutarde du Yorkshire, de préférence. Vous pouvez ajouter de l'écorce d'orange ou de citron, des baies de genièvre, des jaunes d'œufs cuits durs. Je déconseille l'usage du safran comme cela se pratique en Italie ou en Espagne. Un dernier point :

les couverts doivent être impérativement en argent, le fer ne supportant pas l'acidité. Choisissez un saladier en porcelaine de Delft, des petits récipients pour quelques-unes des trente-cinq herbes dont vous parsèmerez votre salade. Voilà, le tour est joué !

Benjamin était médusé de voir un personnage si savant et si docte se passionner pour de modestes salades. Quand il s'en étonna, John Evelyn lui répondit :

– Si je devais choisir les mots de mon épitaphe, je dirais « Ci-gît un jardinier et un arrangeur de salades.[1] »

– Par le chemin[2], pourquoi dit-on « dans mes jours de salade » quand on veut parler de sa jeunesse ? demanda Lord Chasclith.

– *In my salad days* se traduit par « en mes vertes années », lui répondit John Evelyn en éclatant de rire.

Quand Benjamin annonça sa décision de rentrer en France sans plus attendre, Audiger admit que c'était la meilleure chose à faire. Si par bonheur Rolland réapparaissait, leurs amis londoniens se chargeraient bien volontiers de son retour. Lord Chasclith se tourna alors vers Audiger et, d'une voix timide, lui demanda :

– Accepteriez-vous que je me joigne à vous ? J'ai toujours rêvé d'apprendre la cuisine française. Vous pourriez me servir de guide. Je serais en quelque sorte votre apprenti.

– Un Lord anglais comme apprenti, voilà qui va paraître étrange. Disons que je pourrais vous apprendre

1. John Evelyn fera paraître en 1699 *Acetaria. A Discourse of Salletts*, ouvrage sur les salades.

2. *By the way* = à propos.

quelques petites choses. En contrepartie, vous me conseillerez pour la création de ma coffee house à la française.

Lord Chasclith exultait et secoua une bonne minute la main que lui tendait Audiger. Il ajouta :

– Je suis sur le neuvième nuage[1] ! J'ai besoin de quelques heures pour préparer mon départ et donner des instructions quant à la gestion de mon domaine. Pouvons-nous convenir d'un départ demain en tout début d'après-midi ?

Benjamin acquiesça. Au point où ils en étaient, quelques heures de plus à Londres ne feraient guère la différence.

*

Ils s'apprêtaient à se mettre à table pour ce dîner d'adieu quand, la mine réjouie, Rolland fit son apparition au bras d'Elizabeth O'Brien qui le couvait d'un regard amoureux.

– *We arrive at pudding time !* s'exclama Elizabeth, rayonnante.

– Qu'est-ce qu'elle dit ? demanda Audiger.

– Qu'ils arrivent à point nommé, traduisit Peppys.

– Mais où étiez-vous passés ? hurla Benjamin. Nous aurions dû partir il y a deux jours. Nous vous avons attendus la peur au ventre, pensant que vous vous étiez fait assassiner.

– Oh ça va ! On s'est dit qu'on pouvait prendre un peu de bon temps. Vous auriez dû partir sans nous. On ne vous était d'aucune aide.

---

1. *To be on cloud nine* = être au septième ciel.

– Mais pourquoi ne nous avez-vous rien dit ?

– J'ai prévenu Audiger…

Ledit Audiger se tenait à l'écart, l'air gêné.

– C'est possible. J'avais un peu abusé de la bière. Je n'ai pas dû bien comprendre…

Benjamin leva les bras au ciel.

– Un inconscient et un ivrogne !

Faisant un geste d'apaisement, Virginia les invita à s'asseoir.

– Mes chers amis, réjouissons-nous qu'il ne soit rien arrivé de grave. Et partageons ce dernier repas. Elizabeth, Samuel Peppys et moi-même penserons à vous avec émotion et amitié.

Elizabeth toussota et, agitant frénétiquement son éventail, déclara d'une toute petite voix :

– Je pars aussi.

Tous les regards se tournèrent vers elle. Rolland l'avait prise par la taille.

– Elizabeth et moi avons décidé d'unir nos destins. Comme le veut la coutume anglaise, je vous propose de porter un toast à notre bonheur.

Qui aurait pu croire que la sordide affaire des melons déboucherait sur la plus inattendue des idylles ?

19

La seule chose que retint Benjamin de leur voyage de retour fut son inquiétude grandissante à l'idée de retrouver Ninon. Il se jetterait à ses pieds, mais n'osait espérer son pardon.

Les melons ? Il lui fallait attendre d'en parler avec La Quintinie. Maintenant que l'escroquerie était prouvée, il serait certainement plus facile d'en trouver l'auteur. Quoique n'importe quel jardinier averti des techniques modernes pouvait être à l'origine de cette malheureuse histoire, sans compter les excentriques et pseudo-savants se piquant de botanique.

C'est avec un immense soulagement qu'arrivé à Paris, il laissa Audiger, Lord Chasclith, Rolland et Elizabeth. Pendant tout le voyage, ils n'avaient cessé de parler cuisine et de se chamailler.

Quand Benjamin pénétra au Potager du Roi, il retrouva avec émotion les odeurs de terre retournée et de fruits mûrissant. La lumière dorée de ces premiers jours de septembre jouait sur les murs de pierre où s'accrochaient les arbres fruitiers en espaliers. Du haut de la terrasse, il vit des jardiniers occupés à enlever les traînasses des fraisiers afin de conserver les pieds les plus vigoureux. D'autres sortaient les oignons de terre et les disposaient sur le sol pour qu'ils sèchent. Il se dirigeait vers la maison de La Quintinie quand il aperçut Ninon au cœur d'un massif de pieds-d'alouette. La petite reposait dans l'herbe, entourée de bouquets de roses muscates. Son cœur battait la chamade. Ninon était aussi fraîche et belle que les fleurs qu'elle cueillait. Benjamin se crut revenu aux temps de leurs premières amours. Quelle bêtise d'avoir cédé aux charmes d'Elena ! Le voyant s'approcher d'elle, la jeune femme laissa tomber, de saisissement, le petit couteau qui lui servait à couper les fleurs. Elle se campa devant lui, lui assena deux gifles magistrales et tout aussitôt se pendit à son cou, en pleurs.

– Tu m'as fait mourir de chagrin, bredouilla-t-elle.

Benjamin la serrait étroitement contre lui.

– Je suis le plus bête des hommes. Je ne te demande pas de me pardonner. Je ne réapparaîtrai pas à tes yeux, si tu le souhaites, mais sache que je prendrai soin de toi et d'Alixe, même si je ne suis pas auprès de vous.

Ninon se détacha de lui. Ses yeux lançaient des éclairs.

– Qu'est-ce que tu veux dire ? Tu vas repartir ? Avec cette femme ? Tu es venu pour me narguer, me faire encore plus mal ? J'ai tant espéré que tu reviennes et maintenant, tu me dis que tu ne restes pas. Vas-y ! Va la retrouver, cette maudite chienne !

– Elena n'existe plus pour moi. C'est l'être que je déteste le plus au monde. Je voulais juste dire que je suis indigne de ton pardon.

– C'est bien pensé !

– Je croyais que tu ne voudrais plus me revoir.

– Tu es vraiment stupide. Pourquoi aurais-je envoyé Audiger à tes trousses si je ne voulais plus de toi ? Tu crois que je vais accepter que tu nous abandonnes de nouveau ? Si ta vie est ailleurs, si tu dois partir, nous partirons avec toi. Mais de grâce, ne te lance plus dans de si fâcheuses aventures.

– Tu veux dire que tu me pardonnes ?

– Jamais, répliqua-t-elle farouchement, mais j'apprendrai à vivre avec cette douleur. Je te veux auprès de moi.

Benjamin ne croyait pas à sa chance. Ninon ne le rejetait pas. Elle continuait à l'aimer malgré ce qu'il lui avait fait subir. Il cueillit un œillet de poète, le piqua dans les cheveux de sa femme. Le bébé se mit alors à pousser un hurlement perçant. Il se pencha vers la petite, la prit dans ses bras et, pour la première fois, ressentit un profond sentiment d'attachement pour ce petit être frémissant.

– Elle n'a plus de coliques, mais je crois qu'elle est en train de faire sa première dent, murmura Ninon.

Benjamin sourit à sa fille qui hurlait de plus belle. Ninon lui reprit l'enfant des bras en lui disant :

– Tu ferais bien d'aller voir La Quintinie. Il a cru, lui aussi, que tu l'abandonnais.

– Je vais y aller, mais laisse-moi te raconter ce qui s'est passé.

– Je ne veux rien savoir de tes turpitudes, lui rétorqua-t-elle avec colère. Ce que tu as fait avec ta Hollandaise ne m'intéresse pas.

– Ninon, écoute-moi ! Il ne s'agit pas d'Elena qui s'est jouée de moi…

– Tu trouvais plaisir à ses jeux, l'interrompit-elle.

– Écoute, je te dis ! C'est une espionne. Elle agit pour le compte d'un richissime marchand hollandais, à l'origine de la mort de Thomas et des jardiniers de Pincourt. Viens avec moi. Je vais raconter toute l'histoire à La Quintinie. Tu verras, cette affaire n'est pas finie, loin de là.

Benjamin ramassa le couffin et, accompagné de Ninon, partit vers la maison de La Quintinie, suscitant la curiosité et le murmure des jardiniers qui se relevaient pour le regarder passer. Comme il pouvait s'y attendre, l'accueil de La Quintinie ne fut pas des plus chaleureux.

– Comment oses-tu réapparaître ici ? Tu es parti comme un vaurien. Disparais ! Je n'ai pas besoin de compagnons déloyaux.

La Quintinie lui dit pis que pendre de sa désertion. Benjamin baissa la tête, laissant passer l'algarade amplement justifiée.

– Je sais que ma conduite est impardonnable. Si je suis ici aujourd'hui, c'est pour vous dire que je connais l'assassin de Thomas. Hélas, d'autres crimes vont avoir lieu si nous ne nous hâtons pas.

La Quintinie, encore sous le coup de la colère, le regarda avec suspicion.

– Qu'est-ce que tu me chantes là ? La police n'a rien trouvé. Et laisse-moi te dire une chose qui me trouble : comment se fait-il que ton départ ait presque coïncidé avec la fin des saccages de melonnières ?

Benjamin raconta en détail ses aventures hollandaises et anglaises. Décrire les faits et gestes d'Elena en présence de Ninon lui coûta beaucoup, mais il s'était juré de dire toute la vérité à son épouse. Elle l'écoutait avec attention, tenant Alixe étroitement serrée contre elle. La Quintinie manifesta à plusieurs reprises sa surprise et son indignation.

– La tâche va être rude, soupira-t-il après que Benjamin eut fini son récit.

Il se tut quelques instants, les sourcils froncés, farfouilla sur son bureau encombré de livres et de feuillets.

– J'ai peut-être une piste. Il y a deux jours, j'ai reçu une lettre de ce bon Nicolas de Bonnefons. Tu sais qu'il m'avait inondé de missives après la mort de Thomas. Des messages sans queue ni tête, me disant qu'il avait quelque chose à me dire mais qu'il ne se souvenait pas de quoi.

– Je sais, dit Benjamin. Vous ne les ouvriez même plus.

– La dernière est d'une autre teneur. Je la comprends à la lumière de ce que tu viens de me raconter. La voilà, dit-il en brandissant une feuille couverte d'une écriture minuscule. Je te la lis : « Mon cher Jean-Baptiste, je suis bienheureux d'avoir retrouvé dans un coin de ma pauvre mémoire parcheminée et creusée de galeries dignes d'une taupinière, ce que je voulais vous dire depuis fort longtemps. J'ai reçu, courant avril, un étrange courrier d'un personnage se disant dépositaire de vos secrets et se vantant de la découverte d'un melon perpétuel qui, blablabla, suit la description que tu connais, Benjamin. Continuons : J'ai, bien entendu, pris cela à la plaisanterie et me suis dit que quelqu'un, voulant vous jouer un mauvais tour, essayait de vous faire passer pour un âne. Personne ne peut croire qu'une plante pousse sans eau et sous tous les climats. La signature était illisible. Quelle ne fut pas ma surprise, il y a quelques jours, me rendant chez un de mes voisins qui voulait me consulter sur ses futures plantations de poiriers, d'entendre de nouveau parler du melon perpétuel. Bonnichon, un riche marchand de bestiaux, vient d'acheter une maison des champs à Montmorency et se pique d'être à la dernière mode. Il souhaite faire de son jardin un petit Versailles. Il veut savoir s'il faut privilégier les poires Bon-Chrétien d'hiver, les Beurré, les Vigourlé, les Ambrettes, ou les Louise-Bonne, les Crassanes ou encore les Cuisse-Madame. Ce fat m'a fatigué des heures durant avec ses Camousines, Grosses Musettes et autres Mouille-Bouche. Bref, je ne sais plus ce que je voulais vous dire. Ah ! je me souviens. Comme tous les parvenus, cet homme veut pour son jardin le meilleur des créations du moment et, tout à trac, me confie qu'il s'est procuré à prix d'or des graines d'un melon qui allait faire sensation : le melon perpétuel. Bien entendu, je lui ai ri au nez, ce qui ne fut pas à son goût. Je lui ai demandé s'il se les était procurées auprès de quelqu'un se réclamant de La Quintinie. Mais l'homme ne voulut plus rien me dire. Je tenais à vous signaler cet incident. Croyez bien, mon cher Jean-Baptiste et blablabla… »

La Quintinie reposant la lettre, s'exclama :

– Si seulement ce vieux fou avait eu toute sa mémoire en mai, j'aurais compris que quelque chose d'anormal se tramait ! Par la suite, à chaque fois qu'on me parlait de melon, je fermais mes oreilles, ne voulant plus rien entendre.

– Souvenez-vous, ajouta Benjamin, du surnom de perpétuel dont on vous avait affublé !

– Je m'en veux de ne pas avoir été plus clairvoyant. Il n'y a plus de temps à perdre. Comment allons-nous procéder ?

– Il me semble que la première chose à faire est d'aller interroger le voisin de Bonnefons. Si nous savons à qui il a acheté les graines, nous touchons au but.

Benjamin eut beau le supplier de lui octroyer quelques heures en compagnie de Ninon et d'Alixe, La Quintinie fit atteler immédiatement une voiture. Ils prirent le chemin de Saint-Leu en passant par Vaucresson, Bougival et Argenteuil.

*

Ils trouvèrent Nicolas de Bonnefons au cœur d'une véritable ruche. Le vieil homme était occupé à presser des framboises pour en faire de la gelée. Il expliquait à deux jeunes servantes qu'il fallait trois quarterons de sucre pour une pinte de jus. Deux femmes plus âgées surveillaient une bassine de cuivre où bouillonnait un liquide rouge sang exhalant un parfum fruité à souhait. D'autres pelaient des pommes Calville qu'elles jetaient dans une poêle où grésillait du beurre pendant qu'une cuisinière étalait au rouleau une pâte fine.

Penché sur une table, un jeune homme déposait délicatement une goutte de cire d'Espagne sur la queue de poires Bon-Chrétien aux reflets rouge et jaune. Il les enveloppait ensuite dans un papier bien sec pour qu'elles gardent leurs couleurs.

– Mes amis, soyez les bienvenus ! Vous tombez bien ! Goûtez-moi cette merveille.

Il plongea une cuillère dans un pot de gelée translucide et la tendit à La Quintinie.

– Que me vaut votre visite ?

– J'ai reçu votre lettre.

– Quelle lettre ?

– Ah ! non, ça ne va pas recommencer ! s'impatienta La Quintinie. Le melon perpétuel ! Votre voisin !

– Oui, oui, j'y suis. J'imagine que vous voulez le rencontrer. Laissez-moi donner des ordres pour la mise en pots de la gelée et je vous y emmène.

Malgré l'impatience manifestée par La Quintinie, Bonnefons ne put résister à l'envie de lui montrer sa fruiterie aux volets clos, où sur des tablettes de bois s'alignaient sagement pommes et poires. Les fruits les plus beaux étaient séparés par un treillis pour éviter qu'ils se touchent. À de grands cerceaux pendaient les premières grappes de raisin chasselas couvertes de papier. La Quintinie félicita son ami pour la propreté des lieux et les soins attentionnés dont il entourait ses fruits.

Ils reprirent la voiture pour se rendre chez Bonnichon, le voisin. Au bout d'une belle allée d'ormes, apparut une horrible bâtisse couleur crème aux étranges excroissances de brique. Bonnefons soupira :

– C'est terrible ! Cet animal a fait détruire un délicieux petit château construit dans le goût du siècle dernier. Bonnichon voulait s'assurer les services de Le Vau dont les carnets de commande sont toujours pleins, c'est bien connu. Trop pressé, il s'est rabattu sur un médiocre architecte à qui il a dicté ses plans saugrenus. Une honte !

À peine la voiture s'était-elle arrêtée qu'un laquais se précipita pour leur ouvrir la porte et descendre le marchepied. Le pauvre était vêtu de la plus incroyable livrée, bariolée de jaune, vert et violet qui lui donnait un air de perruche des Indes. Le maître de maison se précipita à son tour, à croire qu'il guettait, derrière ses fenêtres, l'arrivée impromptue d'invités.

– Monsieur de Bonnefons, quel honneur me faites-vous !

Lui aussi était habillé de la plus ridicule manière. Des rubans or et argent pendouillaient de son col, de sa ceinture, de ses chausses. Une perruque à grandes boucles blondes se dressait comme une montagne sur sa tête. Il dégageait une telle odeur de musc et d'ambre que Bonnefons ne put s'empêcher d'agiter sa main devant son nez afin de chasser l'odeur agressive.

– À qui l'honneur ai-je? glapit-il en se fendant d'une révérence plongeante devant les compagnons de Bonnefons.

– Jean-Baptiste de La Quintinie, jardinier en chef du roi. Et Benjamin Savoisy, mon premier aide.

– Quelle fierté pour moi mais quelle honte pour mes modestes arbres. Allons dans les prairies découvrir les feux de la nature.

Bonnefons, remarquant le regard interrogatif de La Quintinie, lui murmura à l'oreille :

– Il se croit obligé de parler en termes fleuris. Au début c'est un peu bizarre, mais on s'y fait.

Un petit chien avait emboîté le pas du maître de maison et s'accrochait pour jouer avec les rubans de Bonnichon qui le chassa d'un grand coup de pied dans les côtes.

Ses arbres étaient malingres, leurs fruits minuscules et flétris. Il cueillit une poire avec un luxe de précautions, la mira comme s'il s'agissait du meilleur vin, la caressa d'un doigt et demanda :

– Mes Martin-Sec sont-elles, à l'aune de votre regard bienveillant, dignes de la saveur de vos lèvres ? Plus de deux cents sortes de poires, un jour, je compte à votre regard émerveillé offrir.

– Elles sont très bien, vos poires, grommela La Quintinie, insupporté par le bonhomme. Mais n'avez-vous pas des melons ?

– À vous, le dire, je peux, murmura Bonnichon sur un ton de conspirateur. Oui, j'ai l'extrême bénignité et chanceuse opportunité d'avoir ces melons perpétuels. Ou plutôt, dois-je m'exclamer, j'en aurai de sitôt, car les graines, viens-je de les recevoir et ne les ai pas encore confiées à la nourricière vertu de la terre qui me fait l'honneur de vous porter. Mon jardin, des trompettes de la renommée sera abreuvé et de la gloire, moi-même, aurai-je.

– Mais qui vous a fourni les graines ? demanda La Quintinie.

– Vous le dire, ne puis-je. Le secret, dus-je jurer de ne point trahir la confidence. Entre gens de qualité, vous comprendrez ma pudeur à ne pas révéler.

Benjamin, qui était resté silencieux, commençait à sentir la colère le gagner. Il saisit Bonnichon par le col et le secoua violemment.

– Tu vas nous dire qui te les a données, ces graines ?

– Hélas, bêla le pauvre homme, la perruque de guingois, je ne le puis.

Benjamin ne le lâcha pas. Le petit chien vint à son secours en s'attaquant aux mollets de son maître. Bonnichon couinait comme un mulot pris au piège.

– Blégny, c'est le sieur de Blégny qui me les a données, finit-il par balbutier.

– Où habite-t-il ?

– Je ne sais pas. Je l'ai rencontré au Palais-Royal à une fête que donnait Monsieur le frère du roi. Je venais livrer des marchandises. Il est médecin, je crois.

La Quintinie fit signe à Benjamin de le lâcher et déclara :

– Si vous tenez à la vie, ne vous vantez pas de posséder ce melon perpétuel.

Bonnichon acquiesça, le petit chien toujours accroché à son mollet.

Dans la voiture qui les ramenait, La Quintinie pesta contre ces furieux qui perdent leur temps et leur argent à planter à tort et à travers, ignorant qu'il y a dix fois plus d'espèces à mépriser qu'il y en a de bonnes à cultiver :

– La démangeaison d'en avoir de toutes les sortes est une maladie d'autant plus difficile à guérir qu'elle touche les présomptueux voulant qu'on les croie plus riches qu'ils ne le sont. Tout ça pour en faire parade dans les pyramides de fruits dont on ne peut approcher que des yeux.

Il se calma et remercia chaleureusement Bonnefons de leur avoir fait accomplir un pas décisif vers la découverte du coupable.

– Jamais entendu parler de ce Blégny, déclara le vieil homme, mais c'est vrai que je me tiens si loin de la Cour, maintenant.

– S'il est de l'entourage de Monsieur, notre amie la princesse Palatine, son épouse, doit le connaître, répliqua La Quintinie. Il nous faut aller lui demander. Elle ne nous refusera pas son aide.

– Comment ça, vous ne restez pas souper? se lamenta Bonnefons. Je vous aurais fait préparer des œufs à la coque, une salade de pourpier, un potage de jeune panais à la crème et des petits poulets de grain. Le tout de ma production.

Devant les gestes de dénégation de La Quintinie, il ajouta :

– Au moins acceptez une collation.

– Nous ne pouvons pas, nous avons plusieurs heures de route.

Bonnefons se précipita à l'office et demanda qu'on lui emballe promptement quelques pots de confiture qu'il remit à Benjamin.

*

Ils arrivèrent à Versailles à la nuit tombée. Ninon, ayant ses entrées en tant que bouquetière de la princesse, proposa de les accompagner. Benjamin, qui n'avait pénétré que deux fois dans le palais, n'en croyait pas ses yeux de tant de somptuosité. Les appartements de la Palatine se trouvaient dans la grande aile du côté des jardins, de plain-pied avec ceux du roi. Ils durent se frayer un passage dans la foule montant ou dévalant le grand escalier de marbre jaspé de rouge et de blanc.

On aurait pu se croire un jour de marché, si ce n'est que les caquètements étaient émis par des femmes aux hautes perruques ornées de touffettes à la dinde et le visage blanc de céruse. Quant aux envols de plumes, ils n'étaient dus qu'aux hommes se saluant à coups de chapeau. Malgré son peu de sympathie pour le roi, Benjamin se sentait ému et impressionné de le savoir à si peu de distance. Ils traversèrent au pas de course la Salle des Gardes, décorée de tableaux de taille considérable vantant le génie de la guerre et les victoires du roi Louis. Ils prirent l'escalier de pierre menant chez la Palatine.

Elle donnait un petit souper pour quelques intimes et les accueillit avec surprise :

– Ninon, que viens-tu faire ici, si tard ? Je ne t'ai pas commandé de bouquet. Et vous, Jean-Baptiste ? Que me vaut cette ambassade du Potager ?

– Nous avons des questions de la plus haute importance à vous poser.

– Alors, venez vous joindre à nous. Il n'y a que mes amies Ludres et Théobon. À midi, j'expédie mon dîner en une demi-heure, car manger seule entourée de vingt serviteurs qui me regardent en chiens de faïence me donne des aigreurs d'estomac. Au souper, quand le roi ne me convie pas à sa table, je profite de ma liberté. Que diriez-vous de goûter à quelques saucisses arrivées du Palatinat ainsi qu'au bon chou à la mode de chez moi ?

Vêtue d'une invraisemblable robe de chambre vert pomme, entourée de ses inévitables chiens, elle les invita à prendre place à table sans plus de façon qu'une femme du peuple. Son aversion pour l'étiquette valait à la Palatine les pires moqueries de la part des courtisans. Elle n'en avait cure et poursuivait bravement son chemin semé d'embûches et de chausse-trappes. Après s'être servi quelques cuillères de potée aux choux, La Quintinie lui posa la question qui lui brûlait les lèvres :

– Connaîtriez-vous un certain Blégny dans l'entourage de votre époux ?

– Si je le connais ! Il se fait passer pour un médecin alors qu'il est à peine barbier. Pour ma part, je ne fais aucun cas des médecins et de leurs médecines. Jamais de ma vie je n'accepterai d'être purgée et saignée. Attention, Blégny est particulièrement dangereux. Les pires bruits courent sur lui. On le dit avorteur. Il est calculateur, manipulateur, avide d'argent et d'honneurs. Rien d'étonnant qu'il soit un habitué du Palais-Royal et des débauchés qui entourent mon cher mari. Il intrigue pour devenir médecin du roi. Je ne doute pas qu'il y arrive, car il sait rendre des services inavouables.

– C'est notre homme ! s'exclama Benjamin.

– Ne me dites pas que vous souhaitez entrer en affaires avec lui, s'inquiéta la Palatine.

– Pas le moins du monde. Nous le soupçonnons d'être à l'origine des terribles événements liés aux melons. Savez-vous où nous pouvons le trouver ? demanda La Quintinie.

– Il vous suffit d'aller au Palais-Royal et d'interroger nos gens. Ils vous donneront très certainement son adresse. Mais goûtez à ces harengs saurs et à ce jambon fumé.

Pour faire plaisir à la Palatine, ils mangèrent tout ce qu'elle leur proposait. Des mets sans apprêt dont elle semblait se délecter. Ils parlèrent des derniers événements à Vienne : la Sainte-Ligue sous le commandement du roi Jean Sobieski de Pologne et de Charles de

Lorraine allait lancer ses cent mille soldats allemands, polonais et autrichiens contre les cent quarante mille Turcs de Kara Mustapha qui assiégeaient la ville. Cette bataille serait décisive pour l'avenir de l'Occident chrétien[1].

Ils revinrent sur la mort de la reine, la meilleure des femmes et la plus vertueuse du monde selon la Palatine. Mais la plus bête et la plus niaise, ajouta son amie, Mademoiselle de Ludres qui avait été une des innombrables maîtresses du roi. Au grand déplaisir de La Quintinie, elle rappela que sa mort si subite avait laissé penser, un moment, que les melons dont elle avait abusé pouvaient en être la cause. Bien sûr, on évoqua le mariage secret du roi avec la Maintenon. Avait-il eu lieu ? Aurait-il lieu ? Bien malin celui qui pourrait le dire.

On disait aussi Monsieur Colbert à l'article de la mort. Épuisé, ce travailleur infatigable payait de sa vie ses vingt-deux ans au service du roi. Il souffrait d'une nouvelle attaque de la maladie de la pierre, à moins que ce ne soit sa disgrâce annoncée qui le conduise au trépas. Son rival, Louvois, manœuvrait depuis des mois pour détruire sa réputation dans l'esprit du roi.

Benjamin n'avait d'yeux que pour Ninon. À la lumière des girandoles de cristal, parmi les velours et les brocarts, elle incarnait la grâce et la vivacité. Comment avait-il pu s'éloigner d'elle ? Elle aussi le regardait avec une infinie tendresse.

---

1. Le 12 septembre, la défaite des Turcs mit fin à la menace ottomane sur l'Europe centrale.

20

Il n'y avait plus de temps à perdre. Benjamin partit le lendemain à Paris sur les traces de Blégny. La Quintinie le pria de ne rien tenter avant qu'ils ne se soient concertés sur la manière de le confondre.

Une foule hurlante avait envahi les rues aux alentours du Palais-Royal. Benjamin eut le plus grand mal à parvenir jusqu'à la boutique d'Audiger. La mort de Colbert en son Hôtel de la rue Neuve-des-Petits-Champs venait d'être annoncée. Le petit peuple de Paris manifestait sa joie à la disparition de celui qui l'avait accablé d'impôts nouveaux. N'était-il pas allé jusqu'à instituer des baux pour les échoppes des Halles jusqu'alors gratuites ?

Audiger accueillit Benjamin à bras ouverts et se réjouit de ses retrouvailles avec Ninon. Il lui promit que, si d'aventure il lui venait l'envie de lorgner une autre femme que sa filleule bien-aimée, il le transformerait en chair à pâté. Le jeune homme jura qu'on ne l'y reprendrait plus, trop heureux d'avoir échappé aux griffes d'Elena et d'avoir renoué avec Ninon.

Quand Benjamin demanda s'il connaissait Blégny, Audiger fronça le nez.

– Pour sûr que je le connais ! Il a tenu boutique de chirurgien-barbier des années dans cette même rue. Il avait placé une énorme enseigne annonçant : « Nicolas de Blégny chirurgien ordinaire du corps de Monsieur ». Je n'ai jamais vu quelqu'un d'aussi sûr de lui et faisant feu de tout bois. Au début, je ne me suis pas méfié. C'était un bon client, il passait des heures chez moi à me féliciter pour mes dernières créations. En fait, il ne cherchait qu'à me tirer les vers du nez. Ça n'a pas raté, il s'est mis à vendre des eaux florales et des essences de fruits ressemblant furieusement aux miennes. Il se dit astrologue, mathématicien, s'attribue une particule mais ce n'est que du vent.

– Où habite-t-il maintenant ?

– Il tient bureau chez son fils qui se dit apothicaire, rue Guénégaud. Pourquoi t'intéresses-tu à ce bandit ?

– Il est certainement à l'origine de l'affaire des melons.

Audiger fit la moue.

– Il n'a aucun scrupule à piller les idées des autres, mais je ne lui connais aucun intérêt pour les plantes potagères. Que comptes-tu faire ?

– Entrer en contact avec lui et lui poser adroitement quelques questions.

De nouveau Audiger fit la moue.

– Il va te rouler dans la farine. C'est un coriace. S'il a quelque chose à se reprocher, il ne te dira rien. Laisse-moi t'accompagner. Je connais l'animal et je pourrai le pousser dans ses retranchements.

– Alors, allons-y de ce pas, je brûle de mettre fin à cette histoire. Pouvez-vous vous absenter sans problème ?

– Ça me fera le plus grand bien ! Pour tout te dire, je n'en peux plus de ces Anglais ! Quand j'ai proposé à

Rolland de les héberger, je ne savais pas ce qui m'attendait. Je ne supporte plus de le voir roucouler avec son Elizabeth. Et ce n'est pas le pire. Ils ont transformé mes cuisines en chantier innommable. Ils y passent le temps où ils ne sont pas au lit. Et cerise sur le gâteau, le Lord ! C'est un empoté de première. Il m'a cassé une bonne demi-douzaine de terrines. Il veut expérimenter toutes les recettes de Rolland. Par-dessus le marché, il s'est mis en tête de servir mes clients. Il fait de gros efforts pour améliorer son français, mais parfois on ne comprend rien.

– Dites-lui de cesser…

– Il semble tellement heureux de jouer aux cuisiniers que je n'ai pas le cœur à le rabrouer. Je suis en permanence derrière lui, à rattraper ses bévues, alors qu'il était censé m'aider à installer ma maison de caffé. Il va falloir que je me débrouille tout seul.

La foule ne s'était pas dispersée. Les Parisiens s'en donnaient à cœur joie, colportant chansons cruelles et plaisanteries féroces sur Colbert. À la question d'Audiger, un gamin répondit qu'ils attendaient de savoir quand aurait lieu l'enterrement[1] de ce sinistre ministre pour lui faire une escorte à leur façon.

Audiger soupira :

– Je ne sais que penser. C'est vrai qu'il n'était guère sympathique, mais ce n'est pas ce qu'on demande à un ministre. Il s'est dévoué corps et âme au service de la France. Le roi l'en a bien mal récompensé. La der-

1. Décédé le 6 septembre, Colbert fut enterré de nuit à l'église Saint-Eustache, le convoi mortuaire escorté de soldats du guet.

nière entourloupe de Louvois fut de signaler au roi les dépenses excessives engagées pour la grande grille de l'entrée du château. Le roi en fit le reproche à Colbert, allant jusqu'à parler de friponnerie. Le pauvre en fut profondément affecté. À tel point que, sur son lit de mort, il n'a pas voulu ouvrir la lettre envoyée par le souverain. Du moins, c'est ce qui se dit.

Par la rue Saint-Nicaise, ils longèrent l'hôpital des Quinze-Vingts, puis le quai du Louvre, empruntèrent le Pont-Neuf et arrivèrent rue Guénégaud.

La boutique de Blégny était un invraisemblable bric-à-brac où s'entassaient des piles de bandages, des centaines de fioles, bouteilles, boîtes de pilules, pots d'onguents. Des affichettes vantant eaux cordiales, baumes, tisanes, sels fébrifuges, eaux-de-vie tapissaient les rares espaces libres des murs. Une forte odeur de camphre et d'alcool imprégnait l'air ambiant. Benjamin se sentit suffoquer. L'homme qui se tenait derrière le comptoir s'en aperçut, se précipita vers lui et s'exclama d'une voix impérieuse :

– J'ai pour les poulmoniques une excellente eau vulnéraire…

Tout aussitôt, s'apercevant de la présence d'Audiger :

– Mon cher ex-voisin, quel honneur de vous voir chez moi ! Il y a bien longtemps ! On m'a dit que votre boutique ne désemplissait pas. Dites-moi, avez-vous inventé de nouvelles merveilles ?

Audiger se raidit et, avec réticence, serra la main que Blégny lui tendait.

– Quant à moi, j'ai mis au point un objet qui va vous intéresser : la cafetière portative. Regardez : elle occupe une seule poche et contient tout ce qu'il faut de caffé et de sucre pour trois prises de cette boisson, ainsi que le fourneau, les gobelets, les soucoupes, les cuillères. Je pense qu'elle va remporter un franc succès avec la mode du caffé qui envahit Paris et la France. Vous devriez en prendre pour votre boutique.

La mine sombre, Audiger ne répondit pas. Imperturbable, Blégny continuait sa péroraison.

– Que pensez-vous des essences d'ambre, des poudres de cannelle, girofle, cardamome que certains voluptueux ajoutent à leur caffé ? Je suis contre car les parties volatiles de ces aromatiques prévalent sur celles du caffé et privent ceux qui en usent des bons effets qu'ils espèrent.

Benjamin, attendant avec impatience qu'Audiger se manifeste et oriente la conversation sur les melons, observait Blégny. La quarantaine, portant beau, coiffé d'une perruque d'excellente facture et vêtu d'un habit sombre aux boutons d'argent, il semblait se délecter de sa propre opulence et jouait à l'homme de qualité alors que, de toute évidence, seul l'appât du gain l'animait.

– Savez-vous que je suis en train d'écrire un livre sur le thé, le caffé et le chocolat ? continua-t-il. J'y fais part de mes découvertes sur leurs propriétés pour la santé et les meilleures manières de préparer et boire ces boissons. Pour le thé, je propose de le laisser en infusion la troisième partie d'un quart d'heure.

– Le temps de dire deux ou trois *pater* suffit, dit sèchement Audiger. Le thé chasse les fumées du cerveau, rafraîchit et purifie le sang.

– Pas seulement ! Il est souverain pour les maladies de l'estomac et des intestins, cathares, fluxions et bien sûr pour toutes les indispositions suite à la débauche.

Benjamin, d'un signe discret, fit comprendre à Audiger qu'il était temps d'aller au fait.

– Mon cher Blégny, je ne suis pas ici pour parler de thé ou de caffé…

– Juste une dernière chose, l'interrompit l'infatigable boutiquier. J'ai aussi inventé un fourneau pour garder au chaud ces boissons. Vous savez comme moi que froides elles ne valent plus rien. Grâce à un réchaud muni de trois petites mèches, la température reste égale. Cela me sera fort utile pour la maison de caffé que je compte ouvrir prochainement.

Audiger poussa un rugissement et sauta à la gorge de Blégny.

– Ah non, pas ça ! Je serai le premier !

Blégny, beaucoup plus grand, n'eut aucun mal à se défaire de son attaquant. Audiger, les poings en avant repartit à l'assaut. Il se fit cueillir par un coup porté à la mâchoire qui l'envoya valdinguer dans un empilement de bandages. Il se releva avec peine, empêtré dans les lanières et les sangles se déroulant comme un nid de serpents. Avec un geste de vengeance et se tenant la joue, il quitta la boutique, suivi par Benjamin, furieux que cette entrevue se soit déroulée de si piètre manière.

Sur le pas de la porte, Blégny ricanait :

– Retournez à vos alambics ! J'aurai toujours une longueur d'avance sur vous. Vous voulez peut-être un onguent cicatrisant ?

Audiger, malgré les élancements de sa mâchoire meurtrie courut comme un dératé jusqu'au Palais-Royal, sans rien vouloir entendre des reproches de Benjamin. À la boutique, ils trouvèrent Rolland et Elizabeth en train de se bécoter et Chasclith occupé à servir des clients. Le

Lord fit asseoir Audiger, apporta une serviette mouillée d'eau froide, l'appliqua sur la joue endolorie provoquant un hurlement de douleur du blessé.

– Ne criez pas au meurtre bleu[1], il n'y a rien de cassé.

– C'est un fou furieux, trépignait Audiger. Il a voulu me tuer.

– N'exagérez pas, lui dit Benjamin. C'est vous qui l'avez attaqué.

– Peut-être, mais j'en ai assez de le trouver partout sur mon chemin.

– Avec ces bêtises, je n'ai rien appris sur son implication dans l'affaire des melons. Et il m'est impossible d'y retourner après ce qui s'est passé.

– Dites-moi ce que vous cherchez à savoir et je peux m'en charger, proposa Lord Chasclith. N'oubliez pas que j'ai été diplomate. Comme tous les Anglais, je suis aussi frais qu'un concombre et je sais mordre la balle.

– Qu'est-ce qu'il raconte ? demanda Benjamin.

– Je crois qu'il veut dire qu'il sait garder son sang-froid[2] et rester stoïque[3], répondit Elizabeth.

Audiger soupira et grommela :

– Je ne vous demande qu'une chose : ne parlez ni thé ni caffé, ni chocolat et encore moins de coffee houses. Pour l'amour de Dieu, ne me trahissez pas.

– Mon cher Audiger, je suis si plein de reconnaissance pour vous que jamais je ne ferai une chose pareille. Je ne laisserai pas sortir le chat du sac[4].

---

1. *To cry blue murder* = crier comme un putois.
2. = *To be as cool as a cucumber.*
3. = *To bite the bullet.*
4. *To let the cat out the bag* = vendre la mèche.

Il fut conclu que Chasclith se rendrait rue Guénégaud et jouerait son propre rôle, celui d'un riche voyageur anglais. Il se dirait amateur de jardins à l'affût de nouveautés. Il caresserait Blégny dans le sens du poil, assurant qu'on lui avait appris qu'il détenait les plus extraordinaires secrets et l'aiguillerait habilement vers la question des melons. Chasclith assura qu'en deux secousses de queue d'agneau[1], il aurait le fin mot de l'affaire.

Benjamin aida Audiger à monter l'escalier et à se coucher. Sa joue droite avait doublé de volume. Le pauvre homme craignait que ses dents ne soient ébranlées. Malgré la rancœur qu'il éprouvait, Benjamin resta près de lui. Soudain, se fit entendre un grand fracas de verre brisé et de métal entrechoqué. Audiger se releva sur son séant et beugla :

– Ah non ! Ça ne va pas recommencer.

– Quoi donc ?

– Rolland et Elizabeth qui se lancent des plats à la tête. Je t'en prie, va voir et essaye de calmer ces furies avant qu'ils ne détruisent tout.

Dans la boutique, deux clients s'étaient réfugiés derrière le comptoir, cherchant à éviter Elizabeth, armée d'une poêle qui pourchassait Rolland.

– Si tu jettes encore un de mes puddings, je te quitte, hurlait la petite femme furibonde.

– Elizabeth, ce n'est plus possible ! Tu en as déjà fait trente-quatre ! Je sais qu'il existe cinquante manières de les préparer, mais peut-être pourrais-tu t'arrêter là,

---

1. *In two shakes of a lamb's tail* = en deux coups de cuillère à pot.

brama le cuisinier avant de disparaître dans l'office, toujours poursuivi par sa compagne.

Les clients se hâtèrent vers la porte malgré les essais du commis pour les retenir. Benjamin passa dans l'office où la dispute faisait rage.

– Tu ferais mieux d'apprendre à préparer le grand bouillon, base de toute cuisine, disait Rolland.

– Ridicule ! rétorquait Elizabeth. Utiliser un trumeau et du gîte de bœuf, des épaules de veau et de mouton, des rognons de bœuf, du lard, des oignons, du thym, des clous de girofle, c'est du gâchis.

– Ce bouillon sert à faire tous les potages ainsi que le coulis universel pour les sauces et liaisons.

– Inutile ! Je me passe très bien de tes coulis.

– Tu ne disais pas ça hier soir, quand je t'ai fait mes pigeons en compote.

– Supercheries ! Extravagances dispendieuses ! Dépenses superflues ! Je préfère mille fois nos bonnes sauces anglaises, simples, douces et épicées.

Rolland se prit la tête entre les mains.

– C'est pas vrai ! Tu ne vas pas me vanter cette horrible cuisine gothique où on ne distingue aucune saveur tant elles sont mélangées !

Elizabeth ricana.

– Tu as repris deux fois de mon *posset pie*.

– Ce n'est pas la même chose. C'est un dessert et la cannelle, tout comme le sucre, lui convient bien. Nous, Français, avons eu les premiers, la clairvoyance, que dis-je, l'intelligence, le génie de servir les plats sucrés en fin de repas. Et nous ne voulons plus entendre parler de mêler sucre et sel dans les viandes et les poissons. Peux-tu te mettre dans ta petite tête d'Anglaise que c'est ignoble, criminel de procéder à de telles mixtures ?

– Et toi, espèce de Français arrogant et vaniteux, tu peux imaginer un instant que le monde entier ne fasse pas comme vous ?

– Non, hurla Rolland, car c'est la seule manière de bien manger. Souviens-t'en : c'est FINI les épices du Levant, place aux herbes, au thym, à la ciboulette. C'est FINI le vinaigre et le verjus, place aux sauces grasses et onctueuses. Il y a des nourritures méprisables. L'homme de goût veut l'abondance et la diversité.

Elizabeth poussa une sorte de mugissement.

– Évidemment, tu ne t'intéresses qu'aux princes et aux ducs de Versailles. Chez nous, les nobles n'ont pas honte de vivre à la campagne et se fichent de tes plats compliqués. Dans leurs domaines, ils brassent leur bière, font leur fromage, élèvent leurs poissons. Ils se réjouissent des mets transmis par leurs ancêtres et honorent leurs hôtes avec une simplicité généreuse.

– Tu parles d'un honneur d'avaler de pauvres légumes bouillis. Ici, nous leur donnons mille apprêts chatoyants qui ravissent le palais de nos nobles gourmands.

– Poudre aux yeux ! Tes nobles ne pensent qu'à faire étalage de leurs richesses alors qu'ils sont parqués comme des domestiques et ne servent à rien. Ils ont une peur mortelle de se retrouver à la campagne, des fois qu'on leur fasse manger du foin. Ils le mériteraient !

Elizabeth s'était emparée d'un fouet, Rolland d'une grande cuillère en bois, leurs nez se touchaient presque.

Benjamin s'apprêtait à les séparer quand ils se tombèrent dans les bras et s'embrassèrent passionnément. Éberlué, il les vit reprendre calmement leur place de chaque côté de la table et se passer poliment le beurre et la crème, ingrédients qu'ils employaient l'un et l'autre à profusion.

Il allait puiser un bol de bouillon pour l'apporter à Audiger quand Ninon, portant Alixe dans ses bras, fit irruption. Sans mot dire, elle tendit le bébé à Elizabeth, alla se planter devant Benjamin et d'un ample mouvement lui assena deux énormes gifles. Elle reprit sa fille et déclara d'une voix sifflante :

– Sale menteur ! Tu t'es bien moqué de moi ! Venir te chercher au Potager alors que tu m'avais juré qu'elle ne comptait plus pour toi !

– Qu'est-ce que tu racontes ? Elena ? Tu l'as vue ?

– Oui, Elena puisque tu ne peux pas t'empêcher de prononcer son nom, même en ma présence. Elena qui paradait dans les allées. Elena qui t'attendait.

– Oh mon Dieu ! La Quintinie ! Il est en danger !

– Ne te préoccupe pas de La Quintinie, il est à Marly. Je te parle de ta nouvelle trahison…

– Ninon, je te jure que ce n'est pas moi qu'elle cherchait. Elle me croit en route pour Java. Non, elle venait pour forcer La Quintinie à lui dévoiler la soi-disant liste. Ça veut dire que nous n'avons plus d'avance sur elle. Il faut la démasquer.

Décontenancée, Ninon fondit en larmes. Benjamin la prit dans ses bras et lui chuchota à l'oreille combien il regrettait de lui infliger tous ces tourments. Si elle voulait bien lui faire encore un peu confiance, il lui jurait que dans quelques heures, ce ne serait plus qu'un mauvais souvenir. Ninon ne lui répondit pas. Benjamin prit comme un signe favorable du destin le délicieux sourire que lui offrit sa fille.

Elizabeth, émue par les larmes et le désarroi de la jeune femme, s'empressa auprès de Ninon, s'exclamant qu'après avoir fait la route entre Versailles et Paris, elle avait besoin de se restaurer. Avec l'aide de Rolland, elle dressa rapidement la table.

Audiger, toujours inquiet pour sa batterie de cuisine, pointa son nez. Découvrant sa filleule, les yeux rougis et la mine défaite, il se retourna vers Benjamin et l'apostropha :

– Qu'est-ce que tu as encore fait ? Tu ne vois pas que cette petite est à bout de nerfs avec tout ce que tu lui as fait subir ?

Benjamin fit un effort surhumain pour ne pas fracasser l'autre partie de sa mâchoire. Il respira profondément, saisit la main de Ninon et la serra très fort tout en s'adjurant de garder son calme. Il allait devoir agir seul. Cette bande d'excités, prêts à s'étriper pour une tasse de caffé ou une recette de potage, lui faisaient perdre un temps précieux. La soirée était trop avancée pour qu'il retourne rue Guénégaud mais, dès le lendemain, il ferait rendre gorge à ce damné Blégny qui ne pouvait qu'avoir partie liée avec Elena. À l'idée de se retrouver en présence de la Hollandaise, une rage profonde l'envahit. Il lui ferait payer cher sa traîtrise.

Elizabeth et Rolland leur servirent le fruit de leurs activités culinaires : une tourte à la portugaise, un canard à l'arabesque et un pudding à la carotte[1]. À

1. Recettes page 377.

peine avaient-ils entamé le canard que Lord Chasclith, fringant et pétulant, fit son entrée en déclarant :

– Quel excellent homme, ce Blégny !

Audiger s'étrangla et recracha sa cuillerée de bouillon.

– Il m'a fait part des choses les plus extraordinaires ! Regardez ce que j'ai obtenu pour une chanson[1] : de la poudre céphalique contre la migraine, du lait virginal d'amarante qui fortifie le cœur et le cerveau, du cachou ambré et des pastilles d'Espagne pour la bouche, de l'huile de nicotiane pour les tintements d'oreilles, une liqueur de jouvence qui désopile les viscères et guérit radicalement les vapeurs.

– Oui, mais les melons ! s'impatienta Benjamin.

Lord Chasclith déposait sur la table boîtes et flacons.

– Attendez, je n'ai pas fini : des bésicles à ressort, des dragées purgatives, des yeux d'écrevisses pilés, une poudre pour faire mourir les punaises…

– Les melons, nom de Dieu, rugit Audiger.

– N'ayez pas de fourmis dans le pantalon[2] ! J'ai des cassolettes pour parfumer l'air et chasser les maladies. On peut les mettre partout, même sur les branches des lustres et des girandoles. Je vous explique : la fumée s'insinue dans les poumons et ensuite dans les vaisseaux sanguinaires, ce qui la rend plus efficace. Elles ont été si bien accueillies par le roi et la Cour qu'elles ont reçu le nom de cassolettes royales.

– Allez-vous en venir au fait ? vociféra Benjamin.

---

1. *To got it for a song* = pour une bouchée de pain.
2. *To have ants in one's pant* = s'impatienter.

Lord Chasclith se tourna vers lui et reprit d'un ton égal :

– Je descends aux pointes en laiton[1]. Je ne crois pas que Blégny soit coupable. C'est un homme de science dévoué à ses malades et qui cherche avant tout leur bien-être. Il m'a promis qu'en quinze jours, je serai débarrassé de mes maudites crises de goutte. Sur ses conseils, je suis allé acheter ses livres chez la Veuve Nion. Je vous assure qu'ils contiennent des merveilles.

– Bref, reprit Benjamin d'une voix éteinte, vous n'avez rien appris.

– Puisque je vous dis qu'il n'y a rien à craindre de cet homme ! C'est un bébé dans les bois[2]. Il a bien d'autres choses à faire que de courir après des melons. Quand il a su que je m'intéressais à la cuisine, il m'a donné plein d'adresses très intéressantes. Il compte d'ailleurs les regrouper dans un livre[3]. Pour le boudin blanc, qui paraît-il est à la mode, il m'a conseillé d'aller chez le sieur Boursin, près de la place des Victoires.

– Il y en a aussi du très bon chez Olivet, à côté de la porte Richelieu, connu aussi pour ses pieds à la Sainte-Ménehould, ajouta Rolland.

– Il me l'a cité. Pour les câpres, les oranges de Chine et du Portugal, il faut aller rue de la Cossonnerie. Pour lui, les Provençaux du cul-de-sac Saint-Germain-l'Auxerrois vendent le meilleur fromage de Rocfort,

---

1. *To get down to brass tacks* = en venir à l'essentiel.
2. *He is babe in the woods* = innocent comme l'agneau qui vient de naître.
3. Blégny publiera en 1692 le *Livre commode des adresses de Paris.*

des olives, des anchois, des figues, des raisins, des amandes et autres fruits secs.

– Sans oublier le sieur Lion, rue de la Truanderie, qui tient magasin de fruits de Provence.

– Vous ai-je parlé de son chocolat antivénérien ? continua Chasclith.

Exaspéré, Audiger se leva avec difficulté et agitant sa cuillère sous le nez de l'Anglais, hurla :

– Si vous voulez continuer à habiter chez moi, vous allez vous taire car je ne saurai tolérer que vous chantiez les louanges de cet escroc. J'espère que vous ne lui avez rien dit sur les coffee houses.

Lord Chasclith toussota.

– Je mange de l'humble tarte[1]. Je ne voudrais pas vous offenser, mais je pense vraiment que c'est un hareng rouge[2]. D'ailleurs, je compte retourner le voir demain. Il a créé une maison de santé qui m'a l'air exemplaire. Il y donne une conférence chaque dimanche après les vêpres. Ceux qui veulent m'accompagner à Pincourt seront les bienvenus.

– Pincourt, dites-vous ? s'exclama Ninon en regardant Benjamin avec insistance.

Le jeune homme ne suivait plus la discussion, échafaudant des plans pour confondre Elena et Blégny.

– Pincourt ? Oui et alors ?

– C'est bien là qu'ont été assassinés ces pauvres jardiniers, les Chanteperdrix ?

– Oui, sur des terres appartenant à un certain Chevignot qui n'était pas sur place lors du drame.

---

1. *To eat humble pie* = faire de plates excuses.
2. *A red herring* = une fausse piste.

– Ah non, pas Chevignot ! gémit Ninon. Tu as parlé de lui à La Quintinie ?

– Je ne me souviens plus. Je ne crois pas. Peut-être étais-je trop ému. Pourquoi ? Tu le connais ?

– Évidemment. C'est un jardinier qui a travaillé au Potager du Roi. Peu de temps avant ton arrivée, La Quintinie a dû le renvoyer. Il volait des graines, était insolent et surtout n'avait pas toute sa tête. Il clamait partout qu'un jour, il prouverait qu'il était beaucoup plus fort que La Quintinie.

– Ninon, je crois que nous touchons au but. Ce jardinier est certainement l'auteur des lettres. Reste à savoir quels sont ses liens avec Blégny. Et surtout, il nous faut le retrouver avant Elena. Elle est certainement sur sa piste et fera tout pour obtenir la liste de ceux à qui il a envoyé les graines. Demain, je vais à Pincourt.

C'était faire fi de la demande de La Quintinie de ne rien entreprendre sans son avis. Tant pis ! Le temps pressait.

21

Malgré les objurgations de Benjamin, Ninon voulut absolument l'accompagner à Pincourt. S'il devait y rencontrer Elena, elle tenait à être témoin. Seule cette confrontation la rassurerait sur l'attachement de Benjamin à son égard. Le jeune homme céda à ses prières, malgré la crainte qu'il ressentait. Il savait Elena capable du pire.

Quand Ninon demanda à Audiger de garder sa fille, il se récria :

– Impossible, je souffre le martyre. Je ne pourrai pas m'occuper de cette petite. Et aujourd'hui dimanche, j'ai donné congé à Mariette et aux autres domestiques. Ne va pas te mêler de ces histoires. Laisse Benjamin se débrouiller tout seul.

Ninon essaya auprès d'Elizabeth. En vain. Rolland et elle avaient décidé d'aller rejoindre des amis pour une promenade Cours-la-Reine. Ils ne pouvaient pas se charger de l'enfant.

La jeune femme décida de prendre Alixe avec elle.

– Pas question, c'est trop dangereux, s'insurgea Benjamin.

– Je resterai en retrait. Je ne risque rien.

– Et je saurai vous défendre, déclara Lord Chasclith en prenant un air avantageux. Mais vraiment, je ne comprends pas pourquoi vous vous méfiez tant de cet homme. Serait-ce parce que toutes ses oies sont des cygnes[1] ?

Ils n'eurent aucune difficulté à trouver la fameuse Société Royale de Médecine de Blégny. La maison occupait un vaste terrain au milieu des jardins potagers, à quelques centaines de toises du champ où avaient été assassinés les Chanteperdrix. Elle était imposante : un corps de logis principal flanqué de deux ailes en pierre blanche de Paris, entouré d'un grand jardin où se dressait un petit belvédère. Lord Chasclith s'émerveillait de la propreté des lieux, de la pureté de l'air et disait se sentir déjà mieux.

– Pourquoi, vous êtes malade ?

– Pas du tout ! Mais c'est très agréable de se sentir mieux que bien.

Une trentaine de personnes venues assister à la conférence se pressaient dans le vestibule. Qu'ils fussent marchands, lingères ou portefaix, tous étaient sur leur trente et un.

Benjamin avait pris soin de porter un large chapeau rabattu sur les yeux pour ne pas être reconnu par Blégny.

Ils furent conduits dans un grand salon où étaient disposées des rangées de petites chaises inconfortables. Lord Chasclith voulut s'installer au premier rang, mais Benjamin le fit asseoir de force au fond de la salle.

1. *All his geese are swans* = tout lui réussit.

– Vous resterez là avec Ninon et Alixe pendant que je vais explorer la maison. Au moindre danger, vous filez.

– Vous ne restez pas écouter Blégny ?

– Quelques minutes, mais je crois déjà connaître son discours.

Peu de temps après, apparut le maître des lieux. Il se jucha sur une petite estrade et commença, avec un grand sourire, à haranguer son public.

– Chers amis, je vous souhaite la bienvenue dans cette Académie composée de médecins, de philosophes et d'apothicaires où vous trouverez tout ce qui concourt à une bonne santé. À la fin de la séance, je vous dresserai gratuitement ordonnances et délibérations sur votre état.

Un murmure approbateur se fit entendre dans la salle.

– En tant que préposé à la recherche et à la vérification des nouvelles découvertes en médecine, j'ai acquis une renommée certaine pour les maladies vénériennes, les maladies des femmes et des enfants, les hydropisies et généralement pour les maladies extraordinaires. Je peux vous dire que plus de cinquante personnes ont été guéries de descente de boyaux en moins de cinq semaines en faisant retraite dans cette maison.

Quelques sifflements admiratifs fusèrent. Blégny eut un petit sourire modeste et continua :

– Plus de trente personnes accablées de rhumatismes invétérés, sciatique, goutte ont été parfaitement guéries par les étuves vaporeuses.

– C'est quoi, les étuves vaporeuses ? lança un des auditeurs.

– Une machine de mon invention dans laquelle on est baigné sans être dans l'eau. Les malades sont couchés sur un lit suspendu où ils reçoivent une vapeur fortifiante.

Chasclith était suspendu aux lèvres de Blégny. Ninon berçait Alixe qui commençait à chouiner. Benjamin allait se lever pour faire un tour dans la maison, quand un homme apostropha Blégny d'une voix tonitruante :

– C'est bien joli tout ça, mais n'avez-vous pas failli être embastillé il y a deux mois de ça à la demande des médecins de Paris ? On dit que vous ne faites pas partie de l'Académie de médecine ni même de celle de chirurgie.

– Je suis content que vous en parliez car il s'agit là du plus incroyable artifice dont mes ennemis ont usé pour me faire perdre la protection de Monsieur La Reynie, lieutenant de police. Sous des prétextes fallacieux, grâce à des intrigues indignes, ils ont tout fait pour troubler mes exercices et empêcher la publication de mes ouvrages. Si je n'ai pas été reçu à Saint-Côme[1], c'est tout bonnement que je n'ai pas fait mon apprentissage à Paris. Mon seul crime est de réussir là où d'autres médecins échouent lamentablement. Je suis prêt à soutenir n'importe quelle dispute sur les sujets de médecine ou de physique avec les plus savants.

– Mais on vous a bien obligé à interrompre la publication de votre gazette, reprit le contestataire aussitôt hué par l'ensemble des auditeurs.

Blégny faisant un signe d'apaisement continua avec un large sourire :

---

1. Les chirurgiens devaient passer un examen auprès de la confrérie de Saint-Côme pour pouvoir exercer.

– C'est exact. *Les Nouvelles Découvertes de toutes les parties de la médecine*, gazette mensuelle saluée par les plus grands médecins français et étrangers n'existe plus. Mais je vous rassure : *Le Mercure Savant*, imprimé en Hollande, a pris sa suite et sera bientôt disponible.

Il fut applaudi à tout rompre, empêchant le frondeur de poser d'autres questions. Benjamin profita du brouhaha pour s'éclipser. Blégny avait enchaîné, vantant son établissement pour les dames de province désireuses de faire leurs couches dans les meilleures conditions, pour un écu par jour.

Le jeune homme commença par explorer méthodiquement les pièces du rez-de-chaussée, réservées aux soins des malades. Toutes étaient désertes ainsi que la grande cuisine, l'office et les resserres à bois occupant l'aile droite. Il monta au premier étage, ouvrit quelques portes donnant dans des chambres de malades, s'excusant pour le dérangement. Dans le couloir, erraient quelques convalescents au teint pâle. Par une fenêtre, il aperçut des petits groupes flânant dans le jardin, des malades se tenant courbés, d'autres que leur famille poussait dans des petites chaises munies de roues.

Benjamin avait cru que le lieu recèlerait des indices sur les activités coupables de Blégny. Cette recherche s'avérait vaine. Imposteur, charlatan, escroc, avide d'argent, cela ne faisait aucun doute, mais rien ne prouvait qu'il fût lié à l'affaire des melons. Seul un face-à-face apporterait des réponses, à condition d'être plus retors que lui, ce qui ne serait pas facile. Benjamin pensa rejoindre Ninon et Chasclith. À l'idée de subir les rodomontades du faux médecin et l'air extasié du Lord, il préféra continuer son exploration.

Devant un auditoire dorénavant tout acquis, Blégny en était arrivé à décrire les agréments du logement, la saine nourriture, l'accueil qui était assuré à n'importe quelle heure du jour. Quant aux tarifs, ils étaient d'un écu par jour, payable d'avance.

Alixe commença à émettre des petits couinements annonciateurs de manifestations beaucoup plus bruyantes. Au premier cri qu'elle poussa, Ninon quitta la pièce, disant à Chasclith qu'elle devait trouver de l'eau pour la petite. Buvant les paroles de Blégny, le Lord lui prêta une attention distraite.

Des bruits de voix guidèrent Ninon à l'étage. Arrivée sur le palier, elle aperçut Benjamin montant l'escalier qui menait à l'étage supérieur. Elle le suivit dans l'intention de lui confier Alixe pendant qu'elle chercherait de l'eau. Au deuxième étage, elle ne vit pas trace de lui. Peut-être avait-il pénétré dans une des pièces longeant le couloir. Ninon ouvrit la première porte et entra dans une vaste salle qui devait servir à la fabrication des pansements et des bandages. Il y avait, sur une table, de grandes balles de coton défaites. Un vrai nid douillet qui lui donna l'idée d'y coucher Alixe. L'enfant s'en trouva bien et cessa immédiatement de pleurer. Ninon joua avec sa menotte et quelques instants plus tard, les yeux de la petite papillotèrent et se fermèrent. Il n'y avait rien de mal à rester dans cette pièce inoccupée. Elles ne dérangeaient personne. Mieux encore, elle remarqua un lourd rideau destiné à séparer la pièce en deux. Elle le tira. Alixe et elle étaient invisibles.

Elle commençait à s'assoupir quand elle entendit la porte s'ouvrir. Elle ne bougea pas, se sentant un peu coupable de s'être installée sans permission. Peut-être le visiteur ne resterait-il pas. Une voix d'homme, inquiète et chevrotante, se fit entendre :

– Laissez-moi tranquille avec ces melons !

Ninon reconnut immédiatement Chevignot. Elle porta la main à sa bouche, se demandant comment elle allait signaler sa présence.

Une femme lui répondit avec un léger accent qui ne laissait aucun doute. Elena.

– Je ne demande pas mieux, mais il me faut la liste des jardiniers à qui vous avez envoyé les graines.

– Je ne sais plus. Je ne veux plus en entendre parler. C'était une erreur. Je n'aurais jamais dû faire ça.

– Mais si ! Vous pouvez devenir riche.

– Les Chanteperdrix sont morts à cause de moi.

Ninon entendit un bruit de raclement de gorge suivi d'un gémissement rauque évoquant l'agonie.

– N'y pensez plus. Vous êtes un jardinier de génie. Vous aurez la gloire et la fortune.

– Taisez-vous. Je ne me le pardonnerai jamais ! s'exclama Chevignot d'une voix tremblante.

– D'autres vont mourir si vous ne me dites rien.

– Par pitié, appelez Blégny. C'est lui qui s'occupe de tout maintenant.

La porte s'ouvrit de nouveau, avec violence. Ninon entendit Benjamin s'écrier :

– Ah ! te voilà enfin. J'attendais ce moment avec impatience. Nous voilà réunis.

Ninon sentit un froid mortel l'envahir. Ce qu'elle redoutait était en train de se produire. Elle faillit arracher le rideau, mais la colère qui perçait dans la voix de Benjamin l'en empêcha.

– Benjamin ? Mais je te croyais sur *L'Hirondelle des Mers*, balbutia Elena avec effroi.

– Tu as cru te débarrasser de moi, mais je vais te faire payer tes crimes et ta traîtrise. Tu es l'âme la plus noire que la Terre ait portée.

À ces paroles, Ninon se sentit revivre.

– Je ne suis pour rien dans ton embarquement. Si tu veux, nous pouvons encore partager une vie de plaisirs et de richesse. Je te donnerai ces caresses que tu aimes tant. Souviens-toi, nous avons eu de si bons moments.

Ninon, les mains tremblantes, la gorge sèche attendit la réponse de Benjamin.

– Tes baisers n'étaient que fiel et venin.

– Nous aurons encore des nuits de jouissance, des petits matins voluptueux.

– Ténébreuses tromperies !

– Laisse-moi te prendre dans mes bras.

– L'étreinte mortelle du serpent !

Ninon choisit ce moment pour écarter le rideau et alla se placer aux côtés de Benjamin. Il la regarda avec stupéfaction. D'un geste protecteur, il la fit passer derrière lui.

Elena ricana :

– Ah ! c'est elle, la jeune oie blanche. Elle va pouvoir me remercier de tout ce que je t'ai appris.

Benjamin, fou de rage, voulut se ruer sur elle quand entra Blégny.

– Que faites-vous là ? Que voulez-vous ? Laissez ce pauvre fou.

Chevignot, prostré dans un coin courut vers lui et, à genoux, lui entoura les jambes de ses bras. Blégny se dégagea brutalement. Pantelant, des sanglots dans la voix, le jardinier s'exclama :

– Faites-la partir ! Elle veut la liste.

Le charlatan éclata de rire et s'adressa à Elena :

– La liste ? Mais pour quoi faire ? Ces melons perpétuels n'existent que dans la cervelle dérangée de ce pauvre homme.

– Qui me dit que vous ne voulez pas garder pour vous les bénéfices de cette découverte ? demanda Elena qui avait retrouvé son aplomb habituel.

Les rires de Blégny redoublèrent.

– Vous n'avez pas encore compris que cela ne rime à rien ? Essayez donc de planter des melons maintenant, vous n'en sortirez rien. Rien, vous dis-je ! La saison est passée et les graines n'ont rien de miraculeux.

– Mais les lettres ? hasarda Elena d'une voix moins assurée.

– Les lettres sont bien réelles. Ce pauvre Chevignot était persuadé d'avoir fait la découverte du siècle. Je crois savoir qu'il vouait à La Quintinie une admiration sans borne mâtinée de haine féroce. Il ne supportait pas que le génie dont il se croyait doté ne soit pas reconnu par le grand maître des Potagers du Roi. Quand La Quintinie l'a renvoyé, il s'est réfugié dans son jardin de Pincourt et a ressassé ses griefs. Il m'a raconté qu'un jour de décembre, au petit matin, il a vu son jardin couvert de melons. Les hallucinations sont courantes chez ce genre de malades, j'en sais quelque chose. Il tenait son heure de gloire. Enfin, il allait pouvoir montrer à La Quintinie quel jardinier génial il était.

– Mais pourquoi a-t-il envoyé ces lettres ? demanda Benjamin.

Blégny le toisa du regard :

– N'étiez-vous pas hier avec ce pauvre fou d'Audiger ? Faites-moi penser à vous donner une pommade qui lui fera le plus grand bien. Les lettres ? Dans sa folie, Chevignot n'était pas dénué d'un certain sens de la stratégie. Il savait que La Quintinie refuserait de le recevoir, son départ du Potager s'étant accompagné de quelques violences. Par contre, si la reconnaissance venait des éminents amis de La Quintinie, il aurait partie gagnée.

– Reste tranquille, hurla Benjamin à Elena qui tentait de se rapprocher de la porte. Tu n'as aucune chance de t'échapper.

La Hollandaise blêmit.

Chevignot pleurait silencieusement, le corps agité de soubresauts. Ninon hésitait à aller chercher sa fille. La tension était si grande qu'elle y renonça. Benjamin, voyant que Blégny se désintéressait du drame qui se jouait et s'apprêtait à quitter la pièce, le retint par le bras. La seule manière de l'inciter à continuer son récit était de lui servir quelques flatteries.

– Monsieur de Blégny, reprit Benjamin, vous faites preuve d'un grand discernement, certainement dû à votre pratique auprès des malades à l'esprit dérangé. Pouvez-vous nous dire ce qui s'est passé ensuite ?

Le faux médecin sourit avec une modestie étudiée.

– Chevignot connaissait le nom des amis botanistes de La Quintinie. Il lui fut facile de trouver où envoyer les lettres. Seul problème, dans sa précipitation, il omit de mentionner son adresse et signa de manière illisible. Mais il ne put résister à l'envie de signaler qu'il faisait partie des proches de La Quintinie. Voilà vous savez tout. Des malades m'attendent, je vous prierai de bien vouloir me laisser vaquer à mes occupations.

– Comment est-il arrivé dans cet estimable lieu ? insista Benjamin. Avait-il entendu parler des soins éminemment bénéfiques que vous dispensez ?

Blégny, cette fois, sourit de toutes ses dents et s'empressa de répondre :

– Quand les Chanteperdrix ont été assassinés, Chevignot a pris peur. Il a compris qu'il ne maîtrisait plus la situation et il est venu se réfugier ici. Nous sommes voisins. Il savait que je sais rester très discret sur les gens reçus dans cette maison. Quand il a appris qu'un jardinier du Potager qu'il connaissait bien était mort, lui aussi, ce fut le coup de grâce. Depuis ce moment, il a l'esprit qui bat la campagne. Il ne reconnaît plus sa famille. Il n'y a qu'à moi qu'il accepte de parler.

Chevignot, le regard vague, les bras ballants, s'était appuyé à une table servant à la confection des bandages. À ses côtés, Elena, le visage fermé, regardait furtivement vers la porte. Ninon, qui l'observait attentivement, remarqua qu'elle avançait la main vers des ciseaux traînant parmi les tissus. Elle avertit Benjamin qui bondit et les lui arracha des mains.

– Ne t'avise pas à essayer de nous fausser compagnie. Nous n'en avons plus pour longtemps.

Les traits défigurés par la rage, Elena lui cracha au visage et le griffa avec sauvagerie. Benjamin la ceintura. Elle se débattit, puis soudainement se laissa aller à l'étreinte et offrit ses lèvres au jeune homme en murmurant d'un ton lascif :

– Qu'attends-tu pour me donner ce baiser dont tu rêves tant ? Partons...

Benjamin la repoussa violemment et, d'une voix glaciale, déclara :

– Tu vas payer pour tes crimes. Garde tes simagrées pour tes geôliers. Tu auras besoin de tous tes charmes quand tu croupiras dans un cul-de-basse-fosse à la Bastille. Nous allons te livrer à la police. Laisse-moi juste demander à l'éminent docteur de Blégny pourquoi il a, lui-même, vendu des graines de melons.

Blégny le regarda d'un air interloqué.

– Voilà qui est le comble de la naïveté ! Mais pour l'argent, mon jeune ami ! Tout comme cette charmante dame qui semble vous donner du fil à retordre ! L'occasion était trop belle. Sans s'en douter, ce pauvre toqué de Chevignot avait mis en place un excellent piège. Je n'ai fait que ramasser la monnaie quand il en était encore temps. Ni vu ni connu, passez muscade ! Avec tous les crédules qui courent les rues, rien n'était plus facile que de crier au miracle. Plus d'un s'y est fait prendre. Il fallait aller vite. J'en ai vendu peu mais très cher. On ne peut rien me reprocher. Il n'y a aucune preuve. Je n'ai rien à voir avec les meurtres.

Il éclata d'un rire retentissant.

Un coup timide se fit entendre à la porte qui s'ouvrit sur Lord Chasclith.

– Vous voilà ! Je vous cherchais partout pour vous dire mon admiration et m'inscrire pour un séjour chez vous.

Il s'avança vers Blégny. Elena en profita pour se rapprocher de la porte.

C'est ce moment que choisit Alixe pour se réveiller et se manifester avec un cri déchirant. Un petit bras rose et dodu émergea du nid de coton. Avant que Ninon ait pu faire un pas, Elena s'était emparée du bébé. Elle tira de son corsage un ruban et l'entoura prestement autour du cou de l'enfant.

– Ne m'approchez pas, je n'ai plus rien à perdre.

Pétrifié, Benjamin la laissa s'avancer de quelques pas, retenant Ninon qui hurlait qu'on lui rende sa fille.

Aux pleurs du bébé, Chevignot s'était redressé. Il saisit, sur la table, une longue aiguille à bandage. D'un bond, il rejoignit Elena. Le premier coup qu'il lui porta lui transperça la gorge. Le deuxième fit jaillir un flot de sang sombre et épais. Il s'acharna sur la malheureuse qui tomba à genoux, tenant toujours le bébé dans ses bras. Ninon se précipita pour arracher la petite, éclaboussée de sang. Benjamin se saisit du jardinier et le jeta à terre. Alixe hurlait à pleins poumons. Ninon et Benjamin défirent fébrilement ses langes à la recherche d'une blessure. Elle n'avait rien. Pleurant et riant, Ninon serrait sa fille contre elle. Blégny, penché sur Elena, lui fermait les yeux. Agenouillé aux côtés de Ninon, Benjamin vit Chevignot, le regard fou, ouvrir la fenêtre. Il se releva, courut jusqu'au jardinier. L'homme bredouillait :

– Laissez-moi, laissez-moi.

Il lâcha l'aiguille ensanglantée. Benjamin allait l'atteindre quand il cria :

– Maudits soient les melons.

Il enjamba la rambarde, repoussa la main de Benjamin, le regarda en disant à voix basse :

– Que La Quintinie vienne me rejoindre en enfer.

Il sauta.

LES PERSONNAGES

Après la mort d'Elena et de Chevignot, on n'entendit plus parler du melon perpétuel.

En mai 1684, Ninon donna naissance à un petit garçon, Baptiste. Elle mourut en couches quatre ans plus tard. Benjamin confia Alixe et Baptiste à une nourrice.

Quelques mois plus tard, La Quintinie disparaissait à son tour. Benjamin quitta Versailles et le Potager pour entrer au Jardin des Plantes. Il s'installa avec ses enfants chez Audiger, ravi de leur préparer ses *eaux de neige*. Alixe ne le lâchait pas d'une semelle, apprit tous ses tours de main et manifesta très tôt une véritable passion pour la confection des gâteaux. Baptiste, qui adorait sa sœur, essaya de l'imiter mais se tourna bien vite vers l'art de la distillation.

Leur père, grâce à Tournefort, obtint un premier embarquement pour Québec en compagnie de Michel Sarrazin. Il participa en 1700 au voyage de Tournefort dans les pays du Levant, puis repartit en 1708 pour un voyage de deux ans qui le mena à Aden, à Mokha, à Madagascar, à Maurice et à l'Isle Bourbon. À Mokha, avec le capitaine de *La Merveille de Saint-Malo*, il négocia un accord très favorable sur le commerce du café. À chacun de ses retours, Benjamin captivait ses enfants avec des récits tous plus incroyables les uns que les autres.

Il ne revint pas de son dernier voyage. En janvier 1712, le *Saint-Joseph* quitta Saint-Malo pour le Chili. En compagnie d'un jeune ingénieur, André Frézier, il découvrit l'Amérique du Sud. Deux ans plus tard, il mourut à bord, peu de temps avant d'arriver à Marseille. André Frézier, comme il l'avait promis, remit à Alixe et Baptiste quelques plants de *frutillas*, ce petit fruit délicieux qu'on appela, en France, fraise blanche du Chili et qui, mariée à une fraise de Virginie fera la fortune de Plougastel où s'était retiré Frézier.

Il est fort probable que nous retrouvions bientôt la famille Savoisy dans de nouvelles aventures culinaires.

Jean-Baptiste de La Quintinie (1626-1688). Né à Chabanais, petit bourg charentais, La Quintinie fait ses études chez les Jésuites de Poitiers, puis à la faculté de droit, parcours obligé pour ce fils de notable. Monté à Paris, il entre en 1653 au service du Président aux Comptes Tambonneau. La famille habite un magnifique hôtel construit par Le Vau, au cœur du quartier à la mode, le faubourg Saint-Germain. Le jardin est l'œuvre de Le Nôtre. Madame Tambonneau collectionne les aventures. Monsieur Tambonneau s'en accommode. Il a coutume de dire que s'il n'avait pas été son mari, il aurait volontiers été son amant… Toujours est-il que La Quintinie devient le précepteur de Michel-Antoine, le fils Tambonneau. En 1656, ils partent tous les deux pour un grand tour d'Italie avec une petite halte à Montpellier. À son retour, La Quintinie abandonne la carrière juridique, « préférant le parfum du jasmin à celui des plaideurs ». Il enchaîne alors la création de jardins potagers pour les puissants jusqu'à sa nomination à la charge de directeur des Jardins Potagers et Fruitiers du roi. On a vu combien d'efforts et de peine demanda la création du Potager. Malheureusement, La Quintinie ne veillera que cinq années sur sa grande œuvre. La mort vient le cueillir le 11 novembre 1688, à l'âge de soixante-deux ans. Anobli l'année précédente, il était célèbre dans l'Europe entière. « J'ai perdu un ami », déclara Louis XIV.

En 1690, Michel, son seul fils survivant, fait publier les *Instructions pour les jardins fruitiers et potagers.* Cet ouvrage, résolument moderne, se fonde sur les observations et les expérimentations menées par La Quintinie tout au long de sa vie. À la fois guide des pratiques culturales jusque dans les moindres détails et ouvrage théorique sur l'agriculture et la physiologie des végétaux, il va révolutionner l'art des jardins potagers, que ce soit dans leur architecture ou dans les méthodes à appliquer. Constamment réédité, traduit en anglais par John Evelyn, ce livre, signe de son succès, sera plagié et fera l'objet de nombreuses contrefaçons. Il préfigure les grands progrès de la science agronomique du XVIIIe siècle. Très novateur, il apporte de nouveaux éclairages sur la croissance des végétaux, notamment sur le rôle de la sève et du système racinaire des arbres. Si La Quintinie n'est pas le premier à aborder la question de la taille, avec les trois cents pages consacrées à ce sujet, il en est le théoricien. Sa plus grande réussite est certainement d'avoir mis au point la technique des primeurs, grâce à l'utilisation de fumier frais et la protection des plantes avec des verres ou des cloches.

Mais pour La Quintinie, l'exploit n'a de valeur que si les fruits et les légumes sont bons. L'esbroufe ne l'intéresse pas. Seules comptent la variété et la qualité.

Louis Audiger. On connaît peu de choses sur sa vie. Les éléments biographiques du troisième chapitre du roman sont issus de son livre *La Maison réglée*, publié en 1692. Guide à l'usage des maîtres d'hôtel, cet ouvrage est une mine de renseignements sur la manière dont était organisée la maison d'un grand seigneur. Avec vivacité et drôlerie, Audiger passe en revue toutes les fonctions nécessaires, de l'aumônier à la nourrice en passant par le postillon et le garde-chasse. Il donne moult informations sur les gages à allouer, le prix des denrées, les attributions de chacun et la meilleure manière de les remplir. Un chapitre est consacré à l'organisation des repas. Des dessins de plans de table permettent de comprendre la complexe disposition des plats et, à la fin, il livre ses recettes d'eaux de fleurs et de fruits. Audiger commence sa carrière comme maître d'hôtel dans les plus grandes maisons. Il la finit dans sa boutique de limonadier, à préparer glaces et sorbets dont il avait découvert les secrets en Italie. S'il fut certainement l'un des premiers à offrir aux Parisiens, thé, café et chocolat, ce ne fut pas lui qui ouvrit le premier café. Le privilège revient à Procope. Dommage !

L.S.R. Sous ces mystérieuses initiales, se cache l'auteur de *L'Art de bien traiter*, paru en 1674. S'agit-il d'un sieur Robert à moins que ce ne soit Rolland ? J'ai privilégié le deuxième !

Ce personnage haut en couleurs n'hésite pas à régler ses comptes culinaires avec une verve confinant à la violence. C'est un râleur, un querelleur, mais doté d'une grande vertu : il écrit la cuisine. Il lui donne du sens, de l'esprit, l'inscrit dans les plaisirs de la vie, en fait un art de recevoir avec harmonie et plénitude. Il s'emporte, vitupère, mais devient doux comme un agneau quand il est question « de ne rien épargner en ce monde pour la joie tant qu'on le peut ». L'art de bien traiter ses convives, voilà ce qui lui importe. Grâce à mille petits détails : la lumière des girandoles, la porcelaine la plus fine, les nappes immaculées, les parfums les plus doux.

On ne sait rien de sa vie, de sa carrière si ce n'est qu'il dut servir les plus grands. Dans son livre, il consacre plusieurs chapitres à des collations sur les eaux, dans des jardins, des grottes. Comment résister à l'envie de « faire de petits voyages en bateau, se rafraîchir dans une île, y reposer à l'ombre et goûter en la compagnie de ce qu'on aime les délices de la vie la plus douce et la plus heureuse » ?

Quant à ses recettes, elles sont assez compliquées et font appel à tant d'ingrédients que j'ai privilégié celles d'autres cuisiniers, plus simples. Qu'il me pardonne !

Nicolas de Bonnefons. Encore un dont on ne sait pas grand-chose ! Valet de chambre de Louis XIV, on ne connaît ni sa date de naissance ni celle de sa mort. En revanche, il nous a laissé deux monuments de saveur et de bon goût. Le premier, *Le Jardinier François* (1651), détaille tous les fruits et légumes qu'un homme de qualité et son épouse doivent avoir dans leur jardin.

Le second, *Les Délices de la campagne* (1662), permet à ladite épouse de faire préparer les mets les plus délicats et les plus naturels. Ces deux livres traduisent l'engouement de l'aristocratie pour les jardins potagers et fruitiers et sont annonciateurs de la nouvelle cuisine du XVIIe siècle. Si j'ai situé le domaine de Bonnefons à Saint-Leu (la Forêt), c'est en hommage à cette campagne parisienne qui devint le jardin d'Éden des cerises (Montmorency), des figues (Argenteuil), des pêches (Montreuil), des pommes et des poires.

Charlotte-Elisabeth de Bavière dite *la Palatine* (1652-1722). D'elle, on sait tout ! Grâce à l'énorme correspondance que Charlotte-Elisabeth, dite Liselotte, entretient avec sa famille, de son arrivée en France jusqu'à sa mort. Il faut dire qu'il y avait de quoi s'ennuyer avec un mari qui préférait les hommes et, couvert de bijoux et de fanfreluches, menait joyeuse vie avec ses amants.

Elle est laide et elle le sait, elle a une grosse voix et parle un mauvais français, elle ne sait pas s'habiller ni se farder, de quoi faire s'esclaffer la Cour entière. Seule consolation, le roi lui porte de l'amitié. Elle chasse avec lui, il apprécie sa vaillance et sa jovialité. Mais fait-elle trop de bourdes ? Et surtout, laisse-t-elle trop voir sa détestation de la Maintenon qu'elle appelle *la vieille ratatinée* ? Le roi se détourne d'elle. Elle subit complots et médisances. Sa bonne humeur en prend un coup. Elle se dit sans le sou, son mari couvrant d'or ses favoris : Effiat et Lorraine, ceux-là mêmes qui ont été soupçonnés d'avoir assassiné sa première épouse, la douce Henriette d'Angleterre.

Elle déteste la vie factice de la Cour. Elle se réfugie dans les livres, l'amitié de ses dames de compagnie et le commerce avec ses chiens et ses perroquets. Autre coup dur : son pays natal est mis à sac par les troupes de Louis XIV. Elle paraît de moins en moins à la Cour. À la mort de son époux, sur l'insistance du roi, elle accepte une réconciliation de façade avec Madame de Maintenon. À la mort du roi, elle se retire à Paris, puis à Saint-Cloud et n'attend plus que les visites de son fils, Philippe, le Régent qui lui a toujours témoigné une grande affection.

Joseph Pitton de Tournefort (1656-1708). Rejeton d'une riche famille d'Aix-en-Provence, son père le destinait à l'état ecclésiastique. En 1679, il part faire des études de médecine à Montpellier. Il en profite pour herboriser en Provence, en Catalogne, dans les Pyrénées. En 1683, il est appelé par Guy-Crescent Fagon au Jardin des Plantes.

Son premier livre, *Éléments de botanique ou méthode pour connaître les plantes*, publié en 1694, connaît un immense succès. En concevant un système de classification des plantes clair et précis, il est le précurseur de Linné. En revanche, il refusera toujours d'envisager une sexualité des plantes. Il connaît bien John Ray, le premier à décrire le pollen. Ils échangent critiques et connaissances. Louis XIV lui confie en 1700 une expédition dans les pays du Levant. Pendant quinze mois, il dressera un catalogue des plantes rencontrées dans les îles grecques, en Turquie, en Georgie, en Arménie. Comme tous les esprits curieux de son temps, il ne se limite pas aux observations botaniques, mais s'improvise ethnologue, historien, archéologue ou géographe. Titulaire en 1706 de la Chaire de Médecine et de Botanique du Collège Royal, célèbre dans toute l'Europe, il aurait pu, grâce à son enthousiasme et sa rigueur, faire progresser encore la science botanique. Hélas, il meurt le 28 décembre 1708, après avoir été heurté par une charrette rue Copeau (actuelle rue Lacépède).

Nicolas de Blégny (1646-1722). Un escroc précieux pour les historiens ! Simple bandagiste-herniaire, Blégny va connaître une ascension professionnelle extraordinaire. Faux chirurgien, faux médecin, il en usurpera les titres auprès de la reine (1678), du frère du roi (1683) et du roi lui-même (1687). Génie de la publicité avant la lettre, il parsème ses ouvrages de slogans à la gloire de ses produits et de ses pratiques. Son premier livre, *L'Art de guérir les maladies vénériennes*, un sommet de charlatanisme, remporte un très beau succès. Il récidive avec l'*Histoire anatomique d'un enfant qui resta vingt-six ans dans le ventre de sa mère.* Puis il devient journaliste médical avec sa gazette *Nouvelles Découvertes dans toutes les parties de la médecine.* Les plaintes affluent et, comme il est raconté dans le roman, il connaît quelques difficultés avec la justice. Cela ne le décourage pas. La maison de santé de Pincourt tourne à plein. Il donne des cours de chirurgie, de médecine et même de perruques ! Il est tout de même embastillé en 1686, puis reprend ses activités. En 1688, il publie *Du bon usage du thé, du café et du chocolat pour la préservation de la santé* et deux ans plus tard, sous le pseudonyme d'Abraham du Pradel, le *Livre commode contenant les adresses de Paris.* La levée de boucliers est immédiate car l'ouvrage donne des adresses privées et se fait l'écho de quelques indiscrétions... En revanche, pour l'historien, ce livre est une mine d'informations ! Que Blégny en soit remercié ! En 1692, la deuxième édition du livre est saisie. Cette fois, c'est le coup de grâce. Arrêté en 1693, Blégny sera incarcéré huit ans au château d'Angers. Libéré, il mourra en Avignon.

Samuel Peppys (1633-1733). Grâce à son journal, tenu de 1660 à 1669, Londres prend vie et relief, des petits événements quotidiens aux grands drames comme la Grande Peste, la guerre anglo-hollandaise, le Grand Incendie. Mieux encore, on se prend de sympathie pour ce haut fonctionnaire écrivant avec spontanéité et vivacité. Il nous emmène manger des huîtres dans les tavernes, pique-niquer dans les parcs, assister à des pièces de théâtre et des petits concerts entre amis. Il se dit heureux et nous fait partager son bonheur. Libertin, il ne résiste pas à voler un baiser à une soubrette, tripoter les tétons d'une comédienne. Il ne manque pas de nous raconter ses bonnes fortunes, ce qui lui vaut de mémorables scènes avec son épouse qu'il aime tendrement. C'est aussi un travailleur infatigable doublé d'un homme courageux. Pendant la Grande Peste de 1665, il reste à son poste alors que ses collègues s'enfuient.

Issu d'une famille modeste, son père est tailleur, sa mère lingère, il fait ses études à Cambridge. À vingt ans, il épouse la fille d'un huguenot français exilé. Il entre à l'Office de la Marine. À force de travail, il deviendra secrétaire de l'Amirauté. Cette ascension sociale provoque des jalousies. Il sera faussement accusé de malversations et même de papisme, ce qui lui vaudra quelques séjours à la Tour de Londres. À partir de 1680, les honneurs pleuvent. Il sera président de la Royal Society of Sciences de 1684 à 1686 et élu membre du Parlement en 1685.

John Evelyn (1620-1706). L'autre grand chroniqueur de son époque. Moins savoureux que son ami Peppys, plus austère, plus sérieux, il n'en est pas moins attachant. Homme de science d'une incroyable curiosité, il s'intéresse aux sujets les plus divers : théologie, politique, architecture, botanique, cuisine. Il fait partie des fondateurs de la Royal Society of Sciences. Son premier livre, *Fumifugium*, porte sur la pollution de l'air à Londres. *Sylva*, son second ouvrage, sera réédité jusqu'au XIXe siècle.

Les arbres, les jardins, la botanique sont au cœur de ses préoccupations. Il est le traducteur du *Jardinier François* de Nicolas de Bonnefons et des *Instructions pour les jardins potagers* de Jean-Baptiste de La Quintinie. Son petit livre, *Acetaria, A Discourse of Sallets*, est un véritable bijou décrivant toutes les salades et leurs nombreux assaisonnements. Il laisse un manuscrit de recettes glanées dans sa famille et auprès de ses amis. Digne représentant du puritanisme, il devient, à la fin de sa vie, presque ascétique, se passant de petit déjeuner et de souper.

Né dans une famille aisée, il fait ses études à Oxford, voyage en Italie et en France où il épouse la fille de l'ambassadeur d'Angleterre. En 1694, il s'installe dans le domaine familial de Wotton (Surrey) entouré de jardins dont il prend le plus grand soin.

Denis Papin (1647- vers 1712). Un fichu caractère, mais un savant de génie. Il fait ses études de médecine à Angers, mais pratique peu, préférant se tourner vers la recherche en sciences physiques. En 1675, à Paris, il publie son premier livre, *Nouvelles Expériences sur le vide avec la description de la machine servant à le faire.* Il devient à 24 ans l'assistant du Hollandais Christian Huyghens, membre de l'Académie Royale des Sciences, fondée par Colbert sur le modèle de la Royal Society of Sciences. Il part à Londres et deviendra l'assistant de Robert Boyle, autre grand scientifique. C'est là qu'il met au point son fameux digesteur. Le succès est immense. Tout Londres, le roi en tête, se précipite pour goûter aux bouillons et pâtés de Papin. En 1680, il est reçu membre de la RSS.

Célèbre mais piètre gestionnaire, il se retrouve sur la paille et accepte l'invitation d'aller créer une académie des sciences à Venise. (Ici, il me faut avouer que Benjamin et Audiger n'ont pu assister en août 1683 à la démonstration de Denis Papin car il était à Venise.) Le projet échoue et il revient à Londres, mais ses emportements lui valent de plus en plus d'inimitiés. Impossible de rentrer en France : l'Édit de Nantes est aboli et Denis Papin est huguenot…

Coup de chance, le Prince-Électeur de Hesse-Cassel lui offre la chaire de mathématiques de l'université de Marburg. Il bouillonne d'idées, construit une première machine à vapeur qui n'a aucun succès, un bateau-plongeur qui réussit à traverser un lac. Cette invention est jugée sans avenir. Son bateau à aubes sera détruit par les bateliers de la Weser, son lance-grenade ne sera jamais utilisé par les militaires ! Il propose à Louis XIV son digesteur pour nourrir les armées et les pauvres. En vain ! Pour tout arranger, il épouse, sur le tard, une femme querelleuse et peu amène. En 1708, il repart en Angleterre sans que personne ne cherche à le retenir. L'accueil à Londres ne sera pas meilleur. Il meurt dans l'indifférence et la misère à une date inconnue, entre 1712 et 1714.

Petit rappel historique sur l'Angleterre. Benjamin, Audiger et Rolland sont trop occupés pour s'intéresser à la vie politique anglaise. Sachez, néanmoins, qu'en 1649, après des années de guerre civile, le roi Charles Ier Stuart est exécuté. Une république (Commonwealth) est instaurée, puis remplacée en 1653 par le protectorat de Cromwell. En 1660, la monarchie est restaurée avec Charles II Stuart. À sa mort, en 1685, son frère Jacques II le remplace mais devra s'enfuir en France en 1688. Le trône est alors confié à sa fille Marie et son époux Guillaume d'Orange. Théorisée par les philosophes Hobbes et Locke, la monarchie parlementaire va voir le jour.

Royal Society of Sciences. La plus ancienne académie des sciences, née dans les années 1640 de réunions informelles de savants rompant définitivement avec la tradition scolastique. Le 28 novembre 1660, le *Collège pour la promotion de la physique-mathématique* expérimentale est créé. En 1663, cent cinquante membres sont élus. En 1665, commence la publication de *Philosophical Transactions*, seule revue scientifique à paraître sans interruption depuis trois cent cinquante ans. La RSS s'appuie sur le principe qu'une vérité scientifique doit être établie par l'expérimentation et, en aucun cas, basée sur l'autorité d'une personne.

Isaac Newton (1643-1727) en est président de 1703 à 1727. Actuellement, la RSS compte 1284 *fellows* (membres) britanniques et du Commonwealth ainsi que 132 *fellows* étrangers, élus à vie. On compte parmi eux soixante-deux Prix Nobel. Elle finance les recherches de scientifiques de haut niveau et agit en matière de politique et d'éducation scientifique au Royaume-Uni.

VOC. Dès la fin du XVIe siècle, des marchands amstellodamois se réunissent pour commercer au loin. L'ouverture de la route maritime du cap de Bonne-Espérance accélère le mouvement. En 1601, 68 bateaux prennent la route des Indes. Le 2 mars 1602, la Compagnie des Indes orientales est créée pour s'assurer le monopole du commerce et éviter que de petites compagnies se fassent concurrence. La VOC peut ainsi prendre le pas sur les Espagnols et les Portugais. Elle a le droit de faire la guerre, de conclure des traités, prérogatives en principe réservées à un État. De plus, elle est dotée d'un caractère permanent, contrairement aux compagnies antérieures. Le financement (6 millions de florins) est réuni par un système d'actions, au début largement ouvert puis très vite concentré entre quelques investisseurs. La VOC passe des accords avec les principautés indigènes pour se procurer les denrées, de la Chine à l'océan Indien. Batavia est fondée en 1619 pour servir de centre administratif et d'entrepôt général. Seul hic : les Asiatiques ne sont absolument pas intéressés par les produits venus d'Europe, sauf par l'or ! Cela n'empêche pas la VOC d'employer au milieu du XVIIIe siècle plus de 25 000 personnes en Asie et 3 000 aux Pays-Bas. En deux siècles, plus de 4 500 voyages ont lieu.

À la fin du XVIIIe siècle, de mauvais choix commerciaux, une direction peu dynamique et la concurrence anglaise obligeant à fortifier les comptoirs causent de lourdes pertes financières. La guerre contre l'Angleterre (1780-1784) puis l'invasion des Provinces-Unies par les troupes françaises (1795) sonne le glas de la VOC qui disparaît en 1799.

Le Potager du Roi. Un lieu unique au cœur de Versailles, à deux pas du château. Toujours vaillant, toujours productif trois siècles après sa création, ce jardin témoin du passé, s'inscrit dans le présent et innove pour l'avenir.

À visiter et revisiter, au printemps quand les arbres fruitiers sont en fleurs, en été pour voir s'épanouir fleurs et légumes, en automne, au moment des récoltes, en hiver pour découvrir les incroyables formes de taille des arbres fruitiers.

Si vous voulez voir à quoi ressemble la célèbre asperge d'Argenteuil ou la fameuse poire Bon-Chrétien, courez-y !

J'ai eu la chance, pour la préparation de ce livre, d'y travailler plusieurs semaines. Certes, plus d'une fois, j'ai râlé de devoir prendre le train de 7 h 14, gare Saint-Lazare, pour être à 8 h à pied d'œuvre. Certes, chaque soir, je revenais en rampant tellement le travail est rude. Mon dos se souvient encore des quatre cents fraisiers, des centaines de poirées, courgettes, aubergines et basilics à planter. Quant aux quelques tonnes de poires cueillies fin août sous des trombes d'eau, n'en parlons pas ! Ou plutôt si, parlons-en. Un festival de poires ! Toutes meilleures les unes que les autres ! Essayez donc la *De Tongre*, ou mieux encore la *Grand-Champion.* Sublime mais funeste expérience, car dès ce moment, même la *Louise-Bonne*, pourtant excellente, vous paraîtra presque médiocre. Vous passerez tout l'automne à chercher les très rares marchands fruitiers à la commercialiser et, inlassablement, vous reviendrez au Potager supplier qu'on vous en vende encore quelques-unes.

C'est ça le Potager du Roi, un miracle de saveurs dont on ne pense pas qu'elles puissent exister. Un bonheur de lumières douces et vives, de senteurs fraîches, de rencontres avec des papillons ou des coccinelles. Mais aussi avec les limaces mangeuses de salades et les carpos, insectes tueurs de fruits.

Au pied de la statue de La Quintinie, à quatre pattes dans les plates-bandes, en haut d'une échelle à fruits, poussant un chariot, transbahutant des cagettes, je n'eus aucune difficulté à me glisser dans la peau d'un jardinier, qu'il soit du XVIIe siècle ou d'aujourd'hui.

Au-delà des découvertes potagères et fruitières, le compagnonnage avec les jardiniers du Potager fut un moment inoubliable et particulièrement savoureux. Je rends hommage à leurs compétences, leur savoir, leur passion et à leur volonté de faire de ce jardin d'histoire un lieu aussi vivant, où la tradition contribue à l'innovation.

Je remercie Antoine Jacobsohn, Christine Dufour, Jacques Beccaletto, François Moulin, Séverine Pierre,

Emmanuel Blot, Mathias de Sainte-Marie, David et Jacky Prosvot, Jérôme Meynard, Jean-Daniel, Chantal, Charlène… de m'avoir si bien accueillie.

À la boutique, vous trouverez fruits et légumes du Potager. Allez-y et faites un marché royal. Ne ratez pas chaque premier week-end d'octobre, *Versailles et les saveurs du Potager du Roi.*

Le Potager du Roi-École nationale supérieure du paysage
10, rue du Maréchal-Joffre
78000 Versailles
Tél. : 01 39 24 62 62
www.potager-du-roi

Pour les Parisiens paresseux, les Éts Lion vendent les magnifiques jus de pomme, de poire, de rhubarbe du Potager du Roi. Sophie et Philippe, les aimables boutiquiers, proposent aussi un excellent choix de véritables calissons, nougats, guimauves, fruits confits, épices, miels, confitures, thés, cafés, chocolats… Audiger aurait adoré !

Éts Lion
7, rue des Abbesses
75018 Paris
Tél. : 01 46 06 64 71

BIBLIOGRAPHIE

Instructions pour les jardins fruitiers et potagers,
Jean-Baptiste La Quintinie, Coll. Thésaurus, Actes Sud/ENSP, 1999.

Le Potager du Roi,
William Wheeler Somogy, Éditions d'art/ENSP, 1998.

Jardins et jardiniers de Versailles au grand siècle,
Dominique Garrigues, Coll. Époques, Éd. Champ Vallon, 2001.

Henry Dupuis, jardinier de Louis XIV,
Patricia Bouchenot-Déchin, Coll. Les métiers de Versailles, Éd. Perrin/Château de Versailles, 2007.

Des fruits et des hommes, L'arboriculture fruitière en Île-de-France (vers 1600-vers 1800),
Florent Quellier, Coll. Histoires, Presses universitaires de Rennes, 2003.

L'Art de la cuisine française au XVIIe siècle,
Coll. Les grands classiques de la gastronomie, Payot, 1995.

Le Cuisinier François,
La Varenne, Coll. Livres de bouche, Manucius, 2002.

Vatel,
Dominique Michel, Fayard, 2001.

100 recettes du temps de Louis XIV,
Anne de Bergh, Briand Joyce, Éd. Archives & Culture, 2002.

Versailles et les tables royales en Europe, XVIIe-XIXe *siècles*,
Réunion des musées nationaux, 1993.

Alchimistes aux fourneaux,
Pierre Gagnaire, Hervé This d'après *Les Délices de la campagne* de Nicolas de Bonnefons, Flammarion, 2007.

Versailles, un jardin à la française,
Stéphane Pincas, La Martinière, 2001.

Versailles, le chantier de Louis XIV,
Frédéric Tiberghien, Coll. Tempus, Éd. Perrin, 2006.

Versailles au temps de Louis XIV,
Coll. Le temps, Réunion des musées nationaux, 1993.

La Petite Cour. Services et serviteurs à la cour de Versailles,
William R. Newton Editions, Fayard, 2006.

Lettres de la Princesse Palatine,
Coll. Le temps retrouvé, Mercure de France, 2002.

Amsterdam au XVIIe *siècle. Marchands et philosophes : les bénéfices de la tolérance*,
Série Mémoires, Éd. Autrement, 1993.

The Rijksmuseum Cookbook,
Bert Natter, Thomas Rap, 2004.

Still Life and Trade in the Dutch Golden Age,
Julie Berger-Hochstrasser, Yale University Press, 2007.

Journal de Samuel Peppys,
Coll. Le temps retrouvé, Mercure de France, 2001.

Français et Anglais à table,
Stephen Mennell, Flammarion, 2001.

Acetaria. A discourse of sallets,
John Evelyn, Prospect Books, 1996.

London, the biography,
Peter Ackroyd, Vintage Books, 2000.

Londoner's Larder. English cuisine from Chaucer to the present,
Annette Hope, Mainstream publishing, 2005.

Sky my wife !
Jean-Loup Chiflet, Coll. Points Virgule, Le Seuil, 2001.

La cuisine au temps du roi Louis XIV

Un roi curieux, gourmand, puissant. Une Cour aimant le spectacle, à l'affût des nouveautés et prête à toutes les extravagances. Des sciences agronomiques en progrès. Un commerce florissant. Les conditions sont réunies pour que la haute cuisine connaisse un nouvel essor. Les cuisiniers français, depuis le milieu du XVe siècle, n'avaient guère brillé, laissant la première place à leurs confrères italiens. À partir de 1650, tout change. En s'opposant violemment à l'ancienne cuisine, les Français reprennent la main et font naître un goût nouveau. Cette cuisine, avec le bouquet garni, le roux, le bœuf à la mode, le poisson au bleu nous est beaucoup plus proche que celles du Moyen Âge et de la Renaissance. Moins exotique, elle est tout aussi savoureuse.

Le maître mot : le naturel.

– Foin des épices orientales qui cachent la saveur des aliments, place aux herbes aromatiques des jardins européens. Persil, ciboulette, thym, romarin, sarriette, estragon, cerfeuil, basilic, laurier, remplacent cannelle, gingembre, macis et cardamome. Seule la muscade réussit à passer le cap !

– Plus question de mélanges sucré-salé, considérés comme le comble de l'horreur. Les « sauces douces » qui alliaient épices et fruits secs sont reléguées au magasin des antiquités. Dorénavant seuls les fruits, les œufs, les laitages pourront être sucrés. Les Français en profitent pour commencer à mettre les plats sucrés en fin de repas, sans toutefois rompre définitivement avec l'habitude d'alterner, au service des entremets, plats sucrés et plats salés.

– Le goût pour l'aigre ou l'acide est remplacé par celui du doux et de l'onctueux. Les sauces au verjus, aux agrumes ou au vinaigre disparaissent. Le beurre et la crème entrent en force dans la cuisine.

– Les cuissons raccourcissent : les asperges doivent être croquantes, certaines viandes peuvent être saignantes.

Les légumes et les fruits ont la pêche.

Commencée à la Renaissance, à l'exemple des Italiens, la mode des légumes bat son plein. On se rue sur les primeurs. Vus comme néfastes, voire dangereux dans la diététique ancienne, les légumes n'avaient pas leur place sur les tables des gens de qualité et étaient réservés aux travailleurs, aux paysans, aux pauvres.

Le goût du roi Louis XIV pour la verdure, qu'elle soit dans ses jardins ou ses potagers accentue l'engouement. La présence de La Quintinie à Versailles, ses recherches en témoignent. L'aristocratie, la grande bourgeoisie suit le mouvement. Dans leurs maisons des champs, potagers et vergers sont l'objet des soins les plus attentifs.

Au palmarès des légumes les plus prisés : artichauts, asperges, concombres, champignons, pois verts, choux-fleurs, concombres mais aussi salades et herbettes de toutes sortes qui les accompagnent.

Les fruits, à leur tour, envahissent les tables. Le fruit royal est sans conteste la poire. La Quintinie lui consacre des pages enthousiastes, voire interminables ! Parmi les centaines de variétés qu'il cite, ses préférées étaient la Bon-Chrétien d'hiver, puis la Beurré, ensuite la Vigourlé, l'Ambrette, la Rousselet…

Les pommes étaient moins considérées, à tel point que La Quintinie n'en retient que sept pouvant faire l'objet de l'attention des jardiniers et des gourmands : la Calville, les Reinettes, la Rambour…

Les melons et les figues, péchés mignons de Louis XIV, étaient au premier rang des préoccupations de La Quintinie.

Le goût pour les garnitures.

On multiplie à l'envi *les petites choses* : câpres, anchois, tranches d'agrumes, crêtes et testicules de coq, truffes, ris de veau, écrevisses qui parfois, il faut le dire, contredisent le discours des cuisiniers proposant une cuisine « naturelle ».

Les eaux florales : eau de rose, de fleur d'oranger sont plus que jamais à la mode. S'y ajoutent le musc et l'ambre en quantité astronomique.

Techniques nouvelles.

– Le roux : mélange de beurre et de farine cuite permettant de faire des sauces.
– Les fonds, les coulis, les sauces émulsionnées, les essences.
– Le bouquet garni qu'on appelait alors « paquet ».
– La crème pâtissière, les meringues.

Thé, café, chocolat.

Les Français découvrent les nouvelles boissons exotiques au XVIIᵉ siècle. Si le thé ne fait guère recette, café et chocolat vont faire fureur. Certains médecins voient dans leur noirceur la main du diable et mettent en garde contre les terribles maladies qu'ils vont provoquer, tandis que d'autres y voient un remède à tous les maux.

C'est aussi le début des « Caffés » dont le plus célèbre est celui de *Procope*, ouvert en 1686 et qui vont se répandre dans tout Paris.

Ne pas chercher.

Ni tomate, ni pomme de terre : débarquées sur le sol européen au début du XVIᵉ siècle, elles n'arriveront pas sur les tables françaises avant le XIXᵉ siècle.

Par contre, certains mets, autrefois réputés fort délicats, comme le phoque, la baleine, le cygne, le paon disparaissent totalement des repas.

Service à la française.

Pour chaque service, au nombre de quatre ou cinq, les plats étaient posés sur la table et non pas apportés successivement. Lors de certains repas, cela pouvait représenter plus de cent plats. Personne, bien entendu, ne mangeait de tout. La grande diversité de choix devait permettre à chacun de manger ce qui convenait aussi bien à son goût qu'à son état de santé et à sa configuration physique.

Les livres de cuisine indiquaient de manière très précise les plans de table qui n'étaient pas destinés à placer les convives mais les plats sur la table. Leur nombre et l'obligation de créer un décor harmonieux nécessitaient des plans dignes d'une bataille militaire. La disposition des plats comme l'architecture des jardins étaient régis par les principes géométriques de symétrie pour atteindre l'équilibre et l'harmonie.

Les cuisiniers et leurs livres.

FRANÇOIS PIERRE, DIT LA VARENNE.

Il publie en 1651 *Le Cuisinier François, enseignant la manière de bien apprester & assaisoner toutes sortes de viandes grasses & maigres, légumes, patisseries & autres mets qui se servent tant sur les tables des grands que des particuliers.* Sept cents recettes faisant une grande place aux légumes qui vaudront au *Cuisinier François* d'être réédité près de trente fois.

NICOLAS DE BONNEFONS.

1651 : *Le Jardinier François, qui enseigne à cultiver les arbres & herbes potagères ; avec la manière de conserver les fruicts & faire toutes sortes de confitures, conserves & massepans. Dédié aux Dames.*

1654 : *Les Délices de la campagne.*

ANONYME.

1653 : *Le Pastissier François ; où est enseignée la manière de faire toute sorte de pastisserie, très utile à toutes personnes.* Un ouvrage anonyme, à saluer comme le premier manuel consacré à la pâtisserie et qui, oh ! miracle, donne des proportions et des temps de cuisson.

PIERRE DE LUNE.

1656 : *Le nouveau cuisinier où il est traité de la véritable methode pour apprester toutes sortes de viandes, gibbier, volatiles, poissons, tant de mer que d'eau douce : suivant les quatre saisons de l'année. Ensemble la maniere de faire toutes sortes de patisseries, tant froides que chaudes, en perfection.* Neuf cents recettes concoctées par le cuisinier du duc de Rohan puis de la duchesse d'Orléans qui se laisse aller à quelques réminiscences anciennes avec son somptueux « canard à la sauce douce ».

ANONYME.

1660 : *Le Confiturier François.* Confitures, mais aussi sorbets, glaces et liqueurs.

1662 : *L'Escole Parfaite des officiers de bouche ; contenant le vray maistre-d'hostel, le grand escuyer-*

tranchant, le sommelier royal, le confiturier royal, le cuisinier royal. Il sera réédité jusqu'en 1742.

L.S.R.

1674 : *L'Art de bien traiter. Divisé en trois parties. Ouvrage nouveau, curieux et fort galant, utile à toutes personnes, et conditions.* Le vrai pourfendeur des épices et du sucré-salé. Son ouvrage aura beaucoup moins de succès que celui de La Varenne !

François Massialot.

1691 : *Le Cuisinier roïal et bourgeois. Qui apprend à ordonner toutes sortes de Repas & la meilleure manière des Ragoûts les plus à la mode & les plus exquis. Ouvrage très utile dans les familles & singulièrement nécessaire à tous les Maîtres d'Hôtels & Ecuïers de Cuisine.*

1692 : *Nouvelle instruction pour les confitures, les liqueurs et les fruits. Egalement utile dans les familles, pour sçavoir ce qu'on sert de plus à la mode dans les repas & en d'autres occasions.*

Un cuisinier plein de talent, qui je l'espère, sera le héros d'un prochain roman.

Louis Audiger.

1692 : *La maison réglée, et l'art de diriger la maison d'un grand seigneur & autres, tant à la Ville qu'à la Campagne & le devoir de tous les Officiers & autres domestiques en général. Avec la véritable méthode de faire toutes sortes d'Essences, d'Eaux et de Liqueurs fortes & rafraîchissantes, à la mode d'Italie. Ouvrage utile et nécessaire à toutes sortes de personnes de qua-*

lité, Gentilshommes de Provinces, Estrangers, Bourgeois, Officiers de grandes maisons, Limonadiers & autres Marchands de Liqueurs.

Il ne s'agit là que des principaux livres. Après presque deux siècles de silence, l'édition culinaire française explose !

Et le vin ?

Question délicate ! Autant il est possible pour la cuisine, en respectant à la lettre les recettes, de se rapprocher des saveurs anciennes ; autant pour le vin, cet objectif est irréalisable, les cépages et les processus de vinification ayant trop changé.

Pour avoir une idée des vins préférés au XVIIe siècle, voyons ce qu'en dit Martin Lister, un médecin anglais ayant fait un voyage en France en 1698 :

« Les vins de Paris sont de fort petits vins, quoique bons dans leur genre ; ceux de Suresnes sont excellents pendant quelques années.

Les vins de Bourgogne et Champagne sont ceux qu'on estime le plus et ce n'est pas sans raison. Ils sont légers, ne pèsent pas sur l'estomac et ne portent point à la tête, qu'on en tire au tonneau ou qu'on les ait en bouteilles à bouchon volant.

Le plus estimé est le vin de Beaune en Bourgogne, c'est un vin rouge et piquant qui m'a semblé le meilleur que j'ai rencontré.

Il y a aussi une sorte de vin qu'on appelle vin de Rheims ; c'est un vin pâle ou gris et qui est roide comme tous les vins de Champagne. Les vins blancs de valeur sont ceux de Mâcon, en Bourgogne. Le vin de Meursault est un petit vin blanc qui n'est pas désagréable. Celui de Chablis est un vin blanc vif et piqué, suffisamment estimé. Je goûtai aux vins blancs de Condrieu et d'Arbois, épais et blancs comme nos vins quand ils arrivent des Canaries.

Le vin de Touraine et celui d'Anjou, de deux ans, sont les meilleurs vins que j'ai bus à Paris. Les vins rouges de Bourgogne, de quatre ans sont rares, mais on les regarde comme beaucoup plus sains. Il y a aussi des vins plus forts que l'on estime à Paris : le Canteperdrix et la Côte-Rôtie, de fort bon goût et chauds à l'estomac et encore celui de l'Ermitage sur le Rhône. Mais les meilleurs de tous, pour la force et le bouquet, sont les vins rouges et blancs de Saint-Laurent, un village entre Toulon et Nice en Provence.

On trouve encore à Paris les vins blancs d'Orléans, le clairet de Bordeaux et les excellents vins de Cahors, le Capbreton, rouge et blanc des environs de Bayonne qui sont des vins aussi forts que bons ; et toutes sortes de vins d'Espagne, Canaries, Palma, Malaga, Xeres. »

CARNET DE RECETTES

« Si toutes ces manières ne vous plaisent pas, faites-en vous-même à votre mode et à votre appétit. »

L.S.R. (Rolland)

POTAGE DE POULET AUX ASPERGES
(La Varenne)

Pour 6 personnes
500 g de blancs de poulet – 100 g de lard fumé – 600 g d'asperges vertes – 300 g de champignons de Paris – 1,5 l de bouillon de volaille – 50 g de pistaches émondées – 1 citron non traité – 25 g de beurre – poivre.

Faites cuire les asperges à l'eau bouillante salée. Égouttez-les. Coupez les blancs de poulet en petits morceaux. Faites-les cuire 10 mn dans le bouillon de volaille. Coupez les asperges et les champignons en morceaux. Faites-les revenir dans le beurre 5 mn. Versez ce mélange dans le bouillon. Concassez les pistaches et coupez le citron en fines rondelles. Une fois le potage servi, chaque convive parsèmera son assiette avec les pistaches et ajoutera une tranche de citron.

POTAGE DE CULS D'ARTICHA

(Pierre de Lune)

Pour 6 personnes

500 g de fonds d'artichauts – 250 g de poi
250 g de champignons de Paris – 1 bouquet garn
1 botte de ciboulette – 1 citron – 3 oignons nouveaux – 2 c. à soupe de câpres – 50 g de beurre – 30 cl d'eau – sel et poivre.

Faites tremper les pois cassés une heure dans de l'eau froide puis faites-les cuire 30 mn avec un bouquet garni. Réduisez-les en purée claire. Dans une poêle, faites revenir les champignons avec la moitié du beurre pendant 10 mn. Passez-les au mixer et mélangez-les à la purée de pois cassés. Ajoutez l'eau. Faites cuire les fonds d'artichauts 10 mn à l'eau bouillante. Égouttez-les, coupez-les en petits morceaux et faites-les revenir 5 mn dans une poêle avec le reste du beurre. Rajoutez-les au mélange pois-champignons. Ajoutez les câpres, la ciboulette émincée. Faites réchauffer. Coupez le citron en fines rondelles et les oignons en petits cubes. Au moment de servir, mettez dans chaque assiette deux rondelles de citron et un peu d'oignon.

POTAGE À LA REINE

(L.S.R.)

Pour 6 personnes

500 g de blancs de poulet – 125 g de poudre d'amandes – 4 jaunes d'œufs durs – 200 g de champi-

; Paris – 50 g de beurre – 1 bouquet garni – 1,5 l
ɔuillon de volaille – 1 citron – sel et poivre.

Hachez finement les blancs de poulet, faites-les revenir 5 mn à la poêle dans la moitié du beurre. Mélangez-les avec la poudre d'amandes et les jaunes d'œufs émiettés. Coupez les champignons en lamelles et faites-les revenir dans le reste du beurre 8 mn. Faites chauffer le bouillon de volaille, ajoutez-y le bouquet garni, le mélange de poulet-amandes-œufs et les champignons. Faites cuire à feu doux 10 mn. Retirez le bouquet garni. Servez avec des rondelles de citron.

TOURTE DE GODIVEAU
(Pierre de Lune)

Pour 6 personnes

2 fonds de pâte feuilletée – 200 g d'escalopes de veau – 200 g de blancs de poulet – 200 g de lardons – 2 os à moelle – 300 g de fonds d'artichauts – 300 g de champignons de Paris – 1/2 botte de ciboulette – 1/2 botte de persil – muscade – sel et poivre.

Coupez les viandes en petits morceaux. Faites revenir les lardons à la poêle, ajoutez-les aux viandes. Dans la même poêle, faites revenir les champignons et les artichauts coupés en lamelles. Mélangez-les aux viandes. Ajoutez deux pincées de muscade, du sel et du poivre. Mettez le premier fond de tarte dans la tourtière, versez-y le mélange, recouvrez de la deuxième pâte. Faites un petit trou au centre. Mettez au four à 150 °C/Th. 5 pendant 40 mn.

Tourte portugaise
(Pierre de Lune)

Pour 6 personnes

2 fonds de pâte feuilletée – 500 g d'escalope de dinde – 250 g de champignons – 150 g de lardons – le zeste d'un citron – 6 pruneaux dénoyautés – 10 dattes dénoyautées – 50 g de raisins secs – 50 g de pistaches – 1 c. à soupe de crème – 1 pincée de muscade – 1 pincée de cannelle – sel et poivre.

Faites revenir les lardons dans une poêle, ajoutez l'escalope de dinde coupée en petits morceaux, les champignons en lamelles, les pistaches. Faites revenir une dizaine de minutes. Ajoutez les pruneaux et les dattes coupées en morceaux, les raisins secs, le zeste de citron, la crème, les épices, le sel et le poivre. Disposez ce mélange sur le premier fond de tarte. Recouvrez avec le deuxième. Faites un petit trou au milieu et faites cuire au four à 180 °C/Th. 6 pendant 40 mn.

Œufs à la négligence
(Pierre de Lune)

Pour 4 personnes

4 œufs – 75 g de beurre – 2 tranches de pain rassis – 10 branches de persil – 1/2 botte de ciboulette – 1 c. à soupe de câpres – 2 c. à soupe de vinaigre – 1 pincée de muscade – sel et poivre.

Faites cuire les œufs durs. Coupez-les en deux. Dans une poêle, faire fondre le beurre à feu doux, mettez les œufs, les herbes hachées, les tranches de pain taillées en cubes, les câpres, la muscade, le vinaigre, le sel et le poivre. Faites rissoler 5 à 8 mn et servez bien chaud.

SALADE DE SAUMON
(Hannah Wolley)

Pour 4 personnes

400 g de filets de saumon – 1/2 pomme golden – 1/2 oignon doux – 1 c. à café de câpres – 1 citron coupé en rondelles – huile – vinaigre – sel et poivre.

Faites cuire le saumon au court-bouillon. Émiettez-le et mettez-le dans un plat de service. Parsemez avec la pomme coupée en cubes, l'oignon coupé en fines lamelles, les câpres, les rondelles de citron. Arrosez du mélange d'huile, vinaigre, sel et poivre. Servez froid.

OREILLES DE PORC À LA BARBE ROBERT
(Pierre de Lune)

Pour 4 personnes

600 g d'oreilles de porc – 2 feuilles de laurier – 1 oignon – 1 gousse d ail – 25 g de beurre – 50 g de câpres – 1 botte de ciboulette – 15 cl de vinaigre – 1 pincée de muscade – 1 c. à soupe de moutarde.

Mettez dans un faitout rempli d'eau les oreilles de porc et portez à ébullition. Videz l'eau et passez les oreilles sous l'eau. Remettez-les dans un faitout rempli d'eau, ajoutez l'oignon et l'ail coupés, les feuilles de

laurier et faites cuire une heure. Déc
en petits dés et mettez-les dans une p
lette émincée. Ajoutez la muscade, le
moutarde. Laissez mijoter 5 mn. Servez fr
de salade.

CHOUX-FLEURS AU BEURRE BLANC
(Pierre de Lune)

Pour 6 personnes

1 gros chou-fleur – 2 échalotes – 20 cl de vin blanc – 10 cl de vinaigre – 200 g de beurre – 1 clou de girofle – 1 pincée de muscade – 1 citron – sel et poivre.

Après l'avoir lavé et débité en bouquets, mettez le chou-fleur à cuire 15 mn dans une grande quantité d'eau salée. Ajoutez un clou de girofle. Égouttez soigneusement le chou-fleur. Mettez-le dans un grand plat beurré que vous conserverez au chaud. Hachez finement une échalote. Dans une casserole, portez à ébullition le vin blanc, le vinaigre et l'autre échalote jusqu'à réduction des 3/4 du liquide. Ajoutez un premier morceau de beurre, puis les suivants en mélangeant au fouet de plus en plus vigoureusement. Salez et poivrez. Versez la sauce sur le chou-fleur. Décorez le plat de rondelles de citron.

BETTERAVES AU BEURRE ROUX
(Pierre de Lune)

Pour 6 personnes

3 grosses betteraves cuites – 40 g de beurre – 1/2 botte de ciboulette – 1/2 botte de persil – 1 c. à café de thym

…oupe de farine – 1 c. à soupe de vinaigre – sel …vre.

Coupez les betteraves en petits morceaux. Faites fondre le beurre dans une poêle. Ajoutez les betteraves. Saupoudrez avec la farine. Mélangez bien. Ajoutez les herbes effilées, puis le vinaigre.

FÈVES À LA CRÈME
(Pierre de Lune)

Pour 4 personnes

600 g de fèves – 25 g de beurre – 1 jaune d'œuf – 100 g de crème – 1 pincée de muscade – 2 branches de sarriette – sel et poivre.

Faites cuire les fèves 5 mn à l'eau bouillante. Égouttez-les. Faites fondre le beurre dans une poêle, ajoutez les fèves et la sarriette. Dans un bol, mélangez la crème et le jaune d'œuf. Versez le mélange sur les fèves, laissez cuire à feu doux 2 mn et servez.

CRÈME DE FONDS D'ARTICHAUTS
(Hannah Wolley)

Pour 4 personnes

500 g de fonds d'artichauts – 3 jaunes d'œufs – 150 g de crème épaisse – 1 pincée de muscade – sel et poivre.

Faites cuire les fonds d'artichauts à l'eau bouillante. Passez-les au mixer avec la crème. Ajoutez les jaunes d'œufs, la muscade, le sel et le poivre. Faites cuire en remuant une dizaine de minutes.

Concombres farcis
(La Varenne)

Pour 6 personnes

1 gros concombre – 400 g d oseille – 25 g de beurre – 3 jaunes d'œufs – 3 œufs entiers – 1 c. à soupe de câpres – sel et poivre.

Pelez, coupez en deux et videz le concombre. Faites revenir l'oseille dans le beurre 5 mn. Hachez-la et mélangez-la avec les œufs, salez, poivrez. Mettez les concombres dans une cocotte, recouvrez les deux parties du concombre avec le mélange oseille-œufs. Ajoutez de l'eau à hauteur des concombres. Faites cuire à feu doux 20 mn. Rajoutez les câpres. Coupez chaque moitié du concombre en trois et servez.

Maquereaux à la matelote
(L.S.R.)

Pour 4 personnes

4 maquereaux en filets – 20 cl de vin blanc – 5 cl de verjus – 5 cl de vinaigre – 1/2 botte de ciboulette – 1/2 botte de persil – 2 c. à soupe de câpres – 1 anchois – 1/2 orange coupée en tranches – sel et poivre.

Mettez les filets de maquereaux dans une cocotte, ajoutez le vin, le verjus, le vinaigre et portez à ébullition. Ajoutez les tranches d'orange, le persil et la ciboulette émincés, le sel et le poivre. Faites cuire 5 mn. Enlevez les filets. Faites réduire la sauce et ajoutez les câpres, l'anchois écrasé. Nappez les filets avec la sauce et servez.

Saumon à la sauce blanche
(L.S.R.)

Pour 4 personnes

4 darnes de saumon – 50 g de beurre – 10 cl de vin blanc – 5 cl de verjus (ou vinaigre de cidre) – 1 pincée de girofle – 1 pincée de muscade – 1 feuille de laurier – 1 c. à soupe de farine – 10 cl de fumet de poisson – 2 jaunes d'œufs – le jus d'un citron – sel et poivre.

Faites cuire les darnes à la poêle dans la moitié du beurre, ajoutez le laurier, la girofle, la muscade, le sel, le poivre et le vin blanc. Dans une casserole, faites un roux avec l'autre partie du beurre et la farine, ajoutez le fumet de poisson, le verjus et le jus de citron. Salez, poivrez et rajoutez les deux jaunes d'œufs. Faites cuire en remuant 2 mn. Nappez le poisson avec cette sauce.

Gigot de veau piqué à la daube
(Pierre de Lune)

Pour 6 personnes

1,2 kg de rouelle de veau – 1 feuille de laurier – 1 gousse d'ail – 10 cl de vin blanc – 10 cl de verjus (ou vinaigre de cidre) – 50 g de beurre – 200 g de champignons de Paris – 50 g de câpres – 1 anchois – le jus d'un demi-citron – 1 c. à soupe de farine – sel et poivre.

Faites mariner le veau pendant 2 h dans le mélange de vin, verjus, laurier, ail, sel et poivre. Égouttez-le et gardez la marinade. Faites-le rissoler 10 mn avec le beurre dans une cocotte, rajoutez la marinade. Faites revenir les champignons dans une poêle avec un peu de beurre.

Passez-les au mixer et ajoutez-les ainsi que l'anchois broyé. Faites cuire 1 h à feu doux. Ajoutez les câpres et le jus de citron. Laissez cuire 1/2 h 10 mn avant la fin de la cuisson, puisez une tasse de sauce, mélangez-y la farine et remettez dans la cocotte en remuant bien.

Paupiettes de bœuf
(Hannah Wolley)

Pour 4 personnes

8 tranches fines de bœuf de 15 cm x 10 cm – 8 tranches fines de bacon – 1 bouquet de persil – une dizaine de tiges de marjolaine – 3 jaunes d'œufs durs – 2 c. à soupe de groseilles à maquereau – 2 pincées de muscade – 1 c. à soupe d'huile – 10 cl de vin rouge – 20 cl d'eau – sel et poivre.

Mélangez au mixer les jaunes d'œufs durs, le persil, la marjolaine. Ajoutez au mélange les groseilles à maquereau. Salez, poivrez et saupoudrez de noix de muscade chaque tranche de bœuf. Disposez-y une tranche de bacon puis un peu du mélange d'herbes et d'œufs. Roulez les tranches de bœuf. Fermez-les à chaque extrémité avec des cure-dents en bois. Dans une cocotte, mettez l'huile et faites revenir les paupiettes de chaque côté quelques minutes. Ajoutez le vin rouge et l'eau. Faites cuire une vingtaine de minutes.

Canard à la sauce douce
(Pierre de Lune)

Pour 5 à 6 personnes

1 canette de 2 kg – 150 g de dattes – 100 g de pistaches – 1/2 citron confit à la saumure – 3 citrons verts

– 15 cl de vin blanc – 25 cl d'eau – 2 c. à café de cannelle – sel et poivre.

Aiguille et fil de cuisson.

Avec des ciseaux, ouvrez la peau du canard sur toute sa longueur. Avec un petit couteau bien aiguisé, enlevez les deux filets et coupez-les en lanières. Coupez les dattes et le citron confit en très petits morceaux. Hachez les pistaches au mixer. Dans une jatte, mélangez les morceaux de canard et les autres ingrédients. Ajoutez 1 c. à café de cannelle, le sel et le poivre. Reformez les filets du canard avec une partie de cette farce. Mettez le reste à l'intérieur de la carcasse. Recousez soigneusement le canard. Préchauffez le four à 180 °C/Th. 6, mettez le canard sur une plaque de cuisson.

Mélangez le jus des citrons verts, le vin blanc, l'eau et une c. à café de cannelle. Arrosez le canard avec ce mélange tout au long de la cuisson, soit 1 h 30.

Canard à l'arabesque
(Pierre de Lune)

Pour 6 personnes

1 canard coupé en morceaux – 500 g de navets – 250 g de champignons – 10 pruneaux dénoyautés – 150 g d'olives vertes dénoyautées – 1 c. à soupe de câpres – 1 feuille de laurier – le jus d'un citron – sel et poivre.

Faites revenir les morceaux de canard dans une cocotte pendant une dizaine de minutes. Réservez-les. Coupez les navets en petits cubes et mettez-les à rissoler dans le jus du canard. Dans une poêle, faites suer les champignons coupés en lamelles. Ajoutez-les aux navets ainsi que les pruneaux, les olives et les câpres, la feuille de laurier. Ajoutez les morceaux de canard. Faites cuire à feu doux 1 h. Salez et poivrez. Avant de servir ajoutez le jus du citron.

Lapin en ragoût
(La Varenne)

Pour 6 personnes

1 lapin coupé en morceaux – 1 l de bouillon de volaille – 50 g de beurre – 2 c. à soupe de farine – 1 botte de ciboulette – 3 c. à soupe de câpres – le jus de 2 oranges amères (ou d'1 citron) – sel et poivre.

Dans une cocotte, faites revenir les morceaux de lapin dans le beurre. Quand ils sont dorés, ajoutez la farine et mélangez avec le jus de cuisson. Ajoutez le bouillon et le poivre. Faites cuire 25 mn. Ajoutez le jus d'orange (ou de citron), la ciboulette effilée et les câpres. Rajoutez éventuellement du sel. Laissez cuire 10 mn à feu doux et servez.

Carrot Pudding
(John Evelyn)

Pour 6 personnes

500 g de carottes – 250 g de pain de mie – 3 œufs entiers et 1 jaune d'œuf – 150 g de crème – 75 g de sucre – 1 pincée de cannelle.

Émiettez le pain de mie et passez-le au mixer. Râpez finement les carottes et mélangez avec le pain. Battez les œufs au fouet 2 mn et ajoutez-les au mélange ainsi que la crème, le sucre, la cannelle. Beurrez un moule, mettez le mélange et faites cuire 45 mn au four à 180 °C/Th. 6.

Tarte au citron
(Pierre de Lune)

Pour 6 personnes

1 fond de tarte brisée – 3 citrons – 60 g de sucre – 250 g de crème épaisse – 6 œufs.

Faites cuire la pâte à blanc. Pressez le jus des trois citrons. Mettez-le dans une casserole avec le sucre. Faire bouillir 8 à 10 mn. Laissez refroidir 2 mn. Ajoutez la crème et les œufs. Faites cuire à feu doux jusqu'à épaississement du mélange (environ 5 mn). Versez sur le fond de tarte. Attendez que la tarte soit complètement froide pour la servir.

Crème de pistaches
(L.S.R.)

Pour 6 personnes

1 l de lait – 150 g de pistaches – 100 g de sucre – 4 jaunes d'œufs – 2 c. à soupe de farine – 1 c. à soupe d'eau de rose – 40 g de citron confit sucré.

Passez les pistaches au mixer. Versez le lait dans une casserole. Ajoutez la poudre de pistaches, l'eau de rose et la farine. Portez à ébullition. Ajoutez le citron confit haché et les jaunes d'œufs. À feu doux, faites cuire jusqu'à épaississement du mélange. Servez froid.

Posset pie
(Hannah Wolley)

Pour 6 personnes
2 fonds de tarte brisée – 1 kg de pommes – 40 g de beurre – 80 g de sucre – 2 c. à soupe d'eau de rose – 1 c. à café de cannelle – 3 jaunes d'œufs – 125 g de crème épaisse.

Préchauffez le four à 180 °C/Th. 6. Épluchez et coupez les pommes en rondelles. Faites-les revenir dans une poêle avec le beurre. Mélangez vigoureusement la crème, les jaunes d'œufs, le sucre, l'eau de rose et la cannelle. Ajoutez les pommes. Versez le mélange sur le fond de tarte. Recouvrez avec l'autre pâte. Faites un petit trou au milieu. Faites cuire 30 mn.

Biscuits à la Reine
(La Varenne)

Pour 20 biscuits
3 œufs – 250 g de farine – 1 c. à café d'anis vert en poudre – 1 c. à café de coriandre en poudre.

Mélangez les œufs et le sucre. Battez au fouet jusqu'à ce que le mélange blanchisse. Ajoutez la farine. Séparez la pâte en deux. Ajoutez la coriandre dans l'une, l'anis vert dans l'autre. Laissez reposer 20 mn. Préchauffez le four à 180 °C/Th. 6. Étalez du papier sulfurisé sur une plaque de four. Déposez des petits tas de pâte. Faites-les cuire 10 mn.

Tourte d'oranges
(Pierre de Lune)

Pour 6 personnes
1 fond de tarte brisée – 3 oranges bio – 50 g de sucre – 50 g de pistaches émondées.

Coupez les oranges en tranches très fines. Disposez-les sur le fond de tarte. Saupoudrez de sucre et de pistaches passées au mixer. Faites cuire 30 mn au four à 180 °C/Th. 6.

Vin des Dieux
(La Varenne)

Pour un litre de vin rouge
2 pommes reinettes – 2 citrons – 100 g de sucre.

Pelez les pommes et coupez-les en rondelles ainsi que les citrons. Dans un saladier, mettez les fruits en couche, ajoutez le sucre, puis le vin. Laissez mariner 2 h, filtrez et servez frais en bouteille.

Du même auteur :

Souper mortel aux étuves, roman noir
et gastronomique à Paris au Moyen Âge,
Agnès Viénot Éditions, 2006.

Meurtres à la pomme d'or, roman noir
et gastronomique au temps de la Renaissance,
Agnès Viénot Éditions, 2006.

Natures mortes au Vatican, roman noir
et gastronomique en Italie à la Renaissance,
Agnès Viénot Éditions, 2007.

Les Soupers assassins du Régent, roman noir
et gastronomique au Palais-Royal
à la mort de Louis XIV,
Agnès Viénot Éditions, 2009.

Meurtre au café de l'Arbre Sec
Éditions Lattès, 2010.

Le Sang de l'hermine,
Éditions Lattès, 2011.

DE SANG ET D'OR,
Éditions Lattès, 2012.

MEURTRE AU RITZ,
Le Livre de Poche éditions, 2013.

LE PRISONNIER D'ALCÁZAR,
Éditions Lattès, 2014.

L'ASSASSIN DE LA NATIONALE 7,
Le Livre de Poche éditions, 2014.

LA FRANCE À TABLE,
Les Arènes, 2015.

INNOCENT BREUVAGE,
Éditions Lattès, 2015.

MEURTRES TROIS ÉTOILES,
Le Livre de Poche éditions, 2016.

À LA TABLE DU SULTAN,
Éditions Lattès, 2017.

MORT À BORD,
Le Livre de Poche éditions, 2017.

Le Livre de Poche s'engage pour
l'environnement en réduisant
l'empreinte carbone de ses livres.
Celle de cet exemplaire est de :
650 g éq. CO_2
Rendez-vous sur
www.livredepoche-durable.fr

Composition réalisée par Datagrafix

Imprimé en France par CPI
en septembre 2017
N° d'impression : 2031309
Dépôt légal 1re publication : avril 2010
Édition 09 - septembre 2017
LIBRAIRIE GÉNÉRALE FRANÇAISE
21, rue du Montparnasse - 75298 Paris Cedex 06

31/2876/6